JN228306

銀鼠髪のオデュッセウス

岩上和道

コールサック社

目次

スカボローで、パセリ、セージ、
ローズマリーとタイム

倦み果てていないのか？　情熱のそぶりに。
もう語ってくれるな、魅惑の日々のこと。

ジェイムズ・ジョイス『若い芸術家の肖像』（丸谷才一訳　集英社）

1

「あら、ビール美味しそうね？」

ささやかな焚火の残り火の向こうで、友人の形見のクルマがしゃべり出す。いや、ビールは飲んでいるが、僕は酔ってないぞと思う。オースチン・ヒーリー・スプライトという往年の名車は還暦を過ぎたとは思えない可愛らしい声をしていた。明るいグリーンのボディが焚火の消えつつある炎を反射して、暗闇の手前でひそやかに輝いている。

「そうだね、ビールは美味しいよ。こういうところで飲むと格別だ。ところで君は女性なんだね？」

「あら、スプライトって妖精ってことだから、女に決まってるわ」


こう言うのはいささか可哀そうかもしれないけど、彼女はどうみてもファニーフェイスだ。ボンネットに蛙の目玉みたいに二つのヘッドライトが飛び出ている。そして大口を開いている。ファニーどころか、世界一醜いクルマとまで言われている。（彼女の名誉のために言えば、世界一可愛いクルマと評価する人も多いのだが）もちろん、そんなことは言えない。で、緑色だからまったくカエルだ。

「あのさ、……」と言いかけたら、スプライトが言った。

「いいのよ、あたしが可愛くないと思う人もいるわ、でも、可愛いと思う人もいっぱいいるのよ。気にしてないわ」

「そうなんだ、僕は可愛いから一目ぼれした」

「ありがと。でも、彼が死んじゃって、あたしのいるところがなくなって、それであなたが引き取ってくれた。感謝してるのよ」


　彼と言うのは、僕の友人で、もともとのこのスプライトのオーナーだ。あいつはあっと言う間にいなくなってしまった。膠原病（こうげんびょう）の皮膚筋炎という難病で、最後は間質性肺炎を発病して半年ほどで亡くなった。


「葬儀の後に彼の奥さんが電話してきて、君を引き取ってほしいと言われた。一番仲が良かったのはあなただから、形見として差し上げたいのといわれたんだけどね」

「それはうっすらと知ってたわ」

「僕はクルマなんて移動手段以外のなにものでもないし、それ以上の興味もなかったから、うーんって感じだった」

「じゃあ、どうしてあたしを引き取ったの？」とスプライト。

「ああ、一つはあいつの供養だと思ったからかな。もう一つは君の容姿に惹かれたから」

「あら、それはお世辞でも嬉しいわ。供養って仏教の考えかしら？」

「まあ、そんなものだろうね。僕は詳しくないけど。なんかあいつが大事にしていたものは、身近にいた人間がもらったほうが良いかなと思ったんだ」

焚火は次第に消えていき、暗闇が降りてきた。スプライトの姿もうっすらとしか見えない。背中側のコテッジの部屋の明かりがあるので、真っ暗闇ではないけれど。山中湖の近くだから、星が結構見える。夜気が気持ちいい。

「そうね、それはとても良かったと思うわ。奥様もあたしがあなたに引き取られたときはほっとしていたわ。あたしももちろん、不安だったけど、あなたで良かった」

「そう言ってもらえるとうれしいけど、僕はそもそも、君みたいなヴィンテージカーの趣味なんかないし、全然メカのこともわかってないよ」

「ええ、それはよくわかっているけど、そういう問題じゃないのよ、これは。やっぱり、相性ってものがあって、どの人でもいいってものじゃあないの」

「機械って、……君のことだけど、心があるのかなあ?」

「それは愚問ね。だってこうして話してるんだから、心があるに決まってるでしょ」

「確かに、僕が君に乗るようになってから、何度かそう思ったことがある。例えば、一度うちの奥さんが乗ってみたいと言って、自分で運転したことがあったじゃない?」

「……」

「あのとき、まず、エンジンがすんなり掛からなかった。それからやっとかかったと思ったら、今度はギアが入らなくて、うちの奥さん頭に来てた。あれって、わざとやった？」

「どうかしら、それは覚えてないわ」こいつうそつきだな。

「ま、いいや。でも、僕は思うんだけど、やっぱり人馬一体じゃあないけど、君を運転するとそう思うことがある。つまり、以心伝心でなんか気持ちが伝わるって言うか。時々、ここで、ギア上げようとか、もう少しエンジンまわそうとか、今日はむずってるなとか思うよ」

「そうね、それは間違いないわ。あたしも、あなたがどうしたいか感じて走るときがあるもの。今日の東名はちょっときつかったわ。だって、あたしも六十三歳だし、一二〇キロでずっと走ると気が遠くなりそうになるときもあるわ。年はとりたくないわね」


コテッジの点けっぱなしにしていたテレビから小さな音でニュースの音声が聞こえる。クリミア半島、無人機なんて単語がかすかに聞こえる。僕がこうしてのんびりしている間にも家を焼かれたり、ミサイルを撃ち込まれている人たちがいることを想う。そう思えば、僕が抱える悩みや問題も大したことはないと思う。


「余計なこと言うようだけど、彼の奥様って、あなたと昔、付き合っていたのよね？」

「おっと、君はなかなか隅に置けないね」

「そりゃあ、わかるわよ。あのときの電話を聞いていたし」

「まあそうなんだ。もっとも高校生の頃だよ。僕のほうが一瞬先に話したんだから、別に変な関係じゃあないと思うけど。彼女は僕のハイスクール・スウィートハートだった」

「だから、あたしがあなたに引き取られたのはそもそも必然なのね？」

「いや、そんなことはないと思う。彼女は、最初はどこかの古い外車を扱ってる店に君を売ろうとしたんだと思うけど。大体あいつは、オースチン・ヒーリー・クラブに入っていたから、そこで探せばだれか買う人はいたとも思うよ」

「それが、結局あなたになったのは、諸般の事情？」

「まあ、一九五九年という古い車だし、あっと、失礼なこと言ったかな、謝るよ。ま、ともかくいくら愛好の士はいても、何台も持ってってものじゃあないからね。たまたま、タイミング的に買う人がいなかったんだろう。で、考えた末に僕に連絡してきた。困ってる感じだったと思う」

「でも、あなたに持っていてもらいたいって感じで電話してたわ」

「え、そうかな？　僕はそこまでは感じなかったけどね」と多少うそを言った。

　僕は確かにあいつの奥さん（これから『彼女』と呼ぶことにする）から葬儀のあとに電話をもらった。僕は改めてお悔やみを言い、彼女は泣いていた。昔の恋人だってことはもちろん双方がわかっていることだし、彼女がある意味その後も僕のことを想い続けていたことも、なんとなく察していた。でも、僕には妻がいて、普通の家庭があったから、彼女とやけぼっくいがどうのという関係になるつもりはなかった。

『これであたしは独りぼっちよ。天涯孤独。まだ、四十だってのに、これから一人で生きるわけ？』

『四十なら、まだまだ新しい男が見つかる。心配ないよ。優しい、ＩＴ系のオーナー社長なんか良いんじゃない。贅沢三昧させてもらえるよ。きっと。バーキンとか、ハリー・ウィンストンの時計とかさ』

『ふふふ、そうね、それもありかもね。でも、あたし物欲はないんだ、もう。食欲も性欲もないけど』

『さあて、どうかな。女は灰になるまでやりたがるとか言うよ』

『男の妄想でしょ』

『確かに。でも、クルマのことでいうと、僕が買っても良いよ。一度持ってみたかったんだ、スプライト。何度か見て可愛いクルマだと思っていた。あいつがうらやましかった。ただ、僕は古い車のことなんか皆目わからない。でも、まあ、何とかなると思う。でいくら払えばいいんだい？』

『あら、そんなのただでいいわよ。どうせ、あたしは、何の興味もないし。名義の書き換えとか、任意保険とかあるだろうけど。車検は取ったばかりのはずよ』

『いや、ただというわけにはいかないな。あいつもあの世で怒るよ。じゃあ、百万円でいいかな。諸費用は理解してる』
『え、そんなにいらないわ』
『ま、あいつの供養だからさ、納めてほしい』
こうして、スプライトは僕の手元に来ることになった。

2

僕はスプライトに質問する。

「ねえ、つまんないこと聞くけどさ、君をどうしてあいつが買ったの？　イギリスにいたときに買ったとは言ってたけど、詳しいことは聞いたことがなかった」

「ああ、その話ね。もうかなり前のことだけど彼がロンドンにいたときに、あの人、ある日思いついて、スカボローに行くと言い出したらしいわ。で、あとはあたしの勘だけど、クルマの雑誌を見ていて、あたしが載ってる広告を見たのよ。スカボローはイングランドの北の港町ね」

「ふうん、サイモンとガーファンクルみたいだね」

「あら、知らないの、その通りなのよ。スカボロー・フェアって曲、まさにその町なの」

「え、あの歌に出てくる町に行ったってこと？」

「そうよ、あたしはあの町のマレー・スコット・ネルソンっていう自動車屋にいたのよ。で、カーなんとかっていう雑誌にあたしの広告が載ったの。それを見て彼は買いにきたわけよ。ロンドンから四〇〇キロくらい？」

「あいつは、元々クルマ好きだったんだっけ？　特にそういうクラシックカーなんかさ」

「さあ、でも、あたしを運転するのはまあまあ上手だったわ。最初からあんまり苦労してなかったと思う」

「ふーん、じゃあまあもともと好きで探してたのかな？」

「あのいつもあたしのメンテやってくれてるクルマ屋さん知ってるでしょ。引き継いだはずよね。あのタカダさんと彼が話していたこと思い出すと、もともと、日本では『カニ目』と言われて、古いクルマの愛好家のあいだでは、あたしはそれなりの人気らしかったし、『カニ目』が乗ってみたかったようよ」

「でもあいつは、クルマ持ってなかったくらいだぜ。それがいきなりスプライト？」

「イギリスにいたから、ここなら安いし、部品も工場もあるから大丈夫と思ったんじゃあないの？」

「そういえば、日本ではスプライトは『カニ目』っていうね。英語は『カエル目』だけどね」

「それってあたし、正直あんまり嬉しくないいんだけど、可愛いいってことになるわけ？」

「まあ、愛嬌があるってとこかな？」

「ふーん、まあいいわ」

僕はコテッジから、ウイスキーを持ってきた。これは茨城の友人が作っているお米のウイスキーだ。バーボンでもなくて、ライスキーってとこかな。もっともモルトが七〇パーセントブレンドされてる。つまみにちょっとナッツを持って戻った。もう一度焚火を点けた。炎がゆらめく。少し寒く感じたので、カーディガンをはおった。


「あら、変わった匂いのウイスキーね？　スコッチでもバーボンでもないわね？」

「よくわかるね。これは米から作ったらしいよ」

「へえー、そんなものがあるのね。米のウイスキー、ヤックだわ」

「しかし、なんであいつは、スカボローまで君を買いにいったんだろうね？　ロンドンだってスプライトくらい売ってる自動車屋はあったろうにね？」

「さっき言ったように雑誌広告が目に留まったんじゃあないかしら？　あの頃、あたしは黒に塗られてたのよ、それに赤い内装。おまけにタイヤには円周に沿って白い帯が入っていて、思いっきりアメリカンだったの。少なくともそのカラー写真が載っていて、目を引いたと思うわ。ちょっと恥ずかしいけど」

「それ、なんか見たことあるな。白い帯が入ったタイヤ」

「ホワイトリボンタイヤっていうんだけど、もともとはタイヤって全部白かったらしいわ」

「えー、まじかい？　タイヤって黒じゃあないの？」

「ゴムは、本来は白なのよ。ビバンダム君知ってるでしょ。あれってタイヤなのよ」

「ほんと、初めて知ったよ」

「まあ、それはともかく、そんなので、色彩的に彼の目を引いたのかもね？」


「あのとき、あたしはマレー・スコット・ネルソンの店頭に飾られていた。数日前に、客が見に来るって話を聞いたし。日本人らしいって言ってた。で、あたしはきれいに洗われて、整えて待っていたわ。メカはまだ手付かずだったけどね」

「で、あいつが来たわけだ」

「そうね、責任者はジョン・インヴェラリティって言う人だったけど、そこへ彼がひとりでやってきて、すぐにあたしを見た。インヴェラリティがいろいろ説明してた。愛想よくね。で、もう一台、あたしの隣に赤のスプライトも置いてあったの。こっちは、まだ来たばかりで、これから組み立て直して仕上げるって。黒いほう、あたしのことだけど、はすぐに乗れるよ。とかなんとか。で、彼はあたしを選んだ」

「そりゃあ、すぐに乗れる方を選ぶよね。きっと」と僕は言って、ウイスキーをなめつつ、改めて、スプライトを見つめた。

「あら、あたしをそんなに真剣に見てどうしたの？」

「いやさ､黒っていったけど､僕がやつに君を見せられたときはもうグリーンだったなと思って。日本で塗りかえたんだね？」

「そうよ、ボディは黒から緑に。正確にはアーモンド・グリーンって色なんだけど、あたしがアメリカに向けて出荷されたときの色とはちょっと違うけど」

「え、そうなの」

「微妙に違うのよ、オリジナルの色とは。ま、それはいいとして、内装も赤から黒へと変えられたのよ。タイヤもそのホワイトリボンから、普通の黒にね。それとスカボローにいたときはアメリカ仕様の左ハンドルだったけど、それはロンドンで右に変えられたの」

「そんなこと出来るんだ！　びっくりだな。……というのが、今の状態なんだね」

「あたしは構造が簡単だから、直すのは簡単らしいわ」

「それにしても、スカボローねえ……。あの、サイモンとガーファンクルのスカボロー・フェアって、よく聞くと反戦歌だよね？　昔アメリカ人の前で、カラオケで歌ったら、ずいぶんとクールな歌を歌うねと言われたことがあるよ。僕は結構好きだ。突然男に声をかけられて、もしスカボローの市へ行くのなら、僕の元カノに元気かいといってくれよ。彼女は僕を愛していたんだ、みたいな歌詞だよね、確か？　それで、パセリとか野菜が出てくるんだよね」

「これって、もともとはイギリスのカーシーって人の歌よ。もっともそれもさらにたどれば、古いイングランドのバラッドらしいけど」

「へえー、そうなんだ。なんで、パセリだの、セージだのが出てくるのかな？」

「あら、それはおまじないみたいなものよ」

「というと？」

「あたしはスプライト、普通は『妖精』ってことよね。……そこ、噴き出すとこじゃあないし！　妖精みたいに見えなくてごめんさいね」

「怒ったね？　ごめん、ごめん」

「ふん、言いたかったのは、妖精と訳してるけど精霊という感じもあるってことよ。ともかくこの歌に出てくる男は騎士の精霊というか、亡霊なのよ。そいつが、昔の恋人をネタに話しかけてくる、みたいな場面ね」

「え、怪談なの？」

「そこまでではないけどね。で、そのパセリだとか、ローズマリーだとかはハーブで香りが強いでしょ。薬草みたいなもんで、なんていえばいいか、そうね、吸血鬼に対してニンニクが魔除けになるみたいな感じかしら」

「え、それじゃあ騎士の亡霊を追い払うためってことか。クワバラクワバラって感じかな？」

「まあ、そんな感じかもね」

「ふーん、それは今まで思ってもみなかった」

「普通に聞けば、出だしはラブソングみたいよね」

「で、そのあとどういう展開だったっけ？」

「そのあとは、なんていうか、古いバラッドの部分を取ってるからちょっと意味不明だけど、本当は、ここは少女と騎士の掛け合いなのよ。でも、サイモンさんの凄いところは、その中に何気なく対位法で反戦のメッセージを入れたところね」

「ふーん、そういうことか。だから、『将軍は兵士に戦えと鼓舞する、長く忘れられた正義のために』とか出てくるんだ。S&Gはアメリカのデュオだから、南北戦争をイメージしてるのかなあ」

「それで、そんなことを全部考えてみると、彼は、スカボローにある自動車屋だってことも興味が湧いて、ロンドンからやって来たともいえるわね。スカボローで泊まったのか、あたしは知らないけど、市が立っていたなら、そこに行ったかもしれない」

「そうだね、それはあるかもしれない。そのときは、おまじないを唱えてね」

「パセリ、セージ、ローズマリーとタイム」


焚火はまた少し炎が弱まってきた。薪を少し追加して、ウイスキーを一口飲む。父と母のことを考える。父は前立腺癌が悪化して瀕死の状態だ。母は少し前に心不全で急逝した。まだそれほどの年でもないのに、結局僕は何もしてやれないままだな、と思う。

自分の仕事で悔いがないとはいえない。思うような成果が出ないこともあるし、夫婦の関係もあまりしっくりいっているわけでもない。別れる寸前といえないこともない。なんとか無理して夫婦っいっていを保っている。二人とも仕事をしているから、すれ違いも多いし、僕自身は毎晩クライアントとの飲み会、業務と言えば業務、遊んでいるようにみえても仕事につながるつもりでやっているけど。妻から見ればただ飲み歩いている、キャバクラで遊んでいるとしか見えないだろう。といって、言い訳しても事態は悪化するばかりかな？


「何を考えてるわけ？」とスプライトの声で我に返った。

「ううん、特になんでもないけど」

「それにしては深刻な顔」

「そうかな、ただ少し疲れてるのかな？」

「あなたって、少し変わってると思うけど、たとえば何に興味があるわけ？」

「え、まあそんなに何にも興味がないっていえばないな」

「あら、そう。でも、本読んだり、映画見たり、ギター弾いたりしてるじゃない」

「君は諜報員かい？　僕のことを見張ってるわけ？」

「別にそうじゃあないけど、ご主人様の様子は気になるわ」

「そういう意味では最近は読書かな。乱読だけどね。今、はまってるのはジェイムズ・ジョイス」

「アイルランドの作家ね。知ってるわ。難しいのよねユリシーズ」

「いや、そう思うと難しいけど、そんなに深く入り込もうとしなければ意外に面白いんだ」

「へー、例えばどんなことが面白いわけ？」

「例えば、そうだな、例えば、ジェイムズ・ジョイスって名前のイギリス人がいた。僕はもちろん、アイルランドの作家しか知らなかった。ところが、最近知ったんだけど、ジェイムズ・ジョイスと言うイギリス人のファシストでナチ信奉者である同名の男がいるんだ。まあ、どんな人でも死人を鞭打つように言うのは躊躇われるけど、でも、ジョイス自身が平和主義者だったか、そうでもなかったかよくは知らないけど、彼は第一次大戦を逃れて、スイスへ移住したようなところもある。少なくとも戦争賛美者じゃあないよね。ところが同じ名前のウィリアム・ジェイムズ・ジョイスはナチ信奉者で、最初はチェルシーに住んでいて、終戦までずっとナチスを讃えるラジオ放送を移住したドイツから流し続けた。戦後に捕まって反逆罪で死刑になった。なんか不思議だね。世界有数の文学者とナチ信奉者が同姓同名なんてさ」

「それって偶然ってだけで大して面白くないわ」

「あ、そうか、そうかもしれない。じゃあ、これは。同じジョイスねただけど。ある日友人がジョイスに会うと、凄くご機嫌だった。そこで、その友人は、今日はユリシーズの執筆がはかどったのかい？と聞くと、ジョイスは、うん、今日は二行書けたと嬉しそうに言ったらしいよ」

「へー、文豪は違うわね。二行くらいあたしなら十秒で書けるわ」

「まあ、ジョイスにとっては、文章は音楽の調べのようだったんだ。言葉の並びを完璧に整えられたので、それは天にも昇る心地だったんだよ」

「まあ、それも大して面白くない」

「なかなか手厳しいね。それじゃあこれは。ジョイスは女性に関して早熟だったんだ。若いときから、ダブリンの売春婦のところへ出入りしてた」

「あら、そうなの。なんかイメージと違うわ」

「で、大学生になったジョイスはあるとき、一人の美しい女性を街でナンパした。ノーラという名前なんだけど、当然、彼女は拒絶した」

「当たり前よね。街でナンパなんて」

「ところがジョイスは一目ぼれしてて、その後もしつこく言い寄った」

「へえ、思ったより神経が太いのね」

「いや、ある種、ナンパ師だったんだよね。よく言えばそこまで惚れたってことかもね。ノーラはホテルのメイドかなんかやってたらしい」

「メイドさんって、まあ地味な仕事ね」

「うん、でもジョイスはビビッときたんだろうね！　今ならストーカーとして捕まったかもね」

「ふふふ。で？」

「で、ついにノーラは根負けして、二人はデートすることになった。一九〇四年六月十六日のことだ」

「ふうん、根性が実ったのね」

「うん、で、多分この日に二人はある程度まで親密になったらしい。キスくらいかな？　おっぱいくらいは触ったかもね。おそらく」

「言い方がやらしいわね。で、まあノーラも憎からず想うようになっていた」

「ああ、そうだね。今は『いやよいやよも好きのうち』ってことは絶対にありません、と言うよね。セクハラってことだけどさ」

「ああ、そうね。でも恋の駆け引きってのはあるわよ」

「そうだよな、君の言う通りだ」

「で、話が長くなったけど、そのころジョイスはお金がなかった。ちゃんと結婚式もなく、二人は着の身着のまま、チューリヒに旅立った。ノーラにあげる指輪も何もなかった」

「駆け落ちってこと？」

「一種そんな感じかな？」

「で、この最初のデートの日付の意味はわかるかな？」

「さあ、あまりに昔で想像もつかないわ」

「ジョイスの『ユリシーズ』っていう大作の小説は一九〇四年六月十六日の一日に起こることを描いてるんだ。つまり、二人の最初のデートの日。ジョイスは妻ノーラに捧げたんだよ」

「あら、それはロマンチックだし、素敵な話ね」

「一応、感動してもらえたかかな？」

「ええ、七十五点くらいあげられるわ」

「やれやれ、なかなか君に九十点はもらえそうにないな」

「じゃあ、今度は君に少し関係があるような、ないような話だけど。ジョイスは、九歳のときに詩を書いたらしい。それはパーネルっていうアイルランドの英雄だった政治家をその盟友だった人間が裏切ったことに憤慨して書いたんだ。そのタイトルが『ヒーリーお前もか』っていうんだよ」

「え、あたしの名前が出てくるのね?」

「そう君はオースチン・ヒーリー・スプライトだもんね。その裏切ったやつの名前がティム・ヒーリーって言うんだ。それだけのことだけど」

「そんなの全く面白くもなんともないじゃない」

「そうだね、そのヒーリーさんは君の名前とはつづりがちょっと違うんだけど、つまり、君はHealeyで、そいつはHealyなんだけど、つまらなかったね。ヒーリーさんはアイリッシュなのかな?」

「さあ、詳しいことは知らないけど、あたしを作ったヒーリーさんはコーンウォールの人よ。イングランドの南西の端っこよ」

「ウィキペディアで見ると、Healyという姓は、元々はアイルランド、ゲーリック語が起源と書いてあるけどね。賢いってことらしい」

「そんな暗いところでよくスマホが見られるわね?」

僕はポケットにスマホを戻した。スマホって便利だし、何かわからないとすぐに見てしまう。良いのかどうかわからないけど。話をぶち壊したかもしれないと反省する。ことの真実なんて、誰にもわからない。でも、こうして文字で書かれていると信憑性が増す。怖いことだと思う。

「今度は君の番だ。何か話してくれよ」

「……、あたしの話ねえ。じゃあ、軽いのからいくわ」

「いいねえ。あ、ちょっと待った、クラフトビールが飲みたくなった。ちょっと持ってくるから」

と僕は立ち上がって、コテッジに戻り、冷蔵庫から瓶のクラフトビールを取り出してふたを開け、それを持ってスプライトのもとに戻った。ついでにちょっとトイレにもよった。焚火はまだちょろちょろと燃えている。一口飲んで促す。

「じゃあ、いいよ。なんかしゃべって」

「あの、まずは日本の話ね。バルンくんって知ってる?」

「いや知らないな。君の友達かい?」

「まあ、友達っていえばそうかもしれないわ」

「フーン、日本にいる別なスプライトかな?」

「ううん、近いけど、その子は絵本の主人公なの」

「はあ、絵本の主人公？」

「ええ、もちろんあたしと同じスプライトＭｋ１よ。絵本だから、漫画と言うかイラストみたいな絵なんだけど、ボディは薄い緑であたしと同じ。ただ、ボーイズレーサー風にボンネットに白いストライプが入っていて、ハードカバーの屋根が付いてるの。白のストライプは二巻目以降は黄色になるんだけど」

「つまり、バルン君は絵本に出てくる君の親戚ってことなんだね？」

「そういうことね。でもこの子は男よ、多分」

「多分て？」

「だってクルマの性別は書いてないけど、ちょっとワイドボディな感じで、バルン君でしょ、男の子だと思うのよ」

「ほう、じゃあ走り屋っぽいんだね？」

「そうね、お話としてはバルン君がひたすらばるんばるんと走って、いろんなクルマと出会って、ばるるるんと走るってだけなのよ。こもりまことって人が作者」

「なかなか大胆な話だ。いいねえ、ばるんばるんと走るだけか！」

「絵が素晴らしくて、本当にスプライトの特徴をつかんでるわ。そして牧歌的なんだけど、意外にレーシングカーっぽいのよ。ポルシェやアルファと競争したり。これを見せてくれたのは、あの人の友達だったんだけど、その人がこう話していた。『絵本の中でもこのシリーズは特に父と息子が共に夢中になる本として知られているそうです』って」

「へー、父と息子か？　まあ、クルマは男で、関心を持つのは男の子という前提だね。今どきジェンダー的にまずいかも。でも、一度どんな本か見てみたいものだね」

「そうね、あの人の奥さんに言えばまだ持ってるんじゃないかしら？　あなたも会う口実になるでしょ？」

「ええ？　そういう方向性なの？　僕をあいつともう一度くっつけたいのかい？　僕はもうそういう気持ちはないんだ。普通の妻子ある家庭人だしさ」

「ふふ、そう言うと思ったわ。でも、あなたの気持ちには嘘はつけないでしょ」

3

「あいつは、ずっと友達だった。親友だったと言うべきかな。高校のラグビー部のときからだ。僕のいた都立高校は高田馬場にあって、まあ受験校のほうだった。でも、僕が入学したころは、私立の高校が人気となり、また、大学受験でも都立高校は退潮しつつあった。もっとも、有名大学に入る生徒数を競うことに意味があるとも思わないけどさ」

スプライトは黙って聞いている。

「ともかく、僕は入学して間もないときに、同じクラスになったあいつに声をかけられた。確か放課後、家に帰ろうとしていたときだった。

『ねえ、君さあ、ラグビー部の練習見に行かないか？』とあいつは声をかけてきた。

『え、ラグビー？　僕は、ラグビーとか全く知らないし、あんまり興味もないな？』と僕は言った。

『あ、ラグビーって、誰でも出来るし、俺は入学前からここのラグビー部の先輩知っていて、練習に参加したりしてたんだ。別にどうってことないから今日一緒に練習に出てみない？』とあいつは押してきた」

「あいつは、真っ黒に日に焼けていて、精悍な感じだった。無駄な肉はない、体脂肪一〇パーセント以下みたいな。髪を短くスポーツ刈りみたいにしていて、それがまた格好良かった。女の子にもてるだろうって雰囲気を醸し出してた」

「その少し前に、僕はどのクラブ活動にするか考えて、中学時代でそこそこやっていた剣道部の練習に参加したんだ。関西の中学だった僕は、そこで試合に出たりしてたこともあって初段こそ持ってなかったけど、練習に出たら結構褒められて、面白かったし、剣道部に入ろうかと思っていたんだ」

「クラブ活動ってなんかなじみのない言葉ね。ナイトクラビングはもう少し大人でしょ？　ジェントルマンズ・クラブってわけでもないわね」

「ああ、日本では、中学校になると、学校に野球部とか、バスケットボール部とか、あるいは新聞部とか、体育会系はスポーツの部、文化部系は文科的なことの研究とか社会活動のサークルに入るんだよ。高校も同じだ。少なくとも僕の育ったころはそうだった」

「ふーん、イギリスは学校じゃなくてそれぞれクラブチームがあるわ。スポーツはね」

「そうかもしれない。日本の学校のスポーツ系のクラブ活動は、全国大会もあって、プロスポーツの選手育成につながっているけどね。世界でもユニークなシステムかもしれない」

「ふーん、で、剣道ってフェンシングのようなものね？　サムライがやる剣術っていうやつね？」

とスプライトが言った。

「厳密に言うと少し違うと思うけど、まあ大体は合ってるかな。で、そんなわけだったんだけど、実はその後もう一度剣道部に行ってみたら、なんかかなり有段者の新人が入ったりであまり僕が歓迎される感じでもなかったし、それに僕は飽きっぽくて、同じことをずっとやり続けられるタイプでもなかったんで、高校はまったく新しいクラブに入ってみようかとは思っていたんだ」

「そうね、あなたは、結構気が散りやすいタイプよね。女のこともそうだし」

「妖精のお墨付きをもらったわけだね。で、その日は結局なんとなくあいつの口車に乗せられて、ラグビー部の練習を見に行ったんだ。正直僕はそのときラグビーってスポーツがあることは知っていたけど、ルールも知らなきゃ、ほぼ何もわかってなかった」

「何も知らないほうが良いこともあるわ」

「そうなんだ、確かにあんなに激しくてしんどいスポーツなんて知らなかったのが良かったかもしれない。で、あいつの紹介で、ラグビー部の部室に行った。その日は、あいつと僕だけが新入生だったと思うけど、いきなり、ラグビーの練習着を渡されて練習に出ろと言われた。スパイクはなかったんで、スニーカーでやった。僕はなんとなく見た目なのか、バックスのほうに入れられた」

「あたしはイングランド出身だから、ラグビーもサッカーもよく知ってるけど、あたしの考えだと、ラグビーの場合は、バックスは足が速い人、フォワードは身体が大きくてがっしりした人って感じだけど」

「うん、まあその通りだね。ところが僕は足もあまり早くないし、体格も痩せて貧弱だった。そもそもそう考えると、ラグビーなんかやるタイプじゃあないんだよ。でも、各クラブは存続のためにも、部員を増やしたい。それにまあ実際にやってみて辞める奴もいっぱいいるわけだから、興味を持ってる新入生はともかく練習に参加させたいわけさ」

「そりゃあそうね」

「で、とりあえずバックスに入って練習が始まった。ラグビーのことを何も知らない人間を、ちょっとした柔軟体操しただけで、いきなりボールを持った練習をさせるなんてきっと今どきはないよ。少なくとも先輩が一通りラグビーとはどんなスポーツかとか、その精神とか話して、少し基礎体力をつけたら実際の練習って感じだろ？」

「あたしは習うより慣れろって感じだから、まずは何も知らずに心が澄んだ状態でボール持つ、ってのは良いと思うわ」

「君は案外乱暴なんだね。まあ、でも確かにラグビーがどんなスポーツか聞いていたら練習はすぐに口実を作ってでも辞めたね。ほら、『クール・ランニング』ってジャマイカのボブスレーチームの映画知ってるかな？」

「知ってるわよ、もちろん、あたし、ジョン・キャンディーの大ファンだもん」

「フーム、意外だ。イギリスの妖精がジョン・キャンディーのファンかい？」

「ボブスレーの映像を見せると、ジャマイカ人が全員逃げていっちゃうのよね！」

「そうそう、あれと同じさ。説明聞いたら逃げてたよ。多分」

「でさ、まずはスクラム・ハーフが投げたパスを取るのをやらされたわけだ。想定としては、スクラムから出たボールをスタンド・オフのように捕るわけ。わかる？」

「スタンド・オフって、フライ・ハーフのことよね？　十番でしょ。つまり、ベン・ヤングスからオーウェン・ファァレルにパス出すってことね」

「あ、あ、そういう言い方かい。さすがに妖精さん、イングランドに詳しいね。ま、ともかく、それが僕は全く捕れなかった。言い訳をすればさ、まず楕円形のボールなんて初めて触った。丸いボールならともかく、ラグビーは楕円形だぜ。それと、後でわかったけど、そのときのスクラム・

ハーフやってた先輩のボールは凄い癖があったんだ。で、三球くらいはじいちゃった」

「それでどうなったの？」

「うん、それで先輩たちも困ったらしくって、どうしようか、となったんだ。そうしたら、あいつが、『こいつド近眼なんです。見えないのかも？』と言った。それは本当で、僕は子供のころから父親譲りで、強度の近視でさ。当然ラグビーの練習なんで牛乳瓶のような眼鏡をはずしてたから見えないと言えば見えなかった。もっとも、今思うと単に捕球が下手だっただけだと思うけどね」

「まあ……、それで？」

「で、まあシンプルな解決法だけど、フォワードにまわれと言われて、フォワードの練習に入ったんだ」

「痩せっぽちの人がフォワードに？」

「あのさ、その時点で単なる練習を見に来た新入生だし、ともかく球が捕れないんじゃあ、練習の邪魔だしさ、良い解決法だったと思うよ。情けないと言えば情けないけどさ」

「そうかもね」

「で、フォワードってさ、一回もボール触らないで試合が終わることが結構多いんだよ。この前、スコットランド戦で稲垣のトライは代表初トライだったんじゃなかったっけ？」

「あたしはイングランドしか興味ないのよ」

「そうですか、妖精さん。まあ、ともかくフォワードの練習はスクラムだった。と言っても僕は身体が大きくはないから、二列目のロックはやれないし、一列目の体形でもないし、とりあえずフランカーをやれと言われてさ。少なくとも練習では楕円のボールは触らなくて良いからさ」

「いい加減な決め方ね？」

「いや、なにせ、都立高校だし、そんなに部員がいっぱいいるわけでもないし。貴重な戦力なのよ、僕みたいなのでも。ましてや、部員があまりに少ないとラグビーが出来ないだけじゃあなくて、廃部になっちゃうんだ」

「そうなのね」

「で、その日はなんとか練習が終わって、校庭の水飲み場で蛇口から水飲んでさ。あいつが寄ってきて、『どうだった？』って。『結構面白かった。まださっぱりわけわかんないけど』と言ったら『そうか、じゃあ入部するよな？』『いや、親にも聞かないと。自分で勝手に決められないし』とかなんとか言って終わったと思う」

「これで入部したと思うだろうけど、そうでもないんだ」

「あら、そうなの。あとは何が必要なの？　入部のテストとかあったのかしら？」

「いやいや、そんなものはないよ。まあ、僕は決めかねていた。一つは両親がラグビーやるって言ったらどう反応するだろうか、と思ってた」

「確かにあんまり喜ばないかもね。でも、聞く必要があるようなことかしら」

「剣道と比べればかなり危ない競技だからね、ラグビーは。でも、それは杞憂だった。母親に言ったら、それはいいわね。そういうの積極的にやったほうが良いわよと言われた」

「あら、お母さま、ものわかりが良いのね」

「僕の足りないとこを見ていたのかもね。ラグビーみたいな激しいスポーツをやったほうが良いと思ったんだろうな。母はおよそスポーツとは無縁の人だったけどね。不思議なものだ。で、それは片付いた。ただ、どうしても入ろうと思ったわけでもなかった。あんな楕円のボール追っかけて、タックルつらそうだし、スクラムも好きになれなかった。あいつが勧めてくれたんだけど、それだけじゃあ高校三年間をラグビーやるのかって思ったし。週に四日の練習があった」

「週に四日かあ、まあ、そうなると結構毎日ある感じね。ほかのこともしたい高校生がね」

「それもあったね。ところがそうして何日かして、校内の張り紙でラグビー部の勧誘のポスターが貼られたんだ」

「あら、ずいぶんと洒落たことをするのね」

「そうなんだけど、よくは覚えてないけど、それは当時の三年生のTさんという先輩が描いたものだったんだけど、全部で何枚あったかそれも不確かだけど、わりと小さいポスターというか、画用紙にちょっとしたラグビー選手や、ボール、トライの様子とかモノクロではなくて三色くらいでイラストが描かれていて、つまり全部違う内容なんだけど、それぞれもの凄く気の利いた手書きのコピーが独特の字で書かれていた。それが校内の階段の踊り場や、廊下なんかに数枚貼られていた」

「その書かれていたことは全く覚えてないんだけど、確か楕円球の不思議や、ノーサイドの友情のことや、なんかそんなラグビーにまつわる、僕が気を惹かれるようなことが書いてあった。笑うかもしれないけど、僕は当時、文学青年でさ、絵とかデザインも好きだったから、この勧誘ポスターにいたく心を奪われた。シア・ハート・アタックって感じ」

「それで入部を決めたわけね?」

「そういうこと。最後に押してくれた」

「あのときの先輩たちは恰好良い人が多かったんだ。そのTさんも卒業して、芸大に入った。やっぱり、そうした才能は自然に湧き出てくるものなんだと思った」


「そうして、新入生としての、高校一年生がスタートしてさ、僕は何人かの友人も出来た。もちろん、あいつもそのうちのひとりだった。あいつは家が地元で、中学もすぐ近くだった。高田馬場や学校周辺の事情もよく知っていたなあ。すぐに近くのえぞ菊っていうラーメン屋に連れて行かれた。結構昔からあったらしくて、僕はみそラーメンが好きだった。学生用の特盛みたいなのがあった。なんか昼は時々学校を抜け出して、外に食べに行ってたんだ。別に学校からは怒られたことはなかったよ。それから、早稲田大学の理工科がすぐ目の前にあったんで、そこの学食も結構行ってた」

「なんか、高校生なのに結構いいご身分ね。お金は持ってたの?」

「ああ、確かお小遣いを少しもらっていたし、ラーメンくらいは食べられたね」

「あたしも味噌ラーメン食べてみたいわ。ガソリンばかりじゃあ飽きるものね。人間はみんな美味しそうなもの食べてる。イングランドでも最近は鮨とかラーメンは流行りのようよ」

「知ってる、そうらしいね。世界一料理がまずい国にしては随分と変わったもんだね。僕たちの日常はさ、あの頃は、まあのんびりしていた。僕の高校は、もともとは凄い受験校で、毎年百人を超える生徒が東大に合格してた。それが時代とともに普通の高校になってきて、僕が入学したころはもうごくありふれた都立高校だった。ただ、昔の校風のなごりでスポーツは盛んだったし、理科系の教育が進んでいたんで、全員が数Ⅲまで授業を受けなければならかったけどね」

「で、あいつは絵が得意と言うか、画家になるという気持ちが少しあって、絵のことをよく話していた。でも、具象画というよりは抽象画が好きだった。それと文学と音楽も好きで、そんな話を毎日していた。文学は、ちょうど大江健三郎がノーベル賞を取ったころだった。僕も影響されて、『燃えあがる緑の木』を読んだな」

「オオエって kenzaburo って人ね。ノーベル賞を取ったのは知ってるわ」

「そうなんだ、知ってるんだね。面白い。Kazuo Ishiguro じゃあないよ」

「そんなことわかってるわ」

「それから、遡って、初期の作品も読んだな。『性的人間』とか、『セヴンティーン』とか好きだった。僕が高校生の頃は、もう学生運動なんて過去の話で、ジュリアナが閉店したり、プレステが発売されたような時代だったけどね。大江なんて読むやつはいなかったと思う。『セヴンティーン』はその続編の『政治少年死す』というのを読んでみたかったけど、発行されてなかったのは覚えてる」

「なんか、その話は聞いたことがあるわ。ずっと最近まで出版されなかったんでしょ」

「君は妙なことに詳しいね。そんなこと知ってる人は最近もういないよ。誰も興味も持たないって言うべきかな？　大江そのものだって、僕は変わり者だから読んだけど、正直ノーベル賞取ったといっても実際に読んだことがある人少ないと思うな」

「でも、あなた、そのちょっと下世話な話になるけど、意外に性的な話が好きなようね？」

「性的人間かい？　あれは一言で言えば、痴漢の話とも言える。変なこと言うようだけど、文学、あるいはフィクションというなら、多かれ少なかれ、性的なことは避けて通れないよ。セックスシーンがあるなしの話じゃあないよ。これは僕の持論だけどさ。『セヴンティーン』を僕が気に入ったのは、『自瀆』って言葉が出てきたからだ。今なら、マスターベーションと言うんだろうけど、このジトクって言葉の語感が気に入った」

「あらまあ、あたしは機械だから、わからないけど、そうなのね。これって、騎士団長のコメントみたいね。ウフフ」

「いろいろ読んでるんだね、日本文学？　で、あいつは僕と同じでなぜか大江も好きだった。どちらかというと、『レインツリー』とか『個人的な体験』とかを好んで読んでいたと思うけど。あいつは、わざわざ保護猫を飼ってたくらいだから、変な言い方すると、誤解しないでほしいけど、介護とか、知的障害のある子供とかへの関心が高いんだ。まあ二人とも当時としては変わり者だね」

「まあ、それはわかったけど、で、ラグビー部はどうなったのかしら？」

「ラグビー部はその先輩のポスターに感激して、すぐ入部した。それで、週に四日の練習が始まった。フォワードとバックスの区別もついてなかったけど、いわれるがままに練習に出ていた。ラグビー部でまずやらされたのは、ボールをきれいにすることだった。ラグビーのボールは、昔は革製だったんだけど、僕がやり出した頃は、もうゴム製だった。ギルバートっていうイングランドのメーカーのがワールドカップなんかで使われていたけど、うちは都立でお金もなかったし、新宿のセプターって国産のラグビーショップでマネージャーの女子が買ってきていた。そのボールを柔らかい布で拭いたり、汚れていれば洗剤で洗ってた。それでも新しいボールは年に二、三球しか買えなくて、古いのを使いまわしていたな。革のもまだあったんで、練習ではゴムと革を混ぜて使ってたような気がする。革のは最悪で、磨くのに、ぺっ、ぺって自分の唾をつけて擦る。女子マネはみんな逃げるよね。でも、そうやって磨くと凄くピカピカになるんだ。一方で、革のボールは雨で練習すると水を含んで重くなる。きちんと同じ重さで、なおかつ形もくずれてないゴム製のボールで練習してないとうまくなれないね」

「唾つけて擦るなんて最悪ね。非衛生だわね。もっとも、イギリスの学校じゃあまだ虱がいるわ。ニッツ。どっちもどっちね」

「本当かい？　虱なんて見たこともないよ。ともかく、まあ、都立高校の中ではラグビーの形になっていたほうだけど、部員も減っていたし、ぜんぜんだめだった。おまけに僕は練習こそ出ていたけど、真剣にラグビーに向き合ってなかった」

「あらそうだったの。でも、あなたって割とそういうことやりだすとストイックに嵌るほうじゃない？」

「ま、時と場合によるね。ラグビーの場合は、エクササイズみたいに参加していたけど、ともかく練習を適当にやり過ごしていただけだ」

「へえ、全然向上心がなかったってこと？」

「うん、で、大体、最初は柔軟体操から始まって、そのあとはランニング、短距離をボール持って走るのやって、それから、フォワードとバックスがわかれて、フォワードはランパっていう、一番しんどいのがあった」

「ランパって？」

「ランニングパスってことだと思う。これは、フォワードだけがやるんだけど、縦に一列に並んで走りながら、一番後ろのやつが一番前まで全員を抜いて先頭に出たら、次の最後尾のやつがまた一番前まで走って出るっていう、めっちゃ辛いランニングしながらのパス練習なんだ。ラグビーは陣取り合戦だから、この地道にフォワードが前に向かって陣地を取っていくというのは一番大事なことなんだよ。でも本当に嫌だった。もう無理と何度も思った。あいつは、こういうのは体力があって、得意だった。いつもちんたらしてる僕はよくあいつに怒鳴り飛ばされた。そういうのは容赦ないやつだったな」

「へえ、あの人があなたを怒鳴りつけるなんてことがあったなんて不思議ね」

「いや、ところがさ、僕はそもそも練習に対する意欲がないわけさ。そのうえ、体力も走力もあんましない。だから、必然的に遅れるし、気合いも入らない。まあ、あいつが激怒したのもわかるなあ」

「でも、それじゃあなんでずっとやっていたわけ?」

「それは自分でも謎だね。なんで辞めなかったんだろう? みんなで走ったり、パスしたり、スクラム組んだりしてたのが意外に面白かったのかな。僕はいくら先輩からダメだと思われようが、怒鳴られようが、そういうのは平気なんだ。ラグビーのなんたるかも勉強しなかったし、別に身体も鍛えなかった。もっと言えばレギュラーになりたいとも思わなかった。もっとも部員が少ないから、そうはいってもサブのメンバーくらいにはなったけどさ」

「で、彼女とはどこで会ったわけ?」

「ああ、あいつの奥さんのことかい? 僕はあるとき、練習中に足首をかなりひどく捻挫してしまった。練習後に近くの医者で診てもらって、捻挫だからといって湿布を貼って、包帯で足首を固定された。バスと電車で通学していたけど、帰りはほとんど歩けなくて駅から家まで地獄だった。翌日も足に包帯巻いてサンダルで学校にいったんだけど、そのときクラスの女子で声をかけてきたのが彼女さ」

「へえー、怪我の功名ってやつかしら」

「ちょっと意味が違うと思うけどね。ともかく、クラスの女子とはまだ交流がなかったんだけど、彼女は僕の包帯の足を見ると突然話しかけてきた。『ねえ、ねえ、その足どうしたの？　あなたって、確かサッカー部の子だよね？　足首挫いたの？　名誉の負傷ね』って。『いや、僕はラグビー部なんだけどさ、確かに練習で足首を捻挫したんだ』と僕はおずおずと、あるいはもごもごと言った」

「女に弱いのよね。目に浮かぶわ」とスプライトも同意する。

「そうだね、中学のときに好きな子はいたけど、僕は男兄弟だけで、女の子とチャント付き合ったことはなかったんだ。だから、女子にいきなり話しかけられるとビビっちゃった。

『ふーん、ラグビー部なのか。あなたってさ、なんていうのかな、色白で、おまけに凄く華奢でさ、良く言えば文学青年って感じだけど、正直ラグビーみたいなの似合わないし、怪我するからやめたほうがいいんじゃない？』とずけずけ言われた。

『君の観察はある意味、正しいけどさ、色白だからスポーツがダメってこともないよ。僕は、剣道は結構強かった』

『剣道？　ちょっと時代遅れじゃあない』

『そう思うんだ、まあいいよ。それに別に好きでラグビーやってるわけでもないしさ』

彼女は、まあ一言で言えば、かなり美人だった。スポーツ女子だったんだけど、日に焼けて、でも一方で、今で言うとイガワハルカみたいな感じも少しあったしな。ちょっと目がうるうるしてる感じのときと、きりっとして凛々しいときとあってさ、僕は初めて見たときから気になってたことは認めるよ」

「あら、彼女は今もとても美しいじゃない」

「まあね、そうだね。そこで、あいつが会話に入ってきた。きっと、あいつは彼女に目を付けていたんだと思うけどさ」


『好きでやってるわけじゃあないってどういうこと?』と彼女。

『こいつが、練習見に行こうっていうから、付き合って行ったら、そのまま入っちゃっただけなんだ』僕はまたぼそぼそ言った。あいつが割り込む。

『あ、俺、〇〇です。ラグビーの話かい? こいつ、本当にへたくそなくせに、なんか無理してタックルしたりするからこんなことになっちゃったんだ。アホだよ』とあいつは僕の足を指して言った。

『違うよ、お前が誘ったんで入部したって言ってたの』

『俺が紹介したけど、お前が最後はあのTさんのポスターに惹かれて入ったんで、俺の責任じゃあないよ』

『それはそうだけど、明確な意思があって入ったわけでもないよ』

『じゃあ、さっさと辞めなさいよ。そんな嫌なものずっとやることないじゃない』と彼女はきっぱりと言った。

『ねえねえ、君さ、△△さんだよね？　一度ラグビー部の練習見に来ない？　毎日、お昼に部室でみんな集まるから、そっちでも良いよ。マネージャーなんかどう？』とあいつはこういうことは素早いし、ずうずうしい。

『やだ、あたし、汚らしいのは好きじゃあないの。ラグビーなんて臭そうじゃあない？　まっぴらごめんよ。あはは。頑張ってね！』ばっさり切られた。

「それが彼女と話した最初だった。それでも、同じクラスだし、彼女とは少しずつ話すようになったんだ。彼女は、成績も良かったけど、運動が万能だった。サッカー、バスケット、水泳、陸上、となんでも出来た。僕とは全く正反対だね。彼女はバスケ部だったけど、お母さまが病気になってしまって、途中で辞めたんだ」

「でも、まあ、そのあとも話せたんだったら脈はありよね？　二人の話題は？」

「そうだな、読書と音楽かな。本で言うと、彼女は村上春樹が好きだった。『ダンス・ダンス・ダンス』の話を熱心にしてくれた。羊ね。僕はどちらかというと暗い大江だったけどね。自瀆だもんな、言えないよね。そんなの好きだって」

「想像もしたくないし、ちょっとグロいわね」

「音楽は、彼女は子供のころからずっとピアノを習っていて、クラシックが好きだった。僕はこれも真逆で、ロック一辺倒だったからな、あんまり話はかみ合ってなかったと思う。クラシック出の坂本龍一とか聞かせてみたけど、あんまり興味がわかなかったようだった。思うに、多分、彼女みたいにしっかりした秀才には僕がヘタレ男だったのが効いたのかもしれない」

「あなたの武器があるとすれば優しそうに見えるところね。あくまで外見だけど」

「鋭いね、確かに僕はいつだって本心では自分のことしか考えてない。きっと自己愛が強いんだよね。でも見た目は優しそうだと言われる。彼女もヘタレ男で優しそうってとこで母性愛みたいのが芽生えたのかな?」

「女は優しそうで、軟弱な男に意外に弱いわよね。大概は、とんでもないダメ男で女癖が悪くて、金もルーズで、頭はちょっとよさげで、生活力もなくて、しょうもない人が多いのにね」とスプライトはご託宣。

「で、まあ、僕と彼女はそこそこに付き合いだした。って言ったって、学校帰りに駅まで一緒に歩くとか、時々公園で長話をするとかさ、そんなのだよ。ところが、これに対抗してきたのがあいつだった」

「出たわね、ライバル」

「あいつはさ、ラグビーでもフランカーのくせに、バックスでもやれる走力もあり、ドロップゴールだって蹴れるし、ともかく圧倒的に上手かった。あの頃試合中にいきなり、ドロップゴール蹴って三点取ったときは審判の人まで一瞬事態が呑み込めなかったくらいだよ。ラグビー部では次のキャプテンってのもほぼ決まりだった。勉強も出来て、全校でトップ五人に入っていた。そんな、女子生徒の憧れの男子だったから、プライドもあったんだろうね。クラスで一番のカワイ子ちゃんを僕に取られるなんて許せなかったんだ」

「で、あいつがどう出たかっていうとさ、まあオーソドクスなデートを申し込んだんだ。それは、彼女から話を聞いてわかった。あいつはそういうとこ、馬鹿正直というか、フェアプレイというか、正々堂々と彼女にデートを申し込んだらしかった。ラグビーのアマチュアリズムみたいなつもりだったのかもしれない。

『あのさ、○○君からデートしようって言われたの』

『うん、君が行きたいなら、良いんじゃあない?』と僕は即座に答えた。ダメなんて言えないものね。

『そう。冷静ね。それでいいわけ?』

『いや、君は正直言って、僕のものじゃあないから、これは君次第だ。僕に止める権利はないよ』と僕は内心の動揺は抑えて言ったと思う。そのとき、僕は彼女とキスはしていたさ。彼女は君も知っての通り、結構背が高い。一七〇センチ近くある。だから僕も背丈は大して変わらないから、公園で彼女を抱き寄せたとき、彼女の顔は僕の真正面にあった。目はきらきらと輝いて、意志の強そうな光をたたえていたし、ひきしまった顔の筋肉はなかなか精悍な感じにも見えた。こういうときは強い目力がある。僕も少しはラグビーの練習のおかげで陽に焼けて、頬がしまって、胸の筋肉もついていた。漫画みたいだけど、とはいえ、僕はおどおどしていて、彼女をリード出来るってわけじゃあなかった。あとで考えると、僕のほうが唇を奪われたって感じかな」

「わかるわ、本当にあなた情けないものね。女の子に唇奪われるって、脱力ものよね。でも、あたしの昔のオーナーの一人は女の子に押し倒されてやられちゃったわね」

「君は自動車のくせにそんなとこも見てるのかい？」

「だって、その二人はあたしのこの小さなシートを使ってやったのよ。失礼しちゃうわ。二席しかなくて、オープンだし、椅子は簡単に背もたれが倒せるでしょ。だから、もう室内はぐちゃぐちゃで、後ろの荷物入れに顔突っ込んでやってたわ。まあ、あたしとしたことがお下品なこと言っちゃった」

「ふーん、そんなやつもいたんだ。ご苦労さんだね。で、まあ、僕は彼女とキスくらいまでいってたんだ。でも、それはなんていうかさ、まだほんわかとした初キッスで、あんまり好きだとか愛してるとかじゃあなかった。高校生がなんとなく気が合ってキスしたみたいな、不思議な感じだった。そのくらいの関係だからさ、僕は結局意図的ではなかったけど、たまに相手の気を惹くためにわざと冷たくしたと、とられたかもね。女の子みたいだったかな」

「ふん、ま、彼女は強い子だから、その程度でめげなかったでしょうけど、やっぱり、引き留めて欲しかったとは思うわ」

「僕はこういうことになると妙にあきらめが早いというか、他の男とデートしたいなら行けばいいじゃない、っていうスタンスになるんだ。自分にはまったく自信もなにもないんだけど、君がやりたいなら勝手にやれば、みたいな。それは常に敗者の論理なんだけどね。ずっと、ごく平凡なつまらない男だったしなあ。勉強も普通、スポーツも普通、クラスの人気者ってタイプでもないし、特技もなかった」

「敗者ってのは勝手な思い込みでしょ。あなたの良いところを見てくれていた人もいたんじゃないの？」

「そうあって欲しいけどね。あの頃、『若い芸術家の肖像』を読んだんだ。まあ、ほとんど理解できてなかったけど、後半でスティーヴン・ディーダラスは覚悟を決めるっていうか、カソリックの聖職につくことを辞めるんだ。もっと自由な立場で芸術家、実際は作家としての活動をしようと決める。スティーヴンの良さは純粋なところで、彼は娼婦を抱き、校長の勧めを断り、友達とも思うままに喧嘩する。そんな姿を読んでてわからないなりに、うらやましく思った。そしてスティーヴンが想いを寄せる女子学生のこともね。別にその女の子と具体的に恋愛が始まるわけではないけどさ。そういうピュアで世の中に迎合せず、自分の自由に生きようっていうところは僕に影響してると思う」

「まあまあ、ずいぶんとご高説を賜ったわね。あたしは勉強もしたことないし、小説なんて少ししか読んだこともないし、カソリックでもないし、さっぱりわけがわかんないけど。そういう気持ちがあなたの不器用な生き方の源泉だといいたいわけね？」

「まあね、結局『セヴンティーン』の少年の魂だってイデオロギーを別とすれば純粋なんだと思うよ。だから、自分で言うのもなんだけど、彼女はもしかしたら、そうした僕の気持ちを少し理解してくれて、キスも受け入れてくれたかもしれない」

「随分とえらそうね。で、それに対して、あの人は学校の女子生徒の憧れの秀才かつスポーツ万能の男として、正攻法で彼女にデートを申し込んだ」

「まあ、そうかな？」

「で、結果はどうなったわけ？」

「いや、二人はデートしたんだ。新宿だったと思うけど、映画見て、ご飯食べてみたいな、多分」

「多分、ていうことは詳しくは知らないわけね？」

「そんなこと聞けないし。でも、あとで彼女が語ったことから推測するに、そんな感じだったみたいだ。映画は、確か、『シンドラーのリスト』を小さな映画館で見たんだと思う。もう最初の公開からは時間が経っていたけど、あいつが上映してるとこを探したんだと思うけどね。あいつらしい選択だよね」

「普通はちょっとデート向きじゃないわね」

「そうだけど、あいつはそういうやつなんだ。見た目はチャラくて男前で、スポーツ万能、遊びも何でも出来るって感じなんだけど、実体は全く違う。戦争や、ユダヤ人への迫害、それこそホロコーストのことなんかに関心が高い。ある種の義務感みたいなのもあるんだろうな」

「義務感ってどういうこと？　別に日本の高校生が義務を感じることじゃあないでしょ」

「いや、それが彼は感じるんだ。自分がせめてそうしたことに関心を持つことが世界中の悲惨な人生を余儀なくされてる人々を救う一助にやがてはなると思っていたんだ。ラグビーの話をしながらもいつもそういう視点で物事を見ていた。僕はさっきも言ったように、ラグビーを深く考えたことはなかった。でもあいつはいろいろラグビーのことを勉強して、歴史も読んだりして、なおかつ、ノーサイドの精神とかを追及していた」

「ノーサイドね、あたしは正直あれって美化され過ぎてると思うわ。試合中は敵としてあらゆる力を注いで相手をぶちのめす。でも、一旦試合が終わればもう敵味方はなくてお互いの健闘をたたえ合う。まあ、美しい話だけど、うさん臭さを感じないでもないわ」

「君はイギリス人だけに、いろいろな点で厳しいというか、批評眼があるね。一度実際にラグビーでもプレーしてもらって、感想を聞きたいよ。本気で戦ったあとは勝っても負けても相手をリスペクトしてさ、友情を結ぶってもの良いものだけどなあ」

「さっき話した、童話のバルン君だけど、彼は一番小っちゃいし、非力なんだけど、ポルシェ君とアルファ君にうねうねした道で競争して勝つのよ。そして、みんなで仲良く帰るって同じような話ね。ま、あなたとあいつの関係もそういうラグビー精神だったといいたいわけね？」

「少なくともあいつはそう思っていたんじゃないかな？　僕は全然思ってなかったけどね」

「で、あいつと彼女のデートはどうなったわけ?」

「彼女とそのあとに、まあいつものように学校帰りに一緒に帰ったときに話したんだ。いっしょに帰ろうと言ったら、別に特に抵抗はなかった。僕は正直結構内心はジェラス・ガイだった。嫉妬男だったよな。きっとキスくらいはしたんじゃあないかと思ってね。つまらない下衆な考えだ。でも、そう思っていた」

「ジョンとヨーコね?」とスプライトはツボを押さえたコメント。

「でも、僕がうじうじしていると、彼女がこう言った。『この間の○○君とのデートのこと聞かないの? あたし、あいつにあたしの純情あげちゃったんだ』『えっ!』二の句が継げなかった。ってことは、あいつにやられちゃったってことか、と思った。僕は多分平静を装いつつ黄昏れたんだ。そしたら、彼女は僕にしなだれかかってきて、『うそよ、しっかり振ってあげたわ』と言ってくれた。僕は涙目になっていたかもしれない」

「あなたって、本当に情けないわね。でも、結果あんたが彼女をものにしたわけだわね」

「そう、変なんだけど、そうなんだよ。何故か彼女は僕を取った」

「そのあと、別にあいつは僕にその話を一切しなかった。練習でもいつも通りで、何か遺恨があるって感じでもなかった。ただ、あるとき、ひどい雨の日の練習で、その日はタックルだけやるってことになった。タックル専用の用具があってさ、それに肩から当たったりするんだけど、その日は完全にぬかるんでいたので、実際にメンバー間でタックルすることになった。グラウンドは土というか砂というかで、雨が降るとぐちゃぐちゃになる。ある意味転んでもそれほど痛くない。滑るしさ。そこで、あいつが僕にタックルしたんだけど、それはかなり強烈だった。僕はどろどろの水たまりに投げ出されてしばらく動くことが出来なかったなあ。それとか、あるときの練習試合で、僕はバックスのフォローに入って、相手ゴールの左端にトライを決めた。相手は私立の強豪高だったけど、ゴール前でタックルされても、構わずに飛び込んだら結構美しいトライが決まった。先輩にも褒められた。まあ、嬉しかった。でも帰りにあいつがこう言ったんだ。『おまえ、あれは右に人数余ってたんだから、右にパスしてゴール真下にトライを取るべきだったぞ』って。それは冷静に見れば正しかったよ。ま、そういうのがもしかしたら、あいつのせめてもの仕返しだったかもしれない」

「意外に卑怯というかつまらないやつね」

「いや、練習だし、別に高めのタックルじゃあなくて、正攻法で低めに入ってきた。心なしか、練習と言うよりは本気の気合を感じたけどね。やられたな、と思ったけど言わなかった。二、三日痛くてつらかった。トライもあいつの言うのが正解だ。僕は自分でトライすることしか眼中になかったからね。コンヴァージョンを損した」

「ま、いいわ。それであなたは無事に彼女をわがものにしたわけね」

「まあ、簡単に言えばそういうことだね。それからしばらくは楽しかったけどさ、彼女はなんていうか、さらに親密になることは許してくれなかった。つまり、キスから先の話だけどね」

「男ってすぐにそこに行こうとするのね」

「種の保存のための本能だから仕方ないと思うけど」

「そういえば、なんとでも正当化できると思ってるのね」

「恥を忍んで言うとさ、ある練習試合の前の日に、その週は禁欲生活をしてたんだ、試合でのパフォーマンスを上げるために。つまり、女の子のヌード写真とかも見ないようにしてた。そしたら、試合の前日の夜、彼女の夢を見てさ、朝起きたらパンツがべたべたになってた。それで試合ではいつもひどいにしても、その日はさらに全然だめで、タックル行って顔面をハンドオフされて鼻血出して、先輩から、低く入らないからそういうことになるんだとか怒られ、試合後もフランカー七番、もっと走らないとだめだと言われた。昨晩、夢精しましたとも言えず、情けなかった」


スプライトはあきれたのか、ハラスメントと感じたのか、コメントしなかった。

「もっとも最近は異性とのセックスを求めない人もいっぱいいるから、僕の説明も怪しいけどね。確かに。まあ、その話は、今はおいておいて、僕は普通の男の子だから、彼女とキスが出来たら、次はそれ以上を求めるのはあたりまえだと思う。でも、なぜか彼女はそれ以上はなかなか許してくれなかった。もちろん、デートはしていたし、仲良しだった。そして、時は過ぎていき、僕らは二年生になった。つまり、後輩の新入生が入ってくるわけだ。三年生は受験に備えて五月のS高戦をもって引退した。つまり、実質的に僕たちの学年がチームの主力になったってことだね。なにしろ、あいつはその頃にはナンバーエイトでキャプテンになった。実力も、リーダーとしての素質も素晴らしかった。一方、僕は相変わらずぱっとしない選手だった。おまけに成績もどんどん落ちて、クラスでも学年でもほぼ最下位になった。高校とかの立場っていうのか、クラスの中での捉えられ方は、やはり成績と、ほかに何か特技、例えば足が一番速いとか、サッカーのキャプテンとか、歌やギターが上手いとか、まあ、そういうことで決まるよね」

「あなたは、落ちるとこまで落ちた」

「ああ、授業中に、その日の放課後の練習試合に備えて、グラウンドにラインカーで白いラインを引いたりしてた。まったく勉強する気はなかったね。教師も見放したのか、何もいわれなかった。そういう状態になると楽なんだ」

「でも、彼女がよく愛想をつかさなかったわね?」

「僕の気持ちはなんとなく理解してたんじゃあないかな?　思い込みかもしれないけど」

「でも、しつこいようだけど、なんでそうなったの?」

「それは自分でもわからない。何もせずにずるずるしてるのも悪くないなあと思ってた」

「で、あいつは相変わらず校内の人気者で、輝いていた?」

「そうだね。ヴァレンタインデーには百個はチョコもらっていたよね」

「ところが、そうした中で事情が少しずつ変わっていった。彼女のお母さまが病気になった。乳がんだった。それで、彼女の父親は一流企業の幹部で、毎日仕事が忙しくて、休むわけにもいかず、かなりの部分を彼女が看病することになった。彼女は必然的に休みがちになり、僕もデートに誘えなくなった。一方で、あいつは、夏の合宿で大けがをした。右ひざ十字靱帯を切ってしまって、入院することになった。最終的には手術をして、復帰するには半年以上かかるといわれたらしい。で、あいつはラグビーをあっさり辞めた。高校生活はラグビーだけじゃあないし、俺は勉強して東大法学部を受けると僕に言った。

『でさ、俺のあとはキャプテンお前がやれよ?』とあいつは言ったんだ。

『何馬鹿なこと言ってんだよ、冗談も休み休み言ってくれよ。僕は知っての通り、まったくダメダメ選手だぜ。いつ辞めてもおかしくないくらいだ。これから秋の都大会とか大事な試合があるし、僕って選択肢はないよ。Gだって、Yだっているじゃあないか。面白くもない冗談だ』と僕は応じた。まったく考えてもいなかったことを言われたので冗談だと思ったけどね。

『いやいや、冗談じゃない。結局のところ、お前はさ、俺が見るに静かに実力をつけてきた。今はかなり足も速くなったし、バックスのフォローも完璧だ。ランパも全然平気じゃないか。オナニーしすぎて走れないってこともないようだしな。(ひどいことを言うよね。話した僕の失敗だけど)タックルもきちんとやってる。コンタクト入れてれば、目も全然見えてるし、それにお前は意外に視野が広い。知らないようでいて、いつの間にか、どうやって勉強したのかしらないけど、戦略、戦術にも通じてきた。ま、体力がやや弱いのが難点だけど、今年の夏合宿で見てたら、みんなに引けは取らない。今どきフィジカルが強くて、気合いや根性だけで引っ張るタイプだけじゃあだめだと思う。そういう意味では、GやZはキャプテンには向かないよ。大体うちのチームは所詮都立高校の普通のチームだ。頭使わないと勝てないしね』と言われた。

『僕は成績も悪いし、馬鹿だぜ』と僕は言った。

『知らなかったけど、お前は面倒見もいいんだね。一年生はみんな慕っているぜ。GやZとか二年の連中も異議はなかったし、先輩たちも同意してくれた。地あたまが良いことは、俺が保証するぜ。お前がやるしかないよ』と言われてしまった」

「あなたの良いとこはみんな見ていたということね」とスプライト。

「あたしもあなたを、彼の友人として観察していたし、彼女のあなたへの想いも知ってるから、そうなったのは不思議じゃあないわ」

「褒められてもなあ、でも、ともかくそうなってしまった」

「彼女のお母さまはその後も具合があまり良くなかった。ずっと入院していたんだ。あるとき久しぶりにデートしたんだけど、暗かった。『あたしがママのことを見るしかないんだから、仕方ないわ。でも、あなたとはもうちゃんとは付き合えないわ。あなた、○○君の後にキャプテンになったのね。

凄いわね。やっぱりあたしが見込んだだけの男よ！』と言って結構笑ってくれた。笑われようが、彼女が笑顔を見せてくれるだけで僕は嬉しかった。『もう映画も見れないし、本も読めない。ママは我儘ばかり言うし、あたしはもうキレそうだけど、我慢してるの。こんなことくらい、世界中にもっと悲惨な境遇の人たちもいるんだって思って。パパは忙しいと言ってたまにしか来ないし。あんたの奥さんでしょと言いたいけど、あの人には無理ね』」


「ま、慰めようもなかったんだ。回復の見込みは薄くて、医者から余命宣告されてたからね」

「でも、そこで彼女の支えになるのが男でしょ」とスプライト。

「君は、癌みたいな病気で人間が次第に弱っていくのを見たことないだろう？」

「いいえ、あたしは彼が死んだときに奥さんのそばにいたから大体わかるわ。離れていても大事な人のことは手に取るようにわかるのよ」

「ふーん、そうなのか。まあいいや、結論だけ言うとさ、彼女は僕から遠ざかっていった。彼女の意志だと思った。それで別れた」

「つまんない男っていうか、愛が結局なかったのね」とスプライトは冷ややかに言う。

「いやいや、僕には愛はあったさ。でも、彼女の意志も大事だ。言い訳じゃあないよ」

「そうかしら、結局あなたが、彼女を本当には愛していなかったんじゃないの？」

「ま、でもさ、高校一年生、二年生だから、大人の恋愛とはちがうしさ」

「まあね、それはそうかもしれない」

「結局さ、僕はラグビー部のキャプテンとしては、それなりに頑張ったんだ。フィジカルの弱さはいろいろ考えて、ともかくタックルを強化した。怪我しないように低く当たることや、二人で組んでタックルするのを取りいれた。モールもさんざん練習してボールをキープできるようにした。それと一年生で中学くらいからサッカーやっていた部員に徹底的にキックを練習させ、プレースキックも、ドロップキックも自在に蹴れるやつを二人育てた。スクラムは体重も軽くて非力なのは否めなかったけど、アメフト部の連中にも参加してもらって、技術的なことを、ある大学でラグビーをやっていた先輩に頼んでコーチしてもらったりした。これで、都大会もまあまあだったけど、所詮は都立高校だから、強い私立高校には善戦は出来たけど勝てたのはまれだった。三年生になってS高戦で引退した。それから、あわてて少し勉強して、でも、結局全部落ちて、一浪して大学に入った。無駄な時を過ごしたかもしれない。彼女は同じクラスだったけど、三年生でクラスが別になり、それからはあんまり会えなかった」

4

彼女のお母さまは二年生の秋に亡くなった。その晩、一度だけ彼女と死のことを話したよ。

『燃えあがる緑の木』に、ギー兄さんってキャラが出てくるけどさ、十四歳の癌患者の少年カジが、自分がこの世界から消えてしまったときを思うと怖くなるとか言うんだ。それに対して、ギー兄さんは、時間の永遠のそのまたかぎりもある。地球の王という永遠を生きる人がいたとして、その人でも永遠のかぎりにいくらか手前で死ぬことになる。だから、むしろ一瞬よりはいくらか長く続く時間を生きていると思えば、怖くないんじゃないか?とまあ、もう間もなく死ぬことになるであろう少年を慰めるためというのか、そう言うんだ』と僕は彼女のお母様のご遺体を前にして話した。ご主人、つまり彼女の父親は、ご遺体を病院から受け取って、部屋に安置すると、すぐに仕事に戻ったらしい。

『それって、あたしも読んだけど、要は何千年の人類の歴史の中であたしたちが生きるのはせいぜい八十年とかで、結局三十歳で死んでも、六十歳で死んでも大して変わらない。それよりは、生を一瞬よりほんの少し長く続く時間、そう例えば三秒間を生きることなんだと、そう思えば、自分が死んだ後に永遠に続く世界が残ることの無念と言うか、そこに自分はいないということの怖さってのもなくなるってことよね』と彼女は言った。僕はうなずいた、と思う。

『あたしも、こうして母が死んで思ったの。私もいずれ死ぬ、そのときに悔恨があるとすれば何だろうって。母は最期までその瞬間の少し後に自分が死んでしまうとは思っていなかったと思うの。

だって、最後まであたしのことや、あなたに会ってみたいとか、何が食べたいとか言ってたんだから、あとわかんないけど二十四時間後より前に死んじゃうなんて思ってもいなかったんじゃないかしら』と彼女は続けた。今はもう涙も出ないみたいだ。


スプライトは聞いていて、こう言った。

「で、それがあなたと彼女のラストシーンかしら？」

「ま、大体そうだね」と僕は認めた。

「そうして、彼女は父親が、地方に転勤になったらしかった。エリート・サラリーマンとしては、どうだったんだろう？ わからないけどさ。でも、彼女はそのまま東京に残って、現役で早稲田大学の文学部に入った。僕は、三年生の五月のS高戦で引退して、一応受験勉強をし出した。でも、さすがにずっと勉強なんてしてなくて、ほとんど全校でビリギャルならぬビリボーイだったから、無理だよね。適当に大学はいくつか受けたけど、そのままどこも受からなかったので浪人した。その頃はもう現役合格が当たり前だったけどね。翌年、まあ、ごく普通の大学に入った」

「浪人って変なシステムね」とスプライトはあきれたように言った。「47RONIN？なら意味はあるかもね」

「ふふ、そうだね。僕は無駄な時間を過ごしたかもしれない。御茶ノ水の予備校に行き、うつのみ屋という中華の店で、授業が終わると、毎日、野菜タンメン大盛とギョーザのセットを食べてたなあ。飽きもせずにさ。こうして冷静に考えてみると彼女は僕のハイスクール・スウィート・ハートともいえないな。でさ、あいつはその間に東大法学部に入って、間もなく司法試験に合格し、ハーバードの法科大学院に留学し、弁護士として活躍しだした。そして、僕が遅ればせながら就職してしばらくしたら、彼女と結婚したことを知った。僕は心から祝福したよ」「絵にかいたようなセレブ夫婦よね」とスプライト。

「それからは君の知っての通りさ。あいつは変わり者だから、あるとき、突然弁護士をやめて、ある日本企業の欧州総括にヘッドハントされた。それでロンドンへ行き、君に出会ったわけだよ」と僕が話を終えないうちに、スプライトは大きな目をぱちくりして、嘆息した。「そーだったわね。あれが良かったのかどうかわからないわよね……。でも、その結果、彼はあたしにスカボローで会って、それが巡り巡って、今はあなたのものになったんだから、良かったのね、きっと」とぽつりと言う。
「そうだな、まあそのまま日本で敏腕弁護士、って言ってもあいつは社会派の弁護士だったからなあ、金儲けは興味なかったけどね。それが日本企業の利益追求のオペレーションの中に組み込まれて、どうだったんだろうね？　僕はそのことであいつから話を聞いたことはないけど、あいつがその後、膠原病になって、入院していたときに話したことはある。あいつは駒込の病院に入院してたんで、見舞いにいったんだけど、そこで話した。

『思ったより元気そうだ』と僕は言った。彼女はその日はいなかった。意図的に外したのかもしれない。

『うん、まあ日によりけりだ。今日は歩けるぐらいの感じだけど、まだ歩けないんだけど、こうして起き上がっていられる。暇でね』

『点滴もしてないじゃないか？』

『点滴はある決められたスケジュールで一定の時間帯だけやってる。常に点滴をし続けてるわけじゃあない。ステロイドは投与の量とタイミングが難しいらしい。でも、今はまあ普通にしていられる。どこかのタイミングで家に帰れるかもしれないけどなあ』とあいつは割と元気そうに微笑んでいた。

『携帯も出来るんだね？』

『別に何も言われないから、普通に使ってる』

『まあ、普通の生活じゃあないの。少し安心した』

『そう、それで暇だから、お前の好きだった、ジョイス読んでみた。『若い芸術家の肖像』と『ユリシーズ』。もちろん、原書だよ』

『そりゃあ凄いね。元気な人でもなかなかあの二冊とも読めない』

『いや、あれはなかなか面白い小説だ。俺は楽しんだぜ。評論家の解説も読んだけど、あれって、オデュッセイアが元ネタというか、それのジョイス版なわけだよな？　芸術家のほうはその前哨だな』

『確かにそういうことだ』

『でさ、もう一つのモチーフはダイダロスとイカロスだって。「鳥」と書いてもあった』

『それはM先生が解説で書いてるね。もっともジョイスの入門書なんかでもそれは書かれてる』と僕は引き取って少し言った。

『スティーヴン・ディーダラスはダイダロス。イカロスでもあるってわけだな？　方や、名工であるダイダロス、方や息子のイカロスは父の忠告をきかずに翼を付けて無謀に高く飛び、墜落して死ぬっていう関係だよな？』

『そうだね、でもまあそれは一面であって、それだけを主題に書いたわけでもないと思うけど』

『俺もそう思った。でも、鳥、空を飛ぶ、飛ぼうとして羽ばたくってことが若いスティーヴンの一つの目的だよな？　そして、場合によっては墜落する。俺みたいに』

『君の場合は病気になって一旦お休みだけど、また復活すれば飛べるだろ？　スティーヴンはカソリックの呪縛から逃れるというか、自由な芸術家になるという意味では君の言う通りだけど』

『俺は彼女に昔言ったんだ。怪我でラグビーは諦めるけど、今度は人生で一番の高みを目指してみるって。そして、やはり墜落した。このざまだ。いくら慰めをいわれても俺の命が間もなく燃え尽きることは明白だ』

『……』

僕は何も言わなかった。言ってもかえってあいつの心を傷つけるだけのような気がした。いや、嘘でもそんなことないよ、と言うべきだったのかな？　彼女はあいつとどんな会話をしているのだろうと思った。カジと同じような問いだとも思った。それを見透かしたようにあいつはこう言った。

『カジだって思ってんだろ。俺もかつて読んだよ。ノーベル文学賞だもんな。俺もそう思う。じゃあ、刹那より少し長い時間を生きたことに安寧を、安らぎを見出せって言うのかい？　俺は、あの中でギー兄さんが鷹に襲われる場面を思い出した。あれは鮮烈なイメージだよ。鷹は魂を取ろうとしてギー兄さんを襲ったと思う。これも鳥のエピソードだ。イカロスとは違うけど、鳥は失敗したのかな？』

『よくは覚えてないけど』と僕は言った。

「それで、そのあとにあいつは亡くなったのね？　あたしはあの頃、ガレージで時々彼女がかけてる電話を盗み聞きしてたけど、そう詳しくはわからなかったわ」とスプライト。

「そうだね、それで僕は君を引き取ることになったわけだ。そしてそれは必然だったのかな？」

「もちろん、そうよ。だって、彼女はあなたの元スウィートハートで、あいつはライバルよね。その人が乗っていたクルマはやはり、ライバルであり、親友だったあなたが乗るのが一番だと思うわ」

「まあ、普通で考えればね」

「ところで、君の話の腰を折ったかもしれないけど、他に面白い話はないの？」

「え、あたしの話ねえ、じゃあこれはどうかしら？　あたしって、本当は音楽好きなのよ。それも、ブラジル、ギリシア、ナイジェリアとかが、イギリスやアメリカの音楽よりも好きなの。もちろん、広くポピュラー音楽全体が好きなのよ。大衆音楽っていうのかしら？」

「大衆音楽って言い方はコアなファンだね。中村とうようさんみたいだ」

「え、そういう言い方が日本では普通なんじゃあないの？」

「そうでもないなあ」

「まあいいわ、で、大衆音楽に嵌ったのはいろいろ理由があるんだけど、それはどうでも良いの。あなたがさっきからジョイスっていうと、あたしはブラジルのジョイス・モレーノを思い浮かべるわけよ。まあ、ボッサなんだけど、ともかくリズムが良いの」

「君にそんな趣味があるとはね。驚きだ」

「ふふん、で、あたしはその昔、ロスにいたわけよ。あれはまだ一九六八年頃のことだわ」

「僕の生まれるはるかに前だね」

「そうなるかしら、ほんの十年くらい前でしょ。それで、あたしの当時の持ち主は、アメリカ人で、ポピュラー音楽のミュージシャンで、録音エンジニアもやってたの。ギリシア系で」

「ポピュラーって言ってもどんな音楽なの？」

「ロックね。彼はキーボードを弾いていたわ」

「はあ、あの頃のまさに輝いてたロックかあ」

「ええ、ともかく毎日新しい音楽が聞こえてきていたわ。デッドとか、エアプレーンとか、ドアーズ、まあそんなバンドがいっぱいいいたわね」

「それは凄い時代だね。僕はあまりちゃんと聞いたことはないけどね」

「そうしたある日、私の持ち主、面倒だからLWということにするわね。LWは、私を運転して、ある スタジオに行ったの。夜の十時ころだったかしら。LWはわたしを駐車場に停めて、その日は録音技師としてなんだけど、ある若いグループの録音の仕事だった。ロスだから夜になると結構寒いの。乾燥しているから、日がかげると涼しくなるの。あたしはロスの気候は好きだったわ。夜は、今日みたいな感じでもあるけど、涼しくてちょっと南国っぽくって。ビールが美味しいのよ。飲んだことはないけどね(笑)」

「そうして、夜の気配が濃厚になっていった。パームトゥリーの影が奇麗だった。そこに一台の車がやってきたの。それは、わたしは思わずハッとしたんだけど、とても素晴らしいサイケデリックなデザインに塗られていたわ」

「ほう、そうなんだ。クルマは何?」

「ポルシェよ」

「その時代だと356と911があるなあ。どっちだろう?」

「そんなの知らないわ。ポルシェはポルシェよ。どれでもいいじゃない? オープンカーよ」

「まあ、そうだけど」

「で、運転してたのは女性でね。髪が長くて、まあ美人じゃないけど可愛らしい人だったわ」

「ふーん」

「でね、その人があたしを見て、あら可愛いクルマね?と言ったの。なんていうクルマかしら?と独り言が聞こえた。でも、あたしは心の通う人とはしゃべれるのよ。だから、オースチン・ヒーリー・スプライトといいますって言ったの。それはもちろん、彼女に届いた。彼女は別に驚くでもなく、そういう名前なんだ、って言ったわ。あとで冷静に考えれば彼女はラリっていたから、クルマが話しても平気だったのかもしれないけど。で、あなたってアメリカのクルマ?って聞かれたから、あたしはイングランド生まれですって。そうよね、オースチンなんてイングランドらしい名前ね、と彼女は言って、あたしのボディを撫ぜてくれた。あたしのはドイツのクルマなの。あなたは女の子のようだけど、あたしの子は男だと思うわって。このドイツ野郎とはその時点では会話はなかったけど、あたしも男だと思った。素晴らしいペインティングね?とあたしは聞いた。『ああ、デイヴってあたしの友達が考えてこんな絵柄になったの。気に入ってるわ』『このボンネットの目は凄く印象的、フリーメイソンの目だわね?』『あなたって、凄くポッシュな英語しゃべるわね? やっぱりイングランドなのね。そう、これはデイヴがフリーメイソンの目だっていって描かせていたわ。そうは言っても、全体が凄くサイケデリックでしょ、だから私も何が何だかわからないとこもあるの』彼女は、アメリカンではあるけど、ちょっと気品があって、良家の子女だって感じだった」

「ふうむ、なんとなく誰かわかったよ」と僕は言った。

「そうよね、ここまで言えばきっとわかるわね。彼女はそれで、じゃあ行かなきゃならないわ。またね。私、あなたが気に入ったわ、ポルシェの次はあなたにしようかしらって言ってスタジオに入っていった。Sittin' down by my window」

「ふーん、で、そのドイツ野郎とは話でもしたの？」と僕が聞いた。

「ええ、もちろん、変なやつに見えたけど、まあ結構良い奴だったわ。彼は六四年生まれでアメリカに輸出された。あたしは、五九年にアメリカに来たわ。まあ、少し小僧に見えたけど、誇り高いジャーマンだものね。あんたのご主人はミュージシャンなの？と話しかけると、『うん、そうだよ。結構有名だ、あんた知らないの？』と偉そうに言うわけよ」

「えらそうなドイツ野郎だ」

「ま、戦争も終わってるわけだし、敵国って思ってたわけじゃあないわ。でも、あいつは九十馬力くらいあって、四輪がディスクブレーキで、悔しいけど、かなり性能が上だわ。あたしみたいに四輪がドラムブレーキで四十馬力ではかなわないわよね」

「いや、バルンくんの話でもあったように道によってはポルシェなんかカモれるよ」

「バルンくんならね。自信ないわ。そう、それで、彼は彼女のことをすごく誇りに思っていたわ。その人の愛車であることもすごく誇らしく思ってたし、例えば駐車場で隣り合うあたしのようなクルマが、彼女のことを知らないとプライドが傷つくわけよ」

「それはわかるなあ」

「でもすごく心配もしていた。彼女がアルコールとドラッグに溺れて、このままでは身を持ち崩すんではないかとか。実際そうなるわけだけど……。それから、やたらボーイフレンドとセックスするのが気になるって言ってたわ。ある種の嫉妬ね」

「でも、それは彼女が幸せだったたってことの証でもあるよね？　愛し合うのを、メイキング・ラヴって意味だけど、それは幸せなことさ。セクチュアル・ヒーリング」

「まあ、その通りね。で、あたしの話は一応終わりよ。あいつがたまにガレージで音楽かけていた。当然彼女の歌が聞こえることがまれだけどあるわけよ。『サマータイム』が多かったわ。あれって、原曲のイメージはあまりないけど、でも強烈な歌い方よね。サンフランシスコ。そういうときは彼女のことを想ったわ。彼女の魂の幸せを祈るのよ。そして、今はあいつの魂の幸せも。あたしが会った人間の半分はまあ幸せな人生を送った。半分は必ずしも幸せではなかったかもしれない。でも、あたしに乗ってるときは、って下品な表現に聞こえるわね、でもみんな一瞬でも幸せだった気もする。だから、あなたと彼女のことも心配なの」

「うん、ありがとう。でも、僕は妻もいて、まずまずの生活だ。そっちに行くことはないと思うよ」

と僕はスプライトにダメ出しをした。スプライトは一瞬、静かにしていた。

「でも、しつこいようだけど、あなたの奥様、彼氏がいるみたいよ」

夜も更けた。The hour is getting late

5

その日、僕はガレージに置いてあるスプライトのそばに行った。それからおもむろに、スマホを取り出して、電話した。

「あ、僕だけど元気にしてる?」

「あら、珍しいわね。あなたが電話してくるなんて。どういう風の吹き回し?」と彼女はいつもと変わらない声で応えた。

「うん、ちょっと聞きたいことがあってさ。あの『バルンくん』て絵本、まだ君の家にあるかなあ?カニ目を題材にした絵本だけどさ。あいつが持っていたと思うんだけど。三冊くらいあると思うけど」と僕。

「ああ、『バルンくん』、『バルンくんとともだち』『バルンくんと　おたすけ三きょうだい』と三冊おそろいでありまーす。でも、ちょうど今日、古本屋さんが来て引き取ってもらうところなの」と彼女は機嫌が良いみたいだ。

「あ、悪いけど、その三冊売らないでおいてくれる?」と僕は言う。このとき、スプライトがおやおやと言ったようにも聞こえた。空耳かな。

「ジェイムズ・ジョイスの写真とか、ジョイスの日記の本とか、何か私にはわけのわからないものもいっぱいあるわよ。なんなら全部持って行ってくれても良いわよ。あたし、新しい人生切り開こうって思って、断捨離してるの」

僕はスプライト、日本風に言えばカニ目のエンジンをかけた。まだ猛暑だけど、オープンならいくらか涼しいだろう。でもサングラスと帽子は必要だな。先のことは考えるのをやめた。九四八ccのOHVエンジンのアイドリングが安定してきて、水温計ももう大丈夫だ。クラッチを踏み込んでギアを一速に入れた。スプライトがにやにやしているような気がした。

イラスト／岩上和道

銀鼠髪（ぎんねずがみ）のオデュッセウス

きみはロマンスと瓦礫の世界に住み、夜中の何時であろうと外をうろつき、
あれこれ手に入れ、それをみんなに持ち帰ってきた。
きみは疎外された主人公、知略にたけた小悪魔の車に同乗しただけだ。

ボブ・ディラン『ソングの哲学』（佐藤良明訳　岩波書店）

1　ニア・ザ・ビギニング

野原一馬（のはらいちま）は、腕時計をちらっと見た。もう出なければならない時間だ。会長は相変わらず渋面を崩さず、イエローのウブロクラシックフュージョントゥールビヨンは十一時五十二分を指している。しきりと考えている。「一馬さん、でどうなんだね？　これでいけると思うのかい？」と会長。ジュニアのほうは横を向いている。クリエイティブディレクターの馬戸拓（うまどひらく）は、「会長、タレントさんは現時点で日本最高です。笑いと泣きの両立。商品は完璧なマッチングです。絶対行けます！　この暗いトーンが今どきなんです」と明瞭な声でいう。一馬には、なぜか、映画のワンシーンが浮かんだ。あれは、クレイマーVS.クレイマーだったか、プレインズ・トレインズ&オートモビルズだったか。クライアントの社長とおぼしき人物の前で広告会社の部長のダスティン・ホフマンか、スティーブ・マーチンだったかは、いらいらしながら決断を待っている場面だ。今日と同じだ。確か、スティーブ・マーチンはクリスマス休暇で帰る飛行機の時間がせまっていることであせっている。多分こっちだな、今日と似ているのは、と結論付けたときに、「なあ、一馬さん、あんたの意見を聞いてるんだよ」と声が聞こえた。「はい、時の運ですから、会長のひらめきで決めてください」と一馬はいって、銀鼠の髪をかきあげた。「ふん、気楽なもんだな。そうやって五千万も使って作っちまって、ぜんぜん世の中に受けないと、会長ゴルフでも行きましょうとかいって、戸塚に連れてく」「そういうのは古いんだぞ。古代営業ってんだ」「まあ、いいや。こうしよう。このCMでそれなりにキャンペーンが成功したら、許す。だめだったら、制作費半額しか払わない。成功か失敗かの評価は私の判断、でどうだ?」と会長。「了解です。それで行きましょう」と一馬は破顔一笑。ジュニアは渋い顔。馬戸はそっぽを向いている。一馬はもう時間がないので、金のことはあとで考えることにして、席を立った。馬戸を連れて会長とジュニアに挨拶してプレゼンルームを出る。「一馬さん、うちがいくらお宅に払ってるのか知ってるよな。お宅の事務所はうちの金で出来てるようなもんだもんな」「いやいや、うちは会長のおかげで成り立ってますからね。おっしゃる通りです。感謝してます」「ならいいよ。今度、カンテサンスでご馳走してやるからさ」ははあ、ありがたき幸せと平伏して一馬は階下へのエレベーターに乗った。宣伝統括部長はやたら深々とお辞儀をしていた。

地下の駐車場で、ロールスのドアを開けて高梨さんが迎えてくれる。件の会長がロールスロイスに乗っているのを見て、凄いですねと一馬があるときいったところ、お前もロールスにしろといわれた。冗談とは思えない会長のいい方もあったので、それを受け入れた。だから、クリエイティブ・ブティックの社長という立場ではありえない公用車をロールスにした。もっとも、普通のクライアントに行くときは日本車のワンボックスで行くのだが。馬戸は隣に座った。「まったく、また会長様が出てきてあれですからね。ジュニアの不機嫌な顔見ましたよね。一馬さん?」と馬戸は不愉快そうにいう。「仕方ないだろ。会長が決めてんだからさ」と一馬。「それにしても、効果がなかったら半額はひどいでしょう。っていうか、最終の評価は会長判断だったら、最初から半額にされるってことですよね。今どき、それって下請けいじめですよ。っていうか、そもそも発注書もないし、口約束だし、これってコンプライアンスに反してますよね。ハラスメントで訴えてやりたいくらいだ」「お前さ、そんなことできると思ってるの？」「出来ないですよ。だから頭くるんです。クソ会長が」

馬戸は、今やCMクリエイターの最高峰の評価を得ている。一馬が大手広告代理店を辞めて独立した際に、三顧の礼で迎え入れた。年俸ももちろん、それなりのものを払っている。少なくともフェラーリくらいはすぐに買える。もっとも、馬戸は、クルマなんぞは一ミリの興味もないのだろうが。

野原一馬は、クリエイター志望ではあったが、クリエイターになれなかったし、自分の能力は総合的なプロデューサーに向いているとあるとき悟って、まとめ役をやることに徹して、大手広告会社を辞めて独立した。いわゆるクリエイティブ・ブティックといわれる、比較的小規模の、主にCM制作をメインでやる会社を立ち上げた。名前は、LSMと名付けた。

2　野原一馬の序文

ジョージ・オーウェルは動物農場がウクライナで出版されたときに序文を書き下ろしてる。それを読むと、彼一流の書き方で自分が何者かっていうのを書いてる。これはとても面白い。ウクライナのことは俺には難しくて厳密には理解できてないが、この翻訳が出たのが一九四七年だとあるので、その頃はソ連の中の半分独立国という体裁だったと思う。そうした国民に向かってオーウェルは忌憚ないというか極めて冷静に自分のことを語ってると思う。人柄がよく出てると思う。だから俺も自分の話をするにあたって、まず初めに俺自身のことを語っておきたい。俺は、一九五〇年代の初めに埼玉県に生まれ、その後、東京に移り、都立高校を卒業したのち一浪して、T大学に入学した。一九七一年のことだ。卒業は文学部の英文科だった。高校時代はちょうど七〇年安保の時代で、クラスメイトのなかには、学生運動に実際にかかわった友人もいたし、デモに参加する友人もいた。しかし、シンパシーはあったものの、俺はそこまでの気持ちにはなれずに、ノンポリで過ごした。部活ではサッカー部に入ったが、あまり面白いとは思えなくて高校二年の夏合宿に行きたくなくて退部した。成績は芳しくなく、全校で真ん中より少し後ろくらいだった。その後、一浪して、大学に入って、時間はゆっくりと過ぎていった。教養学部の二年間は、知り合った何人かの仲間とロックバンドを作った。演奏する曲は二曲だけ。フリーのオールライトナウとファイヤー&ウォーターだけ。フリー。だから、初めてギター持った人間がやれるようなバンドではなかったのだが、そこは何も知らない強みで、四人ともフリーを演奏している気になっていた。そして、英文科にいるころはジェイムズ・ジョイスやスコット・フィッツジェラルドなどに傾倒した。ゴシック・ロマンス好きな友人がH・P・ラブクラフトという作家も教えてくれた。そこから、アメリカン・ゴシックという講座があったので、それを受講してトマス・ピンチョンを知った。ジェイムズ・ジョイスはあまりにも英語が難しくて、とても原書では読めなかった。俺は大学受験浪人したうえに、社会に出て何をすれば良いのかよくわからないまま、留年して大学に六年いたので、卒業したときは二十五歳だった。テレビコマーシャルを作ってみたくて、某大手広告代理店に就職した。クリエイティブの部署を希望したが、テレビの担当になった。まあ、とりあえずなんでもいいや、と妥協した。広告会社は当時まだまだ伸びしろが大きくあり、毎年大きく成長していた。テレビは、新聞に次いで、すでに確立されたもっとも大きなメディアであり、俺のいた広告代理店はその世界で大きな影響力を持っていた。最初はまずはＣＭ素材を放送局へ搬入するところから始まり、それから局担といわれる特定の放送局の担当になった。たまたま、ほとんどなすがままに生きてきたことがかえって功を奏して、担当した放送局とはなぜか馬が合ったというのか、面白いように仕事を覚えた。レットイットビー。仕事といっても、それをうまく運ぶのは、その頃はほとんど人間関係だった。毎夜、放送局の自分と年の近い担当者と飲み歩いたり、遊び歩いたりを繰り返して人脈を広げた。そうして、三十歳で女子アナウンサーのエリコと結婚した。エリコは仕事がら勤務時間が不規則で、俺も毎晩朝まで帰らないような生活で、華やかな結婚式と披露宴の後、海外へのハネムーンが終わると、二人の間はすぐに冷ややかなものとなった。結局子供は出来なかった。今は離婚こそしてないけど、ずっと別居している。一方で、テレビの仕事をしながら、放送局へと出入りするうちに次第に放送界の仕組みが理解できた。広告と民放テレビ局との深い絆がはっきりと見えてきた。放送局の幹部の目にも止まるようになった。しかし、俺は飽きっぽいところもあって、十年もすると新しいことがしたくなった。ちょうど、遊び仲間の営業のひとりが、お前が来るなら歓迎だよといってくれた。そのクライアントは広告制作、つまりクリエイティブに非常に熱心だったのでその部署への異動願いを出して異動した。没入したのはテレビコマーシャルの制作の仕事だった。そこで、馬戸拓に出会った。クリエイティブはやはり個人の能力だ。馬戸は、何をやってもヒットが出せた。芸術家でもなく、職人でもなく、魔術師みたいなもんだった。そして俺と気が合った。馬馬コンビなどといわれたが、次々とＣＭは大ヒットした。俺はもっと自分で好きなことがやりたかった。そこで馬戸を誘って、クリエイティブ・ブティックを設立して独立した。馬戸も異論はなかった。クライアントのためとはいえ、馬戸がやりたい企画が概ね好きに実現できるようになった。これまで以上に多くの企業がクリエイティブを依頼してきた。俺は欧米の一業種一社の考え方を取り入れて、原則競合する会社を同時に扱わないこととした。もともと、十人たらずの会社なので、大手広告代理店のように多くのクライアントを持つことも現実的に無理だった。だから、いわば厳選した少数の企業をクライアントとしてやっていこうという方針だ。会社名はＬＳＭと名付けた。本当は馬戸拓が名前を付けたほうが良かったのだが、ここは俺にこだわりがあった。Ｌはレオポルド・ブルームのＬ。ＳはスティーヴンＳ・ディッダラスのＳ、Ｍはモリー・ブルームのＭ。三人ともジェイムズ・ジョイスのユリシーズの主要な登場人物だ。レオポルド・ブルームとモリーは夫婦だし、スティーヴンは彼らの精神的な息子みたいなものだ。俺は大学でユリシーズを読み、それに大きく惹かれて、心の中にはいつもその登場人物、とくにレオポルド・ブルームのことがあった。レオポルド・ブルームは祖父がユダヤ系ハンガリー人で、その後一家はアイルランドのダブリンに移民としてやってきた。だから、ブルームはユダヤ系アイルランド人だ。ユリシーズがホメロスのオデュッセイアがベースになっているのは有名な話だ。そして、ユリシーズの中ではレオポルド・ブルームはオデュッセウスにあたる。そしてここが肝心なことなのだが、レオポルド・ブルームはダブリンのしがない「広告屋」なのだ。一九〇四年のダブリンで彼はぱっとしない広告取りをやってる。俺は、あまり深く人生の目標を考えずに暮らしてきて、今はこのＬＳＭという会社で成功した。しかし、考えてみると俺がもともと思っていた人生は、もとはといえば、学生運動のようなものに感じたシンパシーがどこかにあって、ジョージ・オーウェルのような視点があったと思う。ちなみに、オーウェルがジュラ島にいたころに出している手紙はとても面白い。こんな生活が出来たら良いなと思うけど、一方で、俺は都会の生活が欠かせないところもある。相反する気持ちだけど。オーウェルの手紙を読むと何ひとつ不自由のない生活がどれだけつまらないものかと思う。いや、それはそれで幸せなことだとも思うけど。広告の世界へ入ったことはなにか違うんではないかとずっと心の隅っこに疑問があったんだ。そうしたことへの一つの解決策がクリエイティブ・ブティックを作った目的だったということかな。俺がもともといた広告代理店は、その後「広告会社」といういいかたをしだした。代理業ではなくてクライアントのパートナーであるということの宣言だ。それから、かなりの年月がたって、今の社長は俺の後輩だ。ファンキーなやつで、社名をそれまでの通電堂からジュークジョイント・コーポレーションという名前に変えてしまった。俺はそのとき新社長をたずねて、なあ、ジュークジョイントって名前さ、グローバル企業にふさわしくないよ、といった。だって、ジュークジョイントってのは、アメリカ南部のもともと奴隷だった黒人たちの酒場であり、ダンス場であり、音楽バーであり、社交場も兼ねてたような場所のことだぜ。それこそロバート・ジョンソンがギター弾いて歌ってたようなとこだよ。俺は好きだけど、そんな名前、よくうるさ型の株主様たちや、OBたちが許してくれたな?と聞いた。そしたら、そいつがいうには、いや一馬さん、もうそんな時代じゃないっすよ。私は、このままではこの会社、先がないなと思ってます。だから、全然今までとは違う会社になりたくてつけました。なに、IRの説明会では、こういう歴史的に抑圧されたアフリカンアメリカンの人々が新しい息抜きの場として心を休め、友達と楽しみ、未来に向けて歩き出した場所なんだと説明しました。多様性だとか、なんだとかお題目をいってるひとたちはそういうことには今は反対できないんですよ。英語だし恰好よいと思ったってのもあるかもしれませんね。ご存じの通り、今度イギリスのイグニッショングループを買収します。メディア系の会社ですが、これでグローバルメガの仲間入りですからね。イグニッションの会長からはずいぶん凄い名前つけたねと嫌味をいわれましたけどね。イギリス人です。まあ、それはいうだろうな。と俺はうなずいた。でも、そいつ、元々MI5かなにかにいたらしいけど、ブラック・ミュージック大好きなんで笑ってましたよ。まあ、あいつも社長になって考えてんだなと思った。ともかく俺は俺の道を行くしかない。ジーザスラブズユーモアザンユーウィルノー。

3　一馬、ブルームにならって豚の腎臓を味わう　～幽霊の馬たち

一馬は、一旦会長へのプレゼンのことは忘れることにした。

なあ、もしディーラー側がNOなんだったら、俺が自分でやるしかないよ。で、三雲先生はどんな感じなの？　わかった俺が自分で電話して話すよ。三雲先生なら、なんとかしてくれるだろうよ。馬戸、今日、俺これから山梨だから、悪いけどタクシーで帰ってくれる？　アキラ、このままキドニー食いに河口湖に行くよ。俺はロールスに乗り込む。アキラが続く。ドライバーの高梨さんが押さえてたドアをゆっくりと閉めてくれる。ロールスは静かに動き出す。なにか、太古の生物がしずしずと動くようだ。三雲先生、野原一馬です。ご無沙汰してます。ご活躍ってほどでもないです。で、先生、俺のロールスロイスにマスコットがついてるんですが、ええ、ボンネットの先端です。ほら、タイタニックで主演女優のケイト・ウィンスレットがやったように翼を拡げた女神みたいなやつです。ニケから来てるという話もありますが、チャールズ・サイクスというイギリス人の彫刻家がデザインしたものだそうです。モデルは、エレノア・ソーントンっていう女性です。写真で見る限り、別に美人でもないです。なんで、その子がモデルにですか、それはわからないですね。ロールスロイス社で働いていたんでちょうど良かったんではないですかね。サイクスが実際のロールスを乗ったときに、あまりに乗り心地が良いので、これならボンネットの先端に妖精を乗せてもバランスを崩さずにいられると思ったとか聞きました。多分二十世紀の初めころの話ですが。でも、このモデ

ルの娘は妖精って感じじゃないですね。あたりまえですが、マスコット自体はもともとロールスロイス買えばついてるんですが、実はこれには別バージョンがあるんです。どこかの王様が買ったときに、俺より前に立ってるやつがいるのは許せんとかいったそうで、仕方なくサイクスが作った女神が膝をついてるバージョンがあるんですよ。そうそう、ニーリング、跪（ひざまず）くなんとかっていうらしいです。エリザベス女王のロールスもこれがついてると聞きました。で、俺はそれを付けてやろうかと思ったんですが、それもオリジナリティがないし、しゃくなんで、まったく違ったものを作っていただいて、世界に唯一のロールスにしようと思うんです。考えたのは、赤ンベイしてる女神バージョンです。俺は、もともとはただの広告屋だったのに、何故だか最近は大物アーティストみたいな感じで祭り上げられていて、柄でもないのにキャスターやったり、映画プロデューサーになったりで、お恥ずかしいですけど。だからせめて、マスコットに赤ンベイさせてみたいんです。で、そのフィギュアを先生に作ってもらいたいわけです。ロールスのは鋳造らしいです。そこは先生のやり方にお任せします。大きさは別途正確にお知らせします。高さ八センチくらいだったと思います。実物を取り寄せて先生に送ります。最近一番新しいバージョンに変更すると発表されたようです。今後は超流線形のデザインになるそうですが。それから細かいのですが、このフィギュア、イメージとしては女神が翼を広げているという感じです。でも、実際は翼ではなくて、手を広げていて、薄いロープというのか、衣装が翼のように見えるんです。なので、女神に翼が生えてるわけではないんです。赤ンベイをさせるには、手を何らかの形で見せて、手で目を赤ンベイしなくてはならないと思うんです。そこが少し工夫がいるかもしれません。色ですか、普通はシルバーの磨きだしなんですが、これも先生にお任せします。勝手をいえば、形はオリジナルのをリスペクトして、それでリアルに赤ンベイさせてほしいですが、先生にお考えがあればそれを尊重します。まあ、見ようによっては確かにエイリアンみたいに見えるときもありますね。ウフフ。三雲先生との電話は一旦終了した。快諾をいただいたが、大御所の彫刻家だし、どう気が変わるかわからない。それに出来上がるのが一体いつなのかもわからない。当面仕方ないので、跪いてる女神を乗せておこう。あれは、本物かどうかわからないが、先日メルカリで落としたものがある。三十万円だったが、まあまあの出来だ。あれを付けさせよう。しかし、自分でもなんでロールスロイスみたいなものが欲しくなったのかよくわからない。会長にいわれたってのもあったけど、あんな富の象徴のような俗物が好む、ミーハー心満載のクルマに乗りたいのか……。金額だけなら、いくらでももっと高いクルマもある。でもロールスに乗りたくなったのは何か俺を刺激するものがあるんだ。もちろん、自分で運転するスポーツカーとロールスの後部座席は違うけど。少し前に俺が買ったときは、ロールスロイス・ファントム・エクステンデッドはベーシックな仕様で、七千万円くらいだった。排気量6,748cc。エンジンはV型12気筒571馬力。こんなもの、どう考えたって必要はない。最新のシリーズⅡはもっと仰々しくなってる。ビスポークが充実して、いくらでも自分専用の仕様が作れるが、値段もあってないようなもんだ。一億円では大したものは買えなくなった。まあこういうものは高ければ高いほど売れるんだ。ま、いいやそんなこと。今日はさ、さっきもいったように、豚の腎臓食べるんだ。なぜ豚の腎臓かといわれれば、ジェイムズ・ジョイスだよ。知ってるか、アイルランドの作家？　ロールスは中央高速に乗り、やがて一般道に降り、次第に田舎道にわけ入った。小雨が間断なく降り注いでいた。山梨県の小立のあたりで、畑が続き、それを横切ると、小さな森のようになっている一帯があり、そこからレオパルド戦車のようなロールスにはいささか不安定な農道のような細い道に入った。クルマがはみ出しそうな細い道だ。そして、少し行くと左に小さな入り口がある。木のゲートが開いている。ここはもともと小さな牧場というか馬を飼っていたところだ。俺が、駆け出しのころによく面倒見てくれたいわば恩人（と呼ぶことにするが）がいた。恩人は小さな広告代理店を経営していて、どこで知り合ったのかはっきりは覚えていないけど、多分夜の街で親しくなった。俺が当時いた大手広告代理店（今やジュークジョイント社と呼ばなくてはいけないけど）とはまた全然違って、なんか家族的な雰囲気だったなあ。粋な人で、家は世田谷の駒沢に広大な敷地があり、そこで古いお屋敷に住んでいた。もともとは明治の著名な実業人が所有し、そのころ借金の抵当に入って手放された家で、恩人はそれを買い取ったらしかった。その家は本当に大きくて、いったい何部屋あるのかわからないくらい部屋があり、どの部屋も恐ろしく広くて、しかし、どことなく情緒があった。そんな家に住んでいるのにクルマは驚いたことに、二代目のフィアット500に乗っていた。あの昔のヌオーヴァ500といわれた可愛らしいクルマだ。もちろん、マニュアルシフトだ。彼は何故か俺のことを気に入ってくれて、いろいろと面倒をみてくれた。ご馳走してくれたり、銀座のクラブに連れて行ってくれたり。恩人は女性に関してもなかなか一家言あり、俺にいろいろ指南してくれた。ところが、恩人はあるとき経営していた小さな広告代理店を売り、引退した。そのときに、知り合いの仲間たちと、牧場を作り、そこで知人たちの馬を預かった。それがこの山梨の河口湖の近くだった。買った土地を牧場にする為に均して、馬が周回できるような放牧場と厩舎とログハウスを建てて、住居兼友人たちが泊まれるようにした。完成すると恩人はさっさと富士の牧場に移住した。恩人の母上と奥様は駒沢の家にそのまま住んだ。奥様にとっては夫がいなくて、姑との暮らしはきつかっただろう。夫妻は小学生の男の子がいたが、奥様は夫の暮らしも心配で、毎週世田谷から河口湖まで車で通ったらしい。ロールスは無事農道をクリアし、恩人の牧場の敷地に入りログハウスの前に停車した。雨が降り注ぎ木々は緑の色を濃くしている。地面が雨で濡れているので、クルマのタイヤはもちろんホイールハウスまで踏みしだいた草がこびりついている。恩人の一人息子の祐輔がログハウスの玄関に傘をさして立っている。時刻は午後二時半だった。高梨さんがドアを開けて、傘をさしかけてくれる。結構下がぬかるんでいて滑りそうだ。ジョン・ロブのシューズはこういうときも安定してる。バトルブーツという元々は戦争のときに履いたらしいが、くるぶしより上まであって、雨は全然気にならない。俺はそう着るものに凝るほうではないけど、靴だけは別だ。俺の持ち物で大事なものは靴とギターとレコードくらいだ。通常の市販のジョン・ロブの靴ではなくて、ロンドンのセント・ジェームズズ・ストリートにある完全な注文生産の靴屋のほうだ。ずいぶん前にロンドンに行ったときに、紹介されて以来嵌ってしまった。ビスポークシューズで、最初に足形を作り、革の色や種類を選び、靴のデザインを決め、といった工程が面白かった。値段も当時は五十万円くらいだったと思うが、高いけど、一生ものだと思うと、そう高くはない。出来上がりまで、かなりの時間がかかるので、一度できた足形を確認に行ったり、最初は大変で適当な理由をつけてそのためにロンドンにもう一度行くために、馬戸にCMの企画をロンドンでの撮影にしてもらうように頼んだくらいだった。ともかく、その後、ジョン・ロブに足形があるので、注文はＦＡＸですれば（今は秘書のアキラがメールで注文してくれるが）半年後には靴が届くという状態になった。ともかくこの靴は最高で、雨の中で履くのも全く心配ない。俺の数少ない道楽だ。祐輔と握手する。雨の中わざわざありがとうございます。いや久しぶりだね。お母さまは元気か？　ええ、元気です。今中にいます。ドア、ちょっと壊れてるんで気を付けてください。あ、靴はそのままで結構です。室内に入る。もう何十年ぶりだろうか？　昔ここが牧場でまだ馬たちがいたとき以来だ。あのときはまだまだ新しくて使われてる木材もピカピカしていたな。玄関というか入り口のすぐ向こうに恩人の奥様が立っていた。杖をついて、ちょっと緊張感がある。でも、俺が挨拶をするとすぐににこやかな顔になった。やはり体を動かすのは結構大変そうで、多分半身に麻痺が残ってるんだろう。昔、脳梗塞になったと聞いた後に一度会ったことがあったが、あのときもすでにこんな感じだった。およそ二十年前くらいだろうか？　お元気そうですねというと、あらまあ、お久しぶりですね。と優しい声がかえってきた。でも、今一つ焦点があってないようにも思える。俺のこと認識できてるのかな？とやや心もとない。まずは恩人の遺影に焼香する。位牌は見当たらない。線香もおかれていない。仏教なのか、キリスト教なのかよくはわからないが、今日はともかくお花とお菓子を持ってきた。それらを祐輔に渡して、俺は恩人の遺影に向かい手を合わせる。ずいぶんとご無沙汰してます。結局、先輩が生きておられるうちにお目にかかることはできませんでした。申し訳ありません。祐輔君とはたまには連絡してたものの、残念です。でも、ここは静岡も近いし、最後まで美味しいものも食べられて、体重も減らず、お酒だけは最後は禁じられたようですが、奥様と息子さんに囲まれて良かったですね。ここで静養してリラックスして、痛みも出ず、最後に病院に入ったあとは、すぐに亡くなられたと聞きました。俺もいろいろな人の最期を見てきましたが、病院で何本もの管が体に入って、食べ物も食べられなくなり、次第に衰弱していくのを見るのは一番つらいです。それから思えば先輩は幸せです。クルマや馬の話がもう一度出来なかったのは残念でしたが。どうか安らかにお休みください。祭壇といってもごく簡素なもので、恩人の遺影があり、上にはカウボーイをあしらったカレンダーがかけられ、野草が活けられた小さな花瓶と清涼飲料水の小さなボトルがおいてある。亡くなってもう数か月が経つので、徐々にこんなしつらえになったのだろう。ご本人は昔とまったく変わらずに、写真の中で微笑んでる。最後まで普通に生活されてたと聞きました。そうなのよ、全然普通にしていたし、好きなもの食べていて、わがままばっかりいうから、取り寄せるのは大変だったけどね。鰻が食べたいとか、なんとかいろいっってて、このあたりの方たちがそのたびに買ってきてくださったわ。祐輔が言葉を挟む。でも肝臓がもうどうにもならないくらいひどくて、医者に行ったときは、もう手のほどこしようがないと。末期の肝臓癌と診断されて余命三か月といわれたのが去年の八月でした。でも、体重もあまり減らず、しばらくはここでのんびり好きなもの食べて暮らしてたんですが、十一月に吐血して、病院に運んで、入院して翌日に亡くなりました。でも、最後まで食事もできたし、その少し前はお酒もかなり飲んでました。父には肝硬変ということになってたので、酒だけはやめるようにいってやめさせたんですけど。そうなんだ、それにしても本当に久しぶりにここに来ました。あれは多分一九九五年ころだから、ちょうど私が脳梗塞で倒れたころだわね。そうですね、ちょうど回復されてリハビリをやってらしたころだったと思います。まだ馬もいましたね。何頭いたかな？　九頭くらいはいたわね。奥様は頭もとてもしっかりしてるし、記憶もクリアだ。あの頃は、竜之（たつゆき）とか、サワキとかが共同で馬持っていたんですよね？　ううん、あれはそれぞれが一頭ずつ持っていたのよ。ああ、そうでしたっけ。最初は何人か専門で世話してくれる人がいて、そこにそれぞれが預かってもらっていたのだけど、その若い人たちがどんどんやめてしまって、それならみんなで一緒に牧場をやろうかってことになったのよ。あの人もそうだけどカウボーイに憧れてね。本当に馬鹿だと思ったけど、カウボーイみたいな生き方がうらやましかったし、なりたかったんでしょうね。でも、駒沢の古いお屋敷に住んでて、クルマはフィアットってのと、カウボーイとはちょっと違うような気もします。このログキャビンや、馬、それにブーツとかはどこで影響受けたんですかね？　それは多分それこそ竜之さんたちの影響もあると思います、と祐輔。ああそうか、竜之はあのころ、ポパイの仕事してて、アメリカンカルチャーの影響大だったから、そこからカウボーイに先輩も行ったんですかね？　それはあるかもしれない。たしかに。恩人の奥様は自分が脳梗塞になったいきさつを語り出した。そういえばこれは聞いてなかったな。あたしも、あの人を少しは面倒をみてあげないと、と思って、あの頃は毎週、駒沢の家から、ここまで車で通っていたのよ。そして、食事作ったり、洗濯したり、たまには馬の世話もしたりしてたんだけど、やっぱり疲れてたのね。ある日、運転してこの近くまで来て急に目の前が暗くなって、ハンドルを切り損ねて田んぼにクルマごと落ちちゃったのよ。それで、たまたまこのご近所の人がそれを見ていて、助けてくれたの。これはあの牧場の人だということになって、あたしをここへ運んで来てくれたの。それであの人が私の顔を見て、何か変だといい救急車を呼んだの。あたしもなんか変だと思ったんだけど、ともかくそれで脳梗塞だということで、でも薬で詰まってる血を溶かしてなんとか回復したんだけど、こんなふうに杖付かないと歩けなくなった。そんなわけで、通うのは無理になり、結局ここにあたしも引っ越したのよ。そうでしたか、それは詳しく聞くのは初めてです。でね、当時乗っていたシトロエンを買い替えて頑丈なランドローバーにしたの。それ以来うちのクルマはずっとランドローバー。命が助かるときは多くの場合は偶然だ。それは運命だし、生き延びる人には生き延びる理由があるのだろうが、恩人の奥様の場合は、やはり、恩人を看取ることが定めで、早くに脳梗塞になったものの、復活し、その後の恩人の命を支えたと思う。俺は失礼ないい方だが、奥様はそう長くは生きられないのではとかつて思ったが、その生命力はどうして、大変旺盛なものだった。恩人は五十歳を少し超えたくらいで会社を売り払い、牧場主になった。そして間もなく、駒沢の自宅は将来にそなえて売却された。その後も余生というには厳しいのだが、神様は試練を与えて、伴侶の病気、さらなる親戚のごたごたなど、結構大変な生活だったと思うが、最近の写真を見るかぎりはにこやかな笑顔は変わらず幸せそうに見える。俺もこう生きたいものだと思うが、なかなか人生難しい。そろそろキドニータイムだ。なんでそうなったかよくは覚えてないが、祐輔と夕飯はどうするという話をしていて、俺は急に豚の腎臓が食べたくなった。これも、ユリシーズから来ている。主人公（のひとり）レオポルド・ブルームは朝起きて、すぐに肉屋に行って豚の腎臓を買ってくる。妻は浮気をしてるらしいが、それは彼の中ではもう仕方ないことらしい。妻のことは愛している。嫉妬心もある。レオポルド・ブルームは動物の内臓が好きだ。そして家に戻った彼は豚の腎臓をグリルして食べる。腎臓は尿の匂いがする。それを舌で味わうとき、ブルームは心底美味しいと思う。彼は、本来はユダヤ系なので豚は食べないはずなのだが、豚を迷うことなく買って、うまそうに食べる。尿の匂いを堪能する。俺は、一度ゆっくりと豚の腎臓を食べてみたかった。それで、俺は祐輔に夕飯は奥様のこともあるから、他の食材を用意して欲しいけど、俺はなにしろ豚の腎臓を食べるので、このあたりのレストランで食材を買っておいてほしいといった結果、まあまあのフレンチがあり、そこで祐輔が食材を調達した。豚の腎臓以外に牛肉も届いていた。早めの夕食にすることになった。豚の腎臓が冷蔵庫から出された。埼玉のブランド豚の腎臓。そして茨城県の常陸牛、豚の腎臓はユリシーズのレシピでは、バターでいためて、胡椒をふりかけてとある。塩味は付けないいんだろうか？　塩は必要だよな？　牛肉担当の祐輔は、ダッチオーブンを出して、夕飯を作り出す。親父は一時ダッチオーブンでなんでもつくってました。奥様も割って入る。そう、ほらあのジョバンニさんていたじゃない。あの人がダッチオーブンに凝ってね。それでうちにも来てダッチオーブンでいろいろつくったのよ。だから、うちは肉や魚料理はみんなダッチオーブンでつくるの。簡単で美味しいのよ。

祐輔は、手慣れた感じで、牛肉を厚めにサイコロ状に切った。ダッチオーブンにオリーブオイルをひいて、そこに野菜を入れる。ジャガイモ、タマネギ、ニンジンが入った。祐輔がいう。こうやって一緒にご飯食べたりする人ってのは前世でも友達とか知り合いだったらしいですよ。だから、この五人は前世でも仲間だったんです。俺もそうかと思う。でも、ミジンコとか、たがめとか、亀とかだったてこともあるかもしれないです。ダッチオーブンに牛肉がサイコロステーキのように角切りにされて放り込まれ、焼かれる。それから、そこに野菜が入れられ、塩と、ニンニク片も放り込まれた。鼻孔を良い香りが通り抜ける。ガーリックは最近あまり食べないけど、久々にその香りが俺の食欲をそそる。それから、祐輔は赤葡萄酒を加え、固形のブイヨンと水を入れ煮込む。灰汁をすくいハーブも入れて煮詰めてる。料理はならったのか？　いや、親父や母やジョバンニさんの見よう見まねです。適当に作っても大体美味しいです。素材が大事ですけど。良い肉なら普通美味しいです。そりゃそうだ。俺は豚の腎臓を出してみる。結構な大きさだ。豆ともいうのがよくわかる。豚の心臓を人間に移植するくらいだから似てるのかもしれない。前に鹿浜の焼肉屋で聞いたことがあるが、牛の臓物はやはり事前の処理が大事で、それを徹底しないと美味しくないといってた。でも、俺には豚の腎臓をどう処理するのかわからないし、ブルーム氏も買ったものをそのままフライパンに載せてバターでグリルしてるだけだ。シンプルにそれでいこう。と腹を決める。きっとなじみのフレンチのシェフでも連れてくれば美味しい料理にしたててくれたろうが、それはそれでちょっと違うものになるだろう。でも、ブルーム氏のように、朝飯に豚の腎臓を食べるのは、個人的には結構厳しいよな。あれは多分アイルランドでは、朝たとえばハムやソーセージを食べるように、腎臓も食べるんだろうけど、日本人にはきついな。そうこうするうちに、祐輔のダッチオーブンは出来上がっていく。俺もそろそろ腎臓をフライパンで焼くとしよう。腎臓なんかなぜわざわざ食べるんですか？　いやこれはさ、簡単にいうと、俺の自己検証なんだよな。いや、イニシエーションかな？　ずっと昔に読んだユリシーズって本の主人公ブルームってやつがユダヤ人なのに豚の腎臓を食べるんだ。そいつは奥さんが浮気してるわけさ。でも奥さんを愛してる。今日は、友人の葬式がある。そのあいだに奥さんはどうも浮気相手に会うらしい。そんな日の朝にブルーム氏は豚の腎臓が食べたくなって、肉屋に行って買ってくる。そしてそれを食べて満足して外出するってわけさ。間男されてるユダヤ人の男が、禁忌を破って豚の腎臓を食すってのの一端を、どんな気持ちなのか試してみるんだ。はあ、なるほど、よくわかんないけど、そうなんですね。お前のダッチオーブンの料理が今日のメインなんだから頼むよ。俺のは、俺だけの実験なんだから。ブルーム氏はバターと胡椒だけで料理する。多分、バターがフランスの塩バターみたいに結構しょっぱいんだと思う。勝手な俺の想像だけど。で、俺も今日は有塩バターを買って来た。腎臓をまるのまま焼くのか、切るのかよくわからないが、ブルーム氏の料理の記述では、切ったとは書かれていない。まあいいや、このまま焼いちゃおう。この恩人のログハウスはもう三十年以上経つ。だからあちこちがやはり古くなった。台所もそうで、ほうぼうのペンキが剝がれ、かなり色褪せた状態だ。クリームホワイトのペンキだったらしいが、地の木材の色があちこちに出ているので、全体がまだらになっている。それは少し俺を感傷的にした。恩人と奥様のある意味苦闘の歴史があるように思った。とはいえ、二人はそうはいっても生活にこまっていたわけではない。しかし、ご本人たちが夢に描いたようにに生きられたわけでもない。最後は本当に良い人生だったと思ったのか、少し悔いがあったのか俺にはわからない。でも、遺影というか、おいてある写真の屈託のない笑顔は良かったと思う。俺は、ともかくフライパンを熱した。あつあつになったところで、有塩バターをひとかたまり投げ入れた。ジューという音がして、バターがはねる。そこへ、まず豚の腎臓を放り込んだ。こちらもジューッといってバターが飛び散る。どのくらい焼くのかさっぱりわからないが、少し煙が上がるのを見ながら、そうはいってもある程度焼かなくてはと思う。豚だしな。生はいかんだろ。俺は普段もう死んでも良いくらいなことをいってるが、その自分が健康を気遣うのもおかしなものだ。しだいに豚の腎臓はジュージューいいながらバターの海を漂う。えいやで、フォークで腎臓をひっくり返す。ここはユリシーズの記述に倣ったね。なかなか良い香りがする。小便臭くはないな。胡椒は最後で良いかな？　焼け具合はよくわからない。少しウェルダンにしよう。なんとなく生っぽいのはやはり無理そうだ。ブルームは、こうして料理しながら、妻のことも気遣う。濃いめのお茶を入れて（もちろん紅茶だ）、それにパンを焼く。焼き方も気にする。そんな具合で、妻の朝食の世話をやいてると、しまいに妻が何かこげてると気付く。フライパンの腎臓だ。だから、焦げ目のつくくらいに焼いても大丈夫だ、きっと。そうそう、俺もパンがいる。祐輔、悪いがパンを焼いてくれないか？　了解、食パンですか、バゲットみたいなやつ？　うーん、わからない、どっちでも良いや。任せる。といいながら、腎臓を見る。まあ結構焼けたかな。祐輔のダッチオーブンも完成したようだ。俺もそろそろこの辺で良いとしよう。最後に胡椒をかける。これうまそうにみえるがうまいのかな？と疑念が湧くがそんなこと今日はどうでも良いんだ。ブルームを偲び、さらに恩人の奥様と息子の前で食べることが大事だ。広告屋に捧げるわけだ。テーブルといっても広くはないが、奥様と祐輔、俺、秘書のアキラ（ちなみに女性だ）、そしてドライバーの高梨さんも入る。狭いテーブルに熱々のダッチオーブンが置かれる。牛肉の旨そうな匂いが立ち昇る。茨城県の常陸牛だ。最近はどこの自治体も自分のところにブランド食材を作る。俺の焼いた腎臓は湯気が立ってる。胡椒をかけて完成だ。塩バターのみの味付けだがどうだろう。そういえば、渋谷の麗郷（レイキョウ）に豚の腎臓のメニューがあったな、突然思い出した。でも今まで頼んだことはない。あれも一度食べてみれば良かった。あら、それはなんですか？　と奥様が聞く。これは豚の腎臓のソテーです。豆っていわれるやつですね。あたしも食べてみたいわね、と。いやこれは俺が自分で食べるために買ったもので、きっと美味しくないです。豚の腎臓は、ほら、とてもくせがあるようですよ。俺はちょっとダブリンのユダヤ人の気分を体験したくて、今日これを食べるんです。あら、あたし内臓系は大好きなのよ。豚の腎臓なんて全然平気よ。そのダブリンのユダヤ人ってのは何かしら？　いや、それはアイルランド人の作家が書いた小説に出てくるんですが、彼はある朝って、一九〇四年六月十六日なんですが、そして、くしくも今日は六月十六日なんですが、豚の腎臓を買ってきて、それを焼いて食べるんです。あら、今日がその日なの？　そうなんです。ユダヤ教では豚はタブーなんですが、彼はそんなことあまり頓着がなくて豚の腎臓を買ってうまいうまいと食べるんです。特に、食事時に尾籠（びろう）な話ですが、小便の匂いがほのかにする腎臓を食べるのが好きなんです。そう書かれてるんです。で、俺は、それはどういう意味なのかいろいろ考えてみたんです。彼、ブルーム氏はアイルランドの首都ダブリンに住んでるんです。で、彼はユダヤ系なのでいわば異邦人、英語だとストレンジャーなのかフォリナーというか、本来のアイルランド人ではないと思うんですが、実はわりとアイルランドに対する愛国心はあるように思えるんですね。一九〇四年当時のダブリンはヨーロッパでは最大の都市のひとつで、とても栄えていた。しかし、一方で、環境、特に衛生面では劣悪で、感染症などの病気も多かったようです。死亡率も高かった。ダブリンでは毎日多くの葬儀の馬車が走っていて。今でいう霊柩車ね。埋葬も大変だったとものの本に書いてあります。そうした中、ブルーム氏は朝から豚の腎臓を肉屋で買ってきて焼いて食べる。まあ、もちろん、ずっとある肉屋だから大丈夫なんでしょうが、おまけにちゃんと焼いてるんだし。でも肉屋の店員の記述をみるとあまり衛生的ではなさそうです。おまけに買った肉は新聞紙で包まれるのですが、それを洋服のポケットに入れて帰る。昔知り合いのイギリス人に聞いたところ、肉はやはり腐りかけが一番美味しいよ。といってました。そのイギリス人はゾンビの肉でも食いそうでしたが。やっぱり、狩猟民族なのね。日本人は農耕民族だから、獣は食べるけど主食じゃないわね。野菜や魚のほうが好きね。まあ人にもよるけど。うちの人は、最後は鰻やカレーとか、ラーメンとかいろいろいってましたけど。あまりステーキを食べたいとはいわなかったわね。で、俺はなんていうか、そういう異邦人、カミュみたいですけど、そんなユダヤ系アイルランド人で奥さんが浮気してる広告屋の中年男がどんな気分で豚の小便臭い腎臓を食べたのか、それを味わうのが今日のキモなんです。もちろん、イマジネーションの世界です。広告屋って、その人は広告代理店の人なのかしら？　うちの人や祐輔のように？　あ、そこをいうのを忘れてました。ブルーム氏は、ある新聞社の広告取り、まあ、営業マンなんですね。ここは、きっと先輩も興味を持ったかもしれませんね。この当時は多分広告っていっても、看板と新聞、雑誌くらいしかなかったでしょうけど。だから、ブルーム氏は毎日ダブリンの街を歩きながら、何か広告のネタはないかと探してるんです。あるいは、新聞社のオフィスで、何か広告を取れる会社はないかと、社員たちと話している。なんとなく会話を聞いていると、ある程度長中期契約で広告を取れば自分の手柄になるし、実入りも良いような感じで、個人で広告取りをやってるんです。先輩もある意味、以前はご自分で広告代理店をやってらしたから、同じ発想ですね。一九〇四年ころにすでに広告ってあったのね？　そうですね、俺は面白いと思ったのは、世界一有名な小説であるユリシーズ、世界一読み通せた人が少ないともいえます、とアキラが口をはさむ、うん、そうだね、その主人公の一人が広告取り、もっともプリミティブな広告屋の原点みたいな人だったたって点ですね。ユダヤ系という設定もなんとなく広告屋向けなので作家にそうした心得があったのか興味あります。へー、そう聞くとますますあなたの豚の腎臓食べたいわ。えー、そうですか、では少し味見してください。祐輔、お母さまにこのキドニー少し切り分けてあげて。了解です。では、このあたりを四分の一ほどもらいます。意外に美味しそう！　あたしもいただいてよろしいですか？　あれ、お前も食べるの。じゃあ、みんなですこしづつ食べてみるか？ということで、俺は豚の腎臓を五切れに切り分けた。ブルターニュ地方のナイフだと思うが、なかなか切れ味が良い。一方で、祐輔の作った、牛肉料理が出される。ふたを開けると見事な牛肉のグリルが見える。サイコロ状の牛のステーキ肉を野菜と一緒に炊いたものだ。見るからに旨そうだ。最後に胡椒とみじん切りのイタリアンパセリが振りかけられる。祐輔はこれにガーリックライスを別に炊き上げてている。こちらもパセリがちりばめられている。アキラがワインを持ってきた。俺が今日のために買わせたものだが、まああの白と、とびっきりの赤だ。俺はワインの味はよくわからないので、アキラに任せている。アキラはなんだかソムリエの資格を持ってるようだ。別に高いのを買って来いとはいってないが、今日は特別な日だとはいった。白はこれです、ゴーストホース。馬つながりです。スロウアウェイってのがあれば一番良かったんですけど。残念ながら見つからなかったようだ。はあ。やはり今日は牧場でのディナーだし。お前なかなか考えてるね。亡くなったご主人様はお馬が大好きだったとうかがいましたので、馬の絵柄のワインにしました。ご供養です。それから赤はこっちのスクリーミング・イーグルです。鷲ですが、これは松浦弥太郎さんもほめてます。イーグル、鷲自体はこの会とは関係ないようなものの、動物つながりでいかがでしょうかという感じです。ここで馬を持ってた竜之がイーグルス大好きでした。ホテルカリフォルニア懐かしいですね。タ－ラララ、タララララと俺はギターソロの頭を口で奏でる。あのギターソロはあまりスクリーミングしてないけど。俺でも、ドン・フェルダーとジョー・ウォルシュのソロは大体覚えてるし、ある程度は口でエアーギター出来るぞ。竜之が亡くなったのはショックだったな。ついこの間だ。何でもテニスをしてて突然倒れて、結局そのまま意識が戻らなかったって聞いたな。心筋梗塞という診断だったと聞いた。突然すぎた。しかし、空腹には勝てない。これはよだれが出る。まずは牛肉を皆が取り、そのあとに俺の豚の腎臓が配られる。まあ、これならみんな牛肉に舌鼓を打つだろうから、腎臓はおまけで良かった。じゃあ、まずは腎臓いってみましょうか?とアキラが仕切りを入れる。そうね、ダブリン名物豚さんのキドニー行きましょうと奥様。どれどれと皆が腎臓を口に放り込む。俺もどきどきでかじりつく。意外にも結構おいしい。赤ワインを心の中で恩人と竜之に献杯した。スクリーミング・イーグルは美味い。俺でもわかる。腎臓は確かにほのかな小便の匂いがするような気もするが思ったほどではない。皆も大丈夫そうだ。あ、これ意外に美味しいですね、と高梨さんが驚いたような声でいう。確かに結構うまいや、と祐輔。まあ、俺が丹精込めたからな。美味いはずだよ。でもさ、これ胡椒だけであんまり匂わないね。知らなかった。ええ、どんなものか知らずに私たちに食べさせたの?と奥様。ひどいわね、相変わらず、月さんは。月というのは俺のニックネームだ。なぜか覚えてないけど昔から皆そう呼ぶ。アキラが口をはさむ。でも、この腎臓食べたさにわざわざ買いに出て、朝からこれを食べるのはやっぱり、野蛮人ですよね。これって強精剤ってか、そっちのほうに効くんじゃないですか？　だって奥さん浮気しててんでしょ。だったら俺も行くぞってことなんじゃないかしら？　ねえ、祐輔君？　いやあー、わかんないけど。アキラさん意外に過激ですね。でも、朝一にこれは重いですね。嫌いじゃないですけど。ま、ともかく赤ワインもいってください。折角アキラが選んだワインだし、俺もこれは美味しいと思います。白でも赤でも好きなほうね。決まりがあるわけじゃないし。俺は白が好きだ。昔は、肉は赤だと思い込んでたけど、まあ、好きなほうを飲めば良い。そして、みんな祐輔の作った牛肉にかぶりつく。これはかけねなしに美味い。ガーリックのほのかな香りも良い。ダッチオーブン侮れない。祐輔君、めっちゃ美味しいよ。これなら、お嫁さんになってあげても良いわ。そのかわり家事はすべてあなたよ。アキラさん俺主夫は無理っす？　あ、そうなの。いいよ、もう遊んであげないから。俺はちょっと尿意をもよおしたので、トイレに行く。小便をしたあとに手を洗いつつ、鏡を見る。つくづく疲れた老境の男の顔が映る。この間久々に会った仲間の連中との食事会のあとで撮った写真を評して、みんな良い年をとって、良い顔になったというコメントがあったが、その通りだと思いつつも俺はただただ年を取ったという感が大きかった。まだまだ若いつもりだし、皆に若く見られるほうだが、鏡や写真は嘘をつかない。髪は銀鼠色だ。目の下のたるみが気になる。目の下は隈になっていて、おまけに下瞼がぷくっと膨らんでたるんで下がっている。手術してすっきりしたほうが良いかとも思ったが、このままの自分も意味があるように思う。目が若いときよりたれ目になったようにも思う。ほうれい線が深くなって、だんだん年寄り顔になったとつくづく思う。もうすぐ二〇〇一年宇宙の旅だったか、惑星ソラリスだったかに出てきたゾンビ老婆のようになるのかと思う。身体もあちこち具合が悪い。下腹がときどき痛むのも気になるが、気に病んでも仕方がないか。最近は頻尿というか、小便が近いと思ってたら、前立腺癌だった。で、手術もした。今どきはダヴィンチ手術なんだけど。この話はまたいずれ語ろう。まあ、心臓も不整脈があるし、疲れもひどい。朝の四時に飼い猫のガーティに起こされるが、目は朦朧とし、身体は尿酸がたまって動けないほどに疲労が沈殿している。ようやく起き上がっても、ふらついて倒れそうだ。でも、不思議なもので、ガーティに朝ごはんをあげたりしてると、次第に身体は普段通りになっていく。こんなんで、あと十年とか生きられるのかとも思う。五十歳の後半になったときに無理がきかなくなったとつくづく思い、これでは六十歳過ぎたらもう生きていけないのではと思ったが、何とかこの年までは生き延びた。また、次の十年もそうしてサバイバルできるのかどうか自分でもまったく実感できない。皆のほうに戻ると、すっかり出来上がっている。祐輔もスクリーミング・イーグルをプラスチックのマグカップで飲んでる。いつもは歯ブラシが入ってるようなやつだな。お前、それいくらするのか知ってるのか?とも思ったが、まあ今日は許す。死者たちへの供養だもんな。そういえば、竜之さんて、めちゃめちゃコレクターじゃあないですか。ナツさんも頭かかえてました。家じゅうコレクションでいっぱいでどうしようもないって。だって、あいつさ、まずはクルマだろ。年式は覚えてないけど、BMW3・0CS、それからフォードサンダーバード、それに普段はキャデラックエスカレードだからな。あれじゃあ、ナツさんも困るよね。それから、ラジコン戦車とか、プラモデル、ミニカー、ギター、スタジャンとか、ガソリンスタンドの看板とか、まああらゆるアメリカンなもの集めていたらしいな。今度、お宅にうかがってお参りしつつ、見せてもらおうぜ。なあ祐輔？　そうですね、僕が日程決めます。アキラさんあとで連絡します。オッケー。そうして、日が暮れていった。俺もそろそろ引き上げなくては。雨はまだかなり降っている。涙雨かどうかわからないが、山梨まで来るなら富士山でも見たかった。これでは全く見えなかった。今日は、俺の気持ちは確かに、恩人への鎮魂だったかもしれないが、一方で、自分としては、よくはわからないが、孤独なユダヤ系アイルランド人の魂に少し触れてみることでもあった。このアイリッシュおやじは、でも孤独ながらも、いつもエロいこと考えているんだよな。つまり、たとえば、肉屋に買い物に来ている隣の家の女中さんの、豊かな尻の曲線を見て欲情する。年のころは、何歳という設定なんだっけ？　娘が確かそこそこ大きいから、まあ、三十代後半？　あるいは、四十歳くらいかな？　俺よりはるかに若いよな。うらやましいな。で、それは今日豚の腎臓を食べたことで何か感じられたのか？　それは正直わからなかった。まあ、思ったよりも豚の腎臓は美味しかったし、いやいや、もう少し細かいことでいうと、ブルームには奥さんには隠してる文通相手がいるんだ。今ならメル友かＬＩＮＥ友達ってとこかな。奥さんは浮気してるわけだから、ブルームのほうが、まだ貞淑ともいえるけどな。でも、ともかく実際には会えてなくても、文通の文面は確かそれなりに仲が良いような、相手も恋心があるような感じだった。いずれは逢瀬を重ねる可能性もあるな。だから、まあ、アキラのいうように、お互い様で、奥さんも浮気をするし、ブルームもいずれ浮気をする準備は怠りないということかな。で、豚のキドニーが好きってのは、要は、精力のつくものが好きで、その源泉はやはり豚の尿の匂いということなんだろうな。それは自分の生存の糧であり、生殖の源泉であるセックスへの渇望をひそかに満たすための手段なんだ。で、俺はどうなんだ。今や、クリエイティブ・ブティックの社長というよりは、映画やテレビ番組制作プロデューサーであり、文化人なんて祭り上げられ、キャスターもやれば、講演の依頼もひっきりなしだ。顔もうれちゃって風俗にも行けない。ちやほやされて、俺の生きることはそうした仕事の延長にしかないのか？　制作にかかわった映画は、いろいろな意味で、自分の分身であるともいえる。監督は俺じゃないけど、そこに描かれる世界は現実ではないけど俺の原初からもつＤＮＡが注入されてる。音楽などへのこだわりはそうだと思う。そして映画のトーン。格好良くいえば、クリストファー・ノーランみたいになりたいと思う。そして、俺は基本的には平和主義者だ。「おこりじぞう」の画家、四國五郎さんを尊敬している。優しい左翼には好意を持つ。ヘイトスピーチは反吐が出る。ブラック・ライヴズ・マターだ。確かに、トゥールビヨンの時計みたいな無駄に高価なものを身に着け、成金のようにロールスに乗り、馬鹿の一つ覚えで三ツ星レストランへ行く。そんな金があるなら、ユニセフへ寄付しろと思う。堕落といえば堕落だが、でも俺自身は変わっていない。と思う。俺はともかく豚の腎臓のグリルを食べた。そして、まずまずの幸福感にひたった。尿の匂いは比較的マイルドであまり気にならなかったが、やはり最後に嚥下する際にそれは鼻に昇ってきた。でも、それは俺のリビドーを刺激しなかった。セックスアンドドラッグスアンドロックンロール。いつも最高さ。そうして、俺はまたロールスに乗り込んだ。アキラも続いて乗る。クルマのバーカウンターを開けると残ったスクリーミング・イーグルのボトルがある。少し飲むことにする。ちょうど、チーズや干しブドウなどもある。意外にこういうときは、なんでもないビーフジャーキーが好きだ。高梨さんがクルマをそろそろと発車させた。しずしずと雲の上を走ってるようだ。いくら馬力のあるエンジンでも重い。ザファントムオブジオペラを俺は突然歌った。俺にもお前にも、ファントムはいるんだよね。心の中にさ。けだし名言だ。高梨さん、今度ロールスのディーラーに行きたいなあ。新しいビスポークのクルマとか、レイスっていうのか、クーペみたいなモデルも見てみたいんだ。お買いになるんですか？　でも、何年か待つのではないでしょうかね？　そうかもしれないなあ。まあ、でも一度どんなものか話だけでも聞いてみたいな。いつでもお申し付けください。アキラに話しかける。なあ、俺は、真面目に勉強はしてないけど、それでも一応大学には行って授業も出ていた。だってT大ですよね。うん、まあそれはそれで勉強になった。文学部英文科だぜ。あんまり人にいわないけど。でも大概皆さん知ってます。さっきも奥様にいったように俺はジェイムズ・ジョイスが卒論だった。ユリシーズってマリリン・モンローも読んでんだ、知ってた？　マリリン・モンローがほんとにちゃんと読んだのか、多分違うとは思うけど、マリリン・モンローがユリシーズ開いて読んでる写真があるんだ。俺も驚いたよ。だって、多分英語が母国語のやつらでもユリシーズ読むのは大変だ。難しいっていうか、わけがわかんないとこがいっぱいあって、翻訳でもわからないし、英語ではもっとわからない。マリリン・モンローって意外に学があったのかな？　ケネディとできてたって聞いたけど、アイビーリーガーと話すために勉強してたのかな？　あら、マリリン・モンローって頭良かったんじゃないですか？　あたしと同じで可愛い娘は頭良いの隠すんですぅ。へー、アキラは可愛いと思ってるんだ自分でも。ふふ、ホントは嘘です。まあ、お前はもともと女優だからな。売れなかったけどな。ケネディもアイルランド系だよな。ジョイスはアイルランド人だし。ロールスは河口湖近くの畑の中の道をゆったりと走っている。窓の外は闇、ではないが暗い。雨がウィンドーに雨粒をびっしりとつけている。でさ、ジェイムズ・ジョイスはアイルランドの作家だけど、墓はスイスのチューリヒにある。最後は愛する、いや溺愛する祖国を捨てざるをえなかった。イフアイシュッドフォールフロムグレイスウィズゴッド。神とともに神の恩寵を失うって、どういうことかな？　まあ、それは長い思索になりそうだから今はやめよう。俺は、だいぶん前だけど、バラエティ番組で欧州のサッカー事情を取り上げたのがあって、国際サッカー連盟、ＦＩＦＡの本部に取材で行ったことがある。チューリヒにあるんだけど。でさ、そのときに、あれ、まてよと思った。確かジェイムズ・ジョイスの墓はチューリヒにあると、学生のころに読んだジョイス・フォー・ビギナーズって本に書いてあったことを思い出した。せっかくチューリヒに行くならジョイスの墓参りしたいと思ったね。ロールスロイス・ファントム・エクステンデッドは高速に入った。

4　一馬、サッカーを語る

このＦＩＦＡの話は、アキラは知らないよな。ええ、知りません。俺はその話が来たときにテレビ局のプロデューサーにいったんだ。ちなみに俺は制作を請け負ったけど、一方で取材のメインキャスターでもあったんだけどな。あれは一九九九年のことだと思う。リートルレッドコーベット。どうせ取材するなら会長のセップ・ブラッターに会ってインタビューしましょう。ブラッターは一九八八年にＦＩＦＡの会長になったばかりだった。もちろん、その前は八一年から事務総長をやってたので、ＦＩＦＡの実質的な仕事は彼がまわしていたとは思うけど。ＦＩＦＡは会長が全権握ってるんで会長に話聞かないとだめだと思うといってプロデューサー口説いたんだ。で、ついでにジョイスの墓参りしたいんですけどってのもいった。え、何それって反応だったけどな。折角チューリヒに行くのなら、俺にとっては大事なことだった。のちにブラッター会長はいろいろ不正があったことを暴かれて裁判沙汰にもなり、辞任だったか退任だったか、ともかく退いたけど、俺にいわせれば、そのくらいの権力があるからこそ国際サッカー連盟が仕切れたので、ブラッターさんのお陰でサッカーファミリーは持ちつ持たれつで回っていたので、それを摘発するなんてナンセンスだと思った。まあ、ともかく、そのときは二つの条件はかなえられた。放送局には俺がそれをやるにあたっての最低条件だといったもので、やれ日本サッカー協会に頼み込んだり、アイルランド大使館、これは全然お門違いだけど、に連絡したり大変だったようだけど。セップ・ブラッターは、スイス人でもともとはロンジンで働いてたんだ。サッカー選手ではないな。その後、縁あってＦＩＦＡに入り事務総長になったんだ。英語だとセクレタリージェネラルだ。事務方のトップだ。スイスの人ってのは大体四、五か国語は喋れる。まわりが、仏、独、伊に囲まれていて、フランス語、イタリア語、ドイツ語などは方言みたいなもんさ。それに英語は今どき喋れるから、最低でも四か国語は出来る。だからこういう国際団体にはうってつけだ。そうやって、あの小さい国は生き延びてきた。大体ヨーロッパ発の国際連盟みたいのは本部がスイスだよな。これで弁護士資格でも持っていれば最高だ。ちょっと気の利いたやつなら金が稼げるね。それでさ、セップ・ブラッターは権力の座に就いた。事務総長からついには会長に昇りつめたんだ。ＦＩＦＡってのはさ、世界のサッカーを統括してる団体だ。その財力と権力は、下手な国の首相や大統領よりも上だよ。で、結局金のバラマキみたいになって、みんな同じ船に乗って、多くの国のサッカー関係者が不正を働いたといわれて追放されてった。セップ・ブラッターももちろんその一人だ。どこの国でもなんだかんだと不正のようなことが出てきたけど、比較的サッカーの盛んな国で唯一日本だけはまったくそういった嫌疑はなかった。日本サッカー協会ってのは、ＦＩＦＡのフェアプレートロフィーを世界一持ってるんだ。知ってた？　国際試合でも常にフェアプレーさ。昔はフェアプレーコレクターっていわれてたらしいよ。つまり弱いっていうことさ。俺はでも誇りに思うけど。フェアプレーを貫いた結果が今のワールドカップ常連国になった理由でもあるんだ。しかし、今日本サッカーは少し踊り場だ。ここから本当の強豪国への道は険しいね。それはともかく、ＦＩＦＡに関していえば、俺の個人の意見だけど、世界中でみんな美味しい思いをしたんだし、組織のファミリーみたいなノリでやってたんだから、まあそれも仕方ないと思う。最近こそ、やれコンプライアンスだのなんだのいうけどさ、俺たちみたいなのははなからそんな意識はなかったんだよ。芸術とかスポーツとかいうけどさ、そのなかには例えば暴力とか、不正とか、麻薬とか、セックスとか、悪の材料はいっぱいあるんだ。そりゃあ、ないにこしたことはないけど、それって人間の本質だろ。セックスアンドドラッグスアンドロックンロール。「いい、いい、いい!」。人殺しが良いとはいわないよ、あたりまえだ。ハピネスイズアウォームガン。でも、悪をこの世から一掃するのは無理だと思う。確かにセップ・ブラッターは不正にからんだかもしれない。でも、全体としてサッカー界をうまく転がすために、それが一番良い手段だと思ったのかもしれない。まあ、今の世の中じゃ許されることではないけどな。ちょっと前までは一国の首相だって妾の一人や二人はいたさ。それが今はそんなことがばれたら大スキャンダルで即退任だ。不倫だって出来ない。つまんねー世の中だ。恩人もカノジョを会社の中で調達してたしな。これは奥様も知ってるよ。だって、出張に行って帰ってきたら、洋服や下着がすべてきれいにたたんで鞄の中にはいってたらしい。あの人は靴下も自分で履けないのに、服をたたむなんてできるわけないのよ、って怒ってた。でも、カノジョのほうもわざとやったんだよな。真珠のピアス。まあ、それはともかくブラッターさんにはほんの三十分くらいしか会えなかった。忙しいんだろうな。一国の元首だって五分も会えないんじゃあないの。それから比べれば俺には三十分ほど会ってくれた。もちろん、FIFA会長へのインタビューだから、きちんとサッカーのこと聞いたさ。ありがたいことだよ、極東の国のクリエイティブプロデューサーだぜ。放送局がどんな説明したかしらないけどさ。俺はそのときもう映画のプロデューサーでもあったから、そんな説明してあったんだろうね。国際映画祭の賞のことなんかも話してあったのかもしれない。内容は忘れたな。だって、俺はほとんどサッカーの経験もないし、たいして好きでもない。ブラッターさんは映画やＣＭなんか興味ないだろ。だから、まあ、俺は前に聞いていた、ＦＩＦＡの役員会議室の床の大理石がなんかとんでもなくすごい特別な大理石で出来てるとかってんで、それが見たいもんだと思った。実際に理事会をやる地下五階だかの、その部屋に通されたんで俺はうれしかったけど。その大理石は確かどこかの大陸連盟からの贈り物で、まあ、金は双方でばら撒いていたってことだよな。別に見ても感激するようなもんではなかったけどな。なんでもスイスまで運ぶのにとんでもないお金がかかったらしい。そんな質問してみたけどブラッターは苦笑してたな。じゃあ、なんで俺はわざわざＦＩＦＡの本部まで行ったかってのは、まあ偶然だけど、サッカーの本拠を直に見てみたかったたってのがあった。そしてジェイムズ・ジョイスの墓だ。神の思し召しだと思った。でも本心でいえば、二つほどサッカーに関して俺が興味をもったというか、勝手に思ってるサッカーに関係する感動のエピソードがあるんだ。

コパイトって英語知ってるか？　知らないよね。kopite って綴るんだけど、熱烈なリヴァプールのサポーターだよ。いや都市のリヴァプールでもあるけど、この場合はサッカークラブのリヴァプールだな。少し前まで南野拓実がいただろ、レギュラーになれなかったけどな。でもカップ戦ではかなり活躍したよ。俺はあいつ好きだよ。難しいよな、サラーとかいるんだもん。リーグ戦でレギュラー取れたら凄かったけどな。で、コパイトってのは南アフリカの地名から来てる。調べると第二次ボーア戦争の戦場でスピオン・コップという名の丘があってさ、その丘の様子が、リヴァプールのアンフィールドスタジアムの一層のスタンドに似てるんで、スピオン・コップと呼ぶようになったらしい。ここでちょっと脱線するけどさ、スピオン・コップの名前はさっき話したジョイスのユリシーズに登場する。これはユリシーズ十五番目のキルケって章に出てくるけど、ここでは、戯曲形式で物語が展開する。レオポルド・ブルームは酒を飲んで夜の街、マボットストリートに行くと、そこで次々と変な幻想を見ることになるんだ。その中ブルームはボーア戦争で僕もイギリス人としてスピオン・コップで戦って名誉の負傷をしたという話をする。出鱈目だよ。でもアイルランド人として愛国心を見せたいんだ。ブルームはユダヤ系アイルランド人なんだけど。ともかく日露戦争の二〇三高地みたいなもんだ。俺はスピオン・コップの写真見たけど、二〇三高地に似てなくもない。ま、ともかくその後、他のスタジアムもそれにならってイングランドでは一層のスタンドはそう呼ぶようになった。二階席とか三階席とかがない結構な大きさの一層のスタンドがリヴァプールのアンフィールドにはあって、それがスピオン・コップといわれて馴染まれていたんだよな。そして熱烈なリヴァプールサポーターのことをコパイト（Kopite）っていうようになった。それを略してコップ（ＫＯＰ）って今はいってるよね。それでさ、ここからが俺のいいたいことだけどさ、一九六四年四月十八日にさ、俺も詳しくは語れないけど、リヴァプールが立て続けに勝った週で、それでなんでかよくはわかんないんだけど、その日コパイトたちは、というかスタジムの全観衆が、ビートルズのシーラヴズユーを大合唱したんだ。いや敵のサポーターがいたのかどうか俺は知らないけどさ。動画がネットにあがってるから見てみな。エイトデイズウィークにも出てくるよ。それは壮観だぜ。一体なんなんだって。シーラヴズユーを五万人がスタジアムで同時に歌うんだぜ。多分、一九六四年は、ちょうどビートルズが完全に世界でブレイクした年だ。リヴァプール出身のビートルたちをリスペクトして歌ったんだろな。チャントとかやってるから合唱って慣れてんのかな。こういうのって、やっぱりすげーよな。俺は感動したよ。サッカーファミリーが持つ本質のひとつだと思うね。本当はその意味ではリヴァプールにも行きたかったんだけどさ、スケジュールが無理だった。あの五万人がビートルズを大合唱したスタジアムを見てみたかったけどな。それともう一つは偶然だ。イングランドが一九六六年にワールドカップで優勝したとき女王陛下から優勝カップを受け取ったジョニー・ミューアって選手のことさ。俺はさ、ジョニー・ミューアに会ったことがあるんだ。ちょうど一九九三年にロンドンに行く用事があった。映画の関係での打ち合わせだ。イギリスの制作会社が俺の映画製作にかかわりたいって話があって、製作委員会が一緒に行って会ってくれっていうんだよな。ロンドンでの会議の一つがソーホーって、なんていうのか、劇場やら、ちょっといかがわしいバーやら、中華街やらがあるあたりにあってさ、それが終わったあとにパブみたいなとこへ入ったんだ。そうそう、近くにポール・マッカートニーのオフィスもあるっていわれた。それでさ、俺と制作委員会の山多ってやつが一息ついて、パブというか、カフェみたいなとこでビール飲もうってんで座って、ラガーとエールと頼んで、キュウリのサンドイッチを食べてたらさ、隣のテーブルに日本人らしきやつが、イギリス人二人と来たんだ。そいつは、ちょいとチャラいやつでさ、俺のこと知ってたみたいで、なんかちらちら見るんだ。連れのイギリス人は、一人は小太りの男で、もう一人は結構背の高いがっちりした奴だった。それで、その日本人がさ、野原一馬先輩ですよねっていうんだ。そうですけどって答えた。僕は田中館といいまして、野原さんの後輩で通電堂のロンドン駐在なんです。というんだ。まだジュークジョイント・コーポレーションになるずっと前のことだ。こんな偶然で野原さんに会えたんで、この人を紹介したいんです。いいですか?とかいってさ、いきなり俺にその外国人二人を紹介しようとした。本当は俺が外国人なんだけどさ。山多が、いや申し訳ないですが今野原さんは仕事中です、とかいったんだけど、どうみてもビール飲んで、リラックスしてるわけだから、俺は、いいよ、これもご縁だからさ、それにあなたも俺の後輩なんだし。で、どなたなんですかお二人は?と聞いた。そしたら、こちらは、私の友達のリーオで、こちらはジョニー・ミューアさんです。もちろん、背が高くてがっちりした方がジョニー・ミューアだ。がっちりした手で握手してくれたけど、それはものすごい力だったのを覚えてる。ジョニーさんは、元サッカー選手で、イーストハムというチームの大黒柱でした。実はジョニーさんは今大腸癌と闘っていて、大変なんですけど、今日は彼が情熱をかけてる仕事の話で来てくれたんです。というじゃないか。癌?って思った。そういえば、座って話をしていても、時々目がうつろになったり、白目になったり、あらぬ方向を見ている。どうも意識が混濁していて、時々夢遊病者みたいになるんだ。でも、またはっとすると意識が戻って話を始めるって感じだった。リーオが、ジョニーは抗がん剤の影響でちょっと調子が悪いんだけど大丈夫だからとかいってた。どう見ても、大丈夫じゃあなさそうだったけど。で田中館がいうには、自分も今日初めて会ったけど、なにしろ、イギリスでは長嶋茂雄さんみたいな人で、でも会ってみたら、末期癌で抗がん剤の影響でかなり調子が悪いというわけですよ。それにもかかわらず、ずっとさっきから、仕事の話です。サッカー好きの子供たちのためのアカデミーを作って、海外の子供達とも交流したいというプロジェクトで、簡単ではないですが、ジャパンマネーに期待してるんだと思いますけど。日本企業をスポンサーとしてつけて、みたいなことです。俺は、ほうっと思ったね。癌でいわば死にそうな名選手。死を前にして、まだ、サッカーの発展のためにスポンサー探ししてるわけだよ。俺は実際のジョニー・ミューアがどんな選手だったかしらなかったけど。もちろん、後で調べたさ。イーストハムの象徴みたいな選手で、イングランド代表のディフェンダーでもあった。ＯＢＥという大英帝国勲章をもらってる。ハリー・ケインも最近もらったようだけど。正確にいえばナイトではないらしいけど、それに近いくらいの名誉だな。ジョニー・ミューアがワールドカップで優勝したときの女王陛下と写る写真を見ると、なんかジェームズ・ボンドみたいだ。実に素敵だ。もっとも良いことばかりじゃなくて、代表監督との確執などでいろいろ大変だったらしいけど。何度か飲酒運転で捕まったりもしてるみたいだ。まあ、それなりに荒ぶる魂なんだろうな。俺はさ、見ていて、相当具合が悪いんだと思った。確かにジョニーさんはなんとか歩いていたし、ちょっと見ためは普通だけど、話してるうちに目が白黒して、心ここにあらずだ。話してるうちに死んじゃうんじゃないかと心配だった。そんな人がその状態でもまだサッカーの仕事をしているんだ。ジョニーさんは、本当は残された日々を奥さんとか（もっとも当時は再婚して二年くらいだったようだけど）家族とかに囲まれて穏やかに過ごす方が良かったんじゃないかと思う。でも、多分、そうでなくて、サッカーのために身を捧げていたんだ。あるいは、周囲のリーオみたいなやつらの金儲けに乗せられて、踊らされていたのかもしれないけど。それで俺はともかく帰ったら何かできることがあるか考えてみる、とジョニーにいった。ジョニーはそれを聞いてにこっとしたよ。俺はサッカーのことなんてほとんど知らないからどうしたら協力できるかわかんなかったけど。その場をしのいだともいえるかな。田中館は俺のことは、日本で有名な起業家で、映画プロデューサーでもあると紹介してた。まあ、金持ちなんだと思われたかもしれない。ともかくそうして田中館に連絡先を教えて、ジョニー・ミューアとはそこで別れた。また堅い握手だった。頼むぞという感じだ。一九九三年の二月初めだった。別れ際にジョニーさんは俺にカードをくれた。そこには、ザ・キャプテンという言葉と、数字の6が印字してあった。それから、俺は一連の仕事を終えて日本に帰った。そうして、ある日、家に帰って夜シングルモルトのウイスキイを飲んでた。八九年に出た、ポール・マッカートニーのフラワーズ・イン・ザ・ダートっていうCDを聴いていたんだ。泥の中の花、掃き溜めに鶴みたいな感じかな？よくわからないけど。マイブレイヴフェイス。そしてテーブルの上に何気なくカードがあった。ザ・キャプテン、6って。ああ、ジョニーさんのだと思った。試合の前にピッチ上で選手たちがボールを蹴る音が聞こえた。あの堅い握手の感覚がよみがえった。とても強い力だった。そしてしばらくポールを聴きながら、酒を飲んだ。それから寝たんだ。翌朝、ジョニー・ミューアが亡くなりましたって聞いた。会って二週間後だった。昨日カード見たなと思って、部屋に行ってテーブルの上見たけど、カードは見つからなかった。二月二十五日だった。俺はともかくジョニーさんとの約束はなんとか果たさないといけないと思っていたので、田中館に電話してみたけど、使われてないというメッセージだった。不思議といえば不思議だけど、全部幻想かもしれない。その後、ジョニー・ミューア基金ってのが大腸がん研究のために作られたから、俺はそこに寄付をしたけど。でも夢かもしれないね。この二つの話は俺をサッカーファンにしたと思う。

5　一馬、ハデスを語る

脱線したけど、そもそもＦＩＦＡを訪ねた大きな理由のことだ。裏メニューだな。実はチューリヒのＦＩＦＡ国際サッカー連盟の本部と、ジェイムズ・ジョイスの墓は歩いていけるところにある。ＦＩＦＡ本部からぶらぶら歩いて、十分〜十五分かなあ。公共の墓地だから、公園みたいなもので、誰でも自由に入れる。許可も何もなくて、ただ行けばあるんだ。確か、フルンテルン墓地とかいうんだけど、結構きれいなところで、もちろん静かさに満ちているんだ。俺は行ったよ。一緒に来た、テレビ局のディレクターが気を遣って一緒に行きましょうといってついて来た。それで何とかジェイムズ・ジョイスの墓に辿り着いた。入り口から五分くらいだったと思う。結構衝撃的だったんだ。ヨーロッパにしては明るい日差しの日だったんで、静謐に満ちた墓は、公園でもあるんだろう、人はほとんどいなかった。で、ここですっていわれて見たら、確かにジェイムズ・ジョイスだ。あの丸眼鏡と痩せた体軀の銅像があった。でも、なんとなく奇妙な格好してるんだ。切り株みたいな台に座ってるんだけど、右足を左足のうえに乗せて足を組んでる。そして右手は、組んだ足のうえに置き、左手は組んでる右足のうえに乗せて、顎というか耳の下あたりを支えてる。俺はその恰好を実際にホテルに帰って試してみたけど、左手を組んだ右足の上において顎を支えてみるとこれかなり窮屈だ。なんか、全体にものすごくつらい体勢なんだよな。なんでこんな窮屈な格好して座ってるわけ?というのが俺の疑問だ。まあ、彫刻家が誰だかしらないけど、そいつはそういうポーズをとってもらったのか、あるいはイメージで作ったのか? わからないけど。細かいことをいうと、右手は開いた本を持っている。なんの本かは確認しなかったけど、分厚そうだから、シェイクスピア&カンパニーの出版したユリシーズの初版かもしれない。しかし、こんな格好、実際には多分やれないよ、苦しくて。そして、左手は頰を支えつつ、中指と人差し指の間に煙草を持ってる。そして右手というか右の腿にステッキが立てかけられている。晩年のジョイスは、いろいろな病気があって相当に体調が悪かったはずだ。目はほとんど見えなくなっていたといわれるし、写真を見ると、片目に眼帯をかけているのもある。最後は十二指腸潰瘍で死んだはずだから、俺にいわせれば、こんな格好をずっとしていられたはずはない。だから、これは彫刻家の創作に違いないと思う。もっともいつ作られたものか俺は知らないから、ひょっとすると、死んだあとかなり時間がたってから作られたものなのかもしれないけど。ともかく、俺にはこの窮屈な姿勢がまさにジェイムズ・ジョイスをあらわしてるんだ。つまりさ、ジェイムズ・ジョイスって作家は、一生涯、苦しんで、苦しんで生きてたんだと思うよ。ずっと、お金がなくて、小説は売れなくて、病気がちで、娘も精神の病気があり、アイルランドには帰れない。辛い人生だ。そういうと簡単な話だけどね。その中で、ユリシーズを書き、フィネガンズ・ウェイクも書いた。正直俺にはどう考えても不可能な人生だ。畏怖の念をいだくな。そういえば、あるとき、俺はジェイムズ・ジョイスの写真が凄く欲しくなってさ。あれは二十年前くらいかもしれないけど。ジョイスの肖像写真は何人かの写真家が撮ってる。ジョイスの写真ってすごく格好いいんだ。俺のお気に入りの写真家はベレニス・アボットっていうアメリカの女流写真家だ。藤田嗣治も撮ってる。パリに一九二〇年代にいたんで、そのころの写真が有名かな。ジョイスの写真もそのころにパリで撮ってる。一枚は、こう、ジョイスが白いジャケット着てさ、ソファにやや斜めに座って右手をソファの背中について、後頭部を押さえ、左手はそのまま下ろして、左の腿のうえにおいてるやつがある。一九二六年の写真だ。細いストライプのシャツに、洒落た蝶ネクタイを結んでる。モノクロ写真なんで色はわからないけど、蝶ネクタイは細かい水玉柄だ。ポルカドットだな。髪はオールバック風で、黒縁の小さい丸眼鏡をかけて、眼鏡の下、左目に黒い眼帯をしてる。パッチっていうのかもしれない。鼻の下の髭と唇から顎にかけて縦長の髭を生やしててさ。まあくつろいでいるっちゃあ、そうかもしれない。ジョイスって、堅物のように思うけど、実は俺が思うところ、結構ミーハーだ。歌手やっていたことがあるようだけど、まあ、人前で舞台に立つなんてのが結構好きなんだと思う。今ならストリートダンスやっていたかもな。その写真、あまりに格好良いので、一時俺もこんな感じの髭生やして、眼鏡かけたキャラをやってた。いや、時々その恰好でテレビのコメンテーターやったりしたんだ。目にパッチもしてさ。あれはジョイスの写真からパクった。視聴者はまったくわからなかったと思うけど。もう一枚は、これもベレニス・アボットなんだけど、もう少し謹厳実直な感じっていうか、普通っていうか、まあ、よくある肖像写真のポーズだな。俺の最初に見たジョイスの写真がこれでさ、一九二八年に撮られてる。俺はさあ、この写真の本物はどこで買えるんだと思ったよ。これのどちらかの、ちゃんとした、紙焼き写真は買えないか？　できれば、写真家自身が手焼きで焼いたやつが良いとまでいったんだ。で、知り合いの、昔ロンドンに住んでいたフミヤってやつに聞いてみたんだ。ロンドンってのは、当たってるのかどうか、こういうものはニューヨークとかのほうが良くないかと思ったけど、なにしろ、このベレニス・アボットはアメリカ人だからな。でも、俺も仕事で忙しくてとりあえずフミヤに任せた。この二つ目の写真のジョイスは、スーツを着て、まあ、ジャケットとズボンかもしれないけど、帽子をかぶっている。ホンブルグ・ハットっていうのかな。白のワイシャツにレジメンタルっぽい細身のネクタイ。黒縁の丸眼鏡で眼帯はない。髭は先ほどのと似てるけど、顎髭が少し小さい。木の椅子に斜めに座って、ってことは明らかにポーズをつけられたのか、自分でつけたのか。俺にはわりと穏やかな顔に見えるけど。出来れば目パッチのほうが欲しかったけど、まあ、どちらでも手に入れば良いやと思った。それで、一週間ほどで、そのフミヤってのが探してくれて、後のほうの謹厳実直っていうか、スーツにネクタイって感じの少し畏まってるほうが見つかった、と。ゼルダ・チートル・ギャラリーというロンドンのセシル・ストリートってところにあった小さなギャラリーだけど、このゼルダ・チートルさんはベレニス・アボットと交流があったそうだ。ラッキーだったな。手焼きで、ベレニス・アボットのサインも入ってる。ただ、本人が手焼きで焼いたかどうかまではわからないと。金額は、額装してあって三十万円くらいだった。俺はともかく欲しかったので、すぐに買うっていったよね。これはさ、今もうちに飾ってある。他人が見えるところじゃないけど、俺の本当の一人だけの部屋にあるんだ。当時は皆からいわれた。そんな暗い、気持ち悪いおじさん、おじいさん？の写真をなぜ飾るのか？と。ジョイスはさ、死んだときが五十八歳だから、じいさんっていうのはちょっとかわいそうなんだけど、確かに年寄りに見えるといえば見える。撮影したときは四十歳くらいだと思うけど。この写真、最初は居間というか、家の一番広い応接セットがおいてあるようなところに、大きな引出しのついた横長の家具があって、その上に壁に立てかけて置いたんだ。ロンドンから届いた額装されたジョイスの写真は結構大きくて、重くて。特にその額が立派で、枠の木も太くてさ。厚さも五センチくらいあったよ。よくうしろに紐がついてるやつあるだろう。それとは違うんだ。額の裏側の一番上に溝が刻んであって、壁に打ち込んだ太い二本の釘にその溝を引っかけるんだ。ロンドンでは一般的なのかもしれないけど、日本の家の軟な壁ではなかなかそういう掛け方は出来ない。それで仕方なく、横長の家具の上に乗せて壁に立てかけといた。そしたらさ、ちょっと不思議なことがあったんだ。いや大したことじゃないけどさ、ある晩、その日俺はものすごく疲れていて、夜中に帰ってきて爆睡してた。何時か覚えてないけど、居間でガシャーン、ガラガラ、ドシーンって音がした。びっくりして、泥棒か、地震かってなもんで飛び起きた。居間のほうだったんで、駆けつけると、なんとうちの猫のガーティが走り回って俺の脇をすり抜けて逃げていった。電気を点けてよく見てみると、何故だかわからないけど、ジョイスの写真の額が落ちてガラスが粉々に割れて飛び散っている。ありゃま、なんだこれって思った。ガーティがどうも何かの拍子に飛び乗ったのか、そこは今でもわからないけど、ともかくガーティが額を落として割れたとしか考えられない。ま、ガーティは無事で、これは俺にとっては大事なところで、ジョイスの写真は、いずれは雲散霧消してしまうものだし、永久に存在することはないだろうと思ってるし、俺以外にとって意味のあるものではないし、別に俺一代でいいんだけど、ガーティは俺にとってはものすごく大事なパートナーだからさ。ガーティは無事だった。確かにいずれはこいつも死ぬだろうけど、まだ死んでもらっては困るってとこさ。で、飛び散ったガラスの破片は大変な思いをしてなんとか掃除した。最後に写真を改めて眺めた。額は角が折れてかなりのダメージでもう使えないくらい壊れてた。ガラスは粉々だ。写真を押さえてる厚い紙は外れていたけど、写真はつくづく見たけどまったく無事だった。奇麗なもんだった。ガラスの割れ方からみて、傷だらけだろうと思ったんだけど。ジョイスは多分猫も犬も好きだったと思うんだ。ブルームの家にも猫がいるんだ。ムクニャオ。でさ、俺が思ったのは、ひょっとしてガーティは、その夜、なぜかジョイスの写真に惹かれて、呼ばれて、思わず飛びついて行って、額をぶっ倒したというのはどうだろう？　あれは、きっと何か心の交流があったに違いないと俺は睨んでいる。で、それ以来、このジョイスの写真は額装し直してもらって、俺の一人だけの部屋に飾ることにした。ま、俺とともに封印したって感じかな。よく銀塩モノクロ写真っていうじゃないか。俺も実はちゃんとした、銀塩モノクロ写真って所有したことがなかったんだ。だから、このジョイスの写真が初めての自分で実際に持っている有名写真家の銀塩モノクロ写真だったんだ。買って以来、額にいれたままだったから、紙焼き本体を直に見たのはこのときが初めてだった。まずは、その黒の深みに驚いたね。俺は若いころに怪しい出版社のエロ雑誌の編集部でバイトしたこともあるんだ。そのときに校正ゲラを印刷所に運んだり、校正を手伝ったりしたこともある。当時は、グラビア印刷とオフセット印刷ってのが主流でさ。グラビアってのは実は深みがあるけど、なかなか良い印刷に仕上げるのが難しいんだ。でもこれが、ばっちり版ずれがなく滲みもなく印刷されるとすごく奇麗にしあがるんだ。裸のおねーちゃんの写真だってことを割り引いても、グラビア印刷の写真は素晴らしものがある。で、何がいいたいのかっていうと、手焼きの銀塩モノクロ写真ってのは何ていうか、永遠の滋味があるってことなんだよ。良いグラビア印刷の感触に似ている。俺は最近、ある人が雑誌の表紙に使った写真にノックアウトされてさ。それは、まだ若いマーロン・ブランドが犬と戯れている写真なんだけど、これをある雑誌で見て、あまりの恰好良さにダウンした。マーロン・ブランドは半そでのポロシャツで、ジーンズにスニーカー履いて、どこのメーカーかはわからないけど、コンクリートみたいなところに座ってる。犬は嬉しそうにブランドに顔を向けて撫ぜてもらおうとしてる。もうそれだけでグルーヴィーだね。グルーヴィイィィン、オンザサンデーアフタヌーン。早速、その知り合いの編集者に電話して、あのマーロン・ブランドと犬の写真が欲しいといったんだ。もちろん、買うという意味だ。俺はたかりみたいなことは嫌いだ。犬はあんまりよく知らないので、犬種はわからない。アイリッシュ・セッター？　違うと思うけどな。ボーダーコリーじゃないしな、レトリーバー系かな？　マーロン・ブランド本人は確かアイルランドの血も入ってる。ま、それはいいけど。そうしたら、あれは、写真の商業利用のアーカイブから買ったものだから簡単です。そこから買えば、一点一万円で買えます。それを東急ハンズで額装してもらって、なかなか良い写真になったんで家の廊下にかけてある。だけど自慢になるけど、そのベレニス・アボットが撮ったジェイムズ・ジョイスの写真は本当にすごいぜ。本人が焼いたかはわからないけど、オリジナルのネガから焼いた本物だ。と俺は信じてる。一九二八年の息吹が立ち上がってくる。地味にね。でも、一九二八年といったらユリシーズがすでに出版されてたから、ジョイスは高名な作家だったといえると思う。だから、何か自信のようなものも感じられる。ジョイスの苦しみも同時に感じられるけどね。だから、みんながそんな不気味な写真何故飾るのかっていうんだな。そのうちじっくりガラス越しでなく見せてあげるよ。ジョイスは、すごく早熟で、かつ頭が良かったらしい。若いころから売春窟に出入りしてたらしいし、って俺と同じだけどさ。俺は風俗とかだったけどさ。まあ、頭が良いのと、女好きは同じだからな。本能だから仕方ない。あの時代に書いたユリシーズの中身は当時の社会ではポルノみたいだったらしい。だから発禁になったりで、なかなか出版出来なくて大変だったんだ。女性に話すのも気が引けるけど、先ほどの、レオポルド・ブルーム、ユダヤ系アイルランド人だけど、例えばさ、そのブルームの妻のモリーがいろいろと男とのセックスのことを思い出しながら独白するシーンがあるんだけど、そんなこと書く奴はそのころはいなかったんだ。今なら当たり前だろ。俺なんか、若い女の子みたらなんとかしてやれないかと思うし、ちょっと年増のすけべそうなおばはんも良いケツしてんな、後ろから入れたいなとかいつも思ってる。実はガルシア・マルケスも同じこと書いてる。こういうことというのは、今どきセクハラかもしれないけど、男の気持ちはそんなもんさ。女性もその実、似たようなことがあるんじゃないかと思うけどな。ユリシーズの第十三章ナウシカアでは少女、名前はガーティっていってさっき話したうちの猫の名前と同じなんだけど、ともかくガーティがレオポルド・ブルームを誘惑して、スカートの中の下着をわざと見せるんだけど、ブルームはそれを見て思わず自瀆してしまう。こんなこと二十世紀の初めに書いたのはジョイスくらいだな。確かに発禁ものだ。ジトクって何のことですか？　あ、それはグぐってみたら。そういえば、さっきジョイスは今ならストリートダンスやってたかも、とかいったけど、これは根拠がないわけじゃない。ベレニス・アボットの写真には、当時のパリにいたいろんな人が写ってる。ジョイスの関連では、妻のノーラ、それに娘のルチアも被写体になってる。ルチアはだんだん精神に異常をきたしていって、今でいえば、統合失調症になったんだ。ジョイスは、もちろん娘のことだから心配していろいろな医者にみせたり、助けようとしたんだけど。ま、それはともかく、このルチアの写真を見ると、なかなか面白いポーズで踊りを踊っているようなのが何枚かあるんだ。この一家は芸術家肌というか、こういうパフォーマンスが好きだったんじゃないかと思う。

6　ロックンロールにゃ年だけど、死んじまうにはまだ若すぎる……

　そういえば、俺には、叔母がいるんだけどさ、この叔母はもう九十歳にもなると思うけど、統合失調症なんだ。ずっと昔、叔母は一度結婚して離婚した。理由はよく知らないけど、横浜元町のほうに住んでいて、まあ、小ぶりな一軒家に住んでた。借りていたのかもしれない。子供だったから事情はまったくわからなかったけど、あるとき親父に連れられて、その家にいった。爺さんや、婆さんも来てた。子供の頃ってなんかのはずみでそういう一家の一大事みたいなとこへ一緒に行くみたいなことがあるだろ。そのときがそんな日だった。俺は家の外で遊んでたからよくはわからなかったけど、帰りに見たら、叔母が泣いていて、まあ、大人たちは少しほっとしたように帰り支度をしていた。どうしたのとか聞ける雰囲気じゃないし、黙って親父に連れられて帰った。叔母の旦那ってのは見たことがなかったから、多分失踪したのか、いなかったと思うけど。それから、叔母が、爺さん、婆さんと同居するようになったというのを聞いた。このあいだ、俺の親父が死んだだろ。親父が具合悪くなって、医者もまあ、いつとはいえないけど、徐々に悪くなってます。ここでは、治療は出来ないから、良くはならないので、徐々に衰弱して行くでしょう。ただ、元々が生命力のある方なので、まだまだ持つかもしれないですねというんだ。俺は、親父ももう九十の半ば近いんだから、大概良いんじゃないと思ってた。よく生きたと思う。大正生まれの人は俺らと違って軟じゃないんだ。でもその親父がここまで衰えた。骨と皮だけで。腕も、足も、骨しかないような感じで、点滴もこうなると入れる箇所が亡くなって、腕も足も内出血の跡だらけになった。皮膚のあちこちが黒く変色したりして。もう内出血で痣のようになるってのは超えてるんだ。墨のように黒くなる。そりゃあ、俺もいい年だから大概のことには驚かない。でもこの親父の姿は衝撃だった。死んだ方がましだとふと思った。コロナでいろいろ制限があった。でもたまに見舞いにいって親父に話しかけると、今日は少し具合が良いとか、背中が痛くて仕方ないとかいうんだ。長生きしないとね、とかいうと、俺もまだ死ねないみたいなこともいう。大したもんだと思った。そうだよ、百まで生きなくちゃと俺はいった。親父もうなずいてた。でもさ、面白いんだ人間の心理ってのは。親父の見舞いにいくと、まあ、ほんとに寝てる場合もあるし、寝たふりしてる場合もある。何かいっても気づかないふりする。あれは、自分がどのくらい心配してもらってるのか、見てんだと思う。息子の野郎、もういいかげん面倒くさくなってるな、とか。どうでも良いことは意外に聞こえてて、肝心なとこは聞こえてないふりするね。叔母のことで一度親父とやりあった。そこのヤマザキの二十五年取ってくれる。ロールスには当たり前だがバーカウンターがある。ワインも良いが、ウイスキイの気分だ。ハイボールはだめだ、あれは炭酸ソフトドリンクだ。やはり、マイルドに、でも五臓六腑にしみわたる感じがウイスキイのストレートは良いときがある。そのくらいでいいよ。せめてオンザロックじゃないともったいない。何しろこれ東南アジアもっていけば一本軽く百万になるらしいぜ。そうか日本でもネットで一五〇万もするんだ。そりゃますます高くなってんだな。サノバビッチ。でさ、あるとき、親父が手術して入院する前だったけど、つまり母が死んで少しあとのことだ。叔母はさ、横浜の施設に入ってるんだ。これは今でも同じさ。小高い丘っていうかまあなかなか良いところで、もう社会復帰は出来ないけど、世話をしてくれる施設の人とまずまずに暮らしてる。叔母は、古いマンションを一軒持ってた。だけど、もちろんもう誰も住んでない。もう誰も相続する人もいない。両親ってのは、俺の爺さんと婆さんだ。子供は四人いて、長女、長男、つまりうちの親父、それに次女、三女。叔母は三女、つまり一番下の妹だ。長女は亡くなり、次女と叔母はもう会ってない。うちの親父が叔母の面倒を見るということにある時点でなったらしい。そこのところは、よくは知らないけど、俺が親父に渡してる金もあるから、親父が何とか高齢者施設を探して叔母を、つまり一番下の妹を入れたわけだ。でさ、その小さいマンション、まあ誰も住んでないわけだし、俺はいいかげんにマンション売って処分しなよと親父にいっていた。なんとなく親父もそうかなみたいなことといい出したけど、どうも進まない。俺は気づいたんだけど、一番下の可愛い妹の家を売ってしまって、施設から戻る場所がなくなるのは忍びないんだなと。だけど実際の叔母の状態で、統合失調症で、車椅子で、すべて施設で世話になってる。もうマンションに帰るなんてことは出来ない。それが現実だ。不動産を本人以外が売るってのは意外に面倒なんだ。それで、不動産屋をどこにするか、これはその物件のもともと販売した不動産屋が一番わかっていそうなんで、頼んでそこが買い取ってくれることになった。まあ、俺が適当な金額で買い取って、名義を変えて、安く売っちまうってのも考えたんだけど。でも、これは爺さん婆さんが自分たちの金で買って、自分たちと末娘である離婚した叔母がずっと暮らしていけるように考えたうえでのマンションだったんだ。六〇平米くらいで、そんな高いものではない。ともかく、いずれにしても名義は叔母のものだし、売るとなれば本人の承諾が必要だ。やはり、ここは爺さんをリスペクトして、当たり前だけど、正規の手続きを踏んで売りたかったし、そのお金は、ちゃんと叔母に戻してやりたいと俺は思った。金額の多寡じゃないよな。こうしてお膳立てをしていって、不動産屋も大体このくらいの額になるでしょうということになり、最後の段階で残った仕事は、叔母本人にマンションを売却するってことを伝えることだった。ここで、親父が急に怯んだ。多分、妹にあのマンションを売ると伝えることは、お前はもう家には戻れないという意味だし、そんなことはとてもいえないって思ったんだろう。叔母は統合失調症っていうけど、普段はほとんど普通にしている。車椅子に乗っての施設内だけの移動だけど、テレビも新聞も見ている。新聞なんか論説委員みたいに自分の意見をいいながら読んでるらしい。精神は病んでるところはあるけど、知力や理解力はあるんだ。ルチアみたいだな。だから、いざとなったら、親父は怖気づいた。とてもいえないって。俺が、すぐにも叔母さんに売却のことといいなよ?というと、なんだかはっきりしないんだ。もごもごいって、やっぱり売るのをやめようとかいい出した。俺は激怒したね。俺は親父を怒鳴りつけた。ふざけんじゃないぞ、親父、ここまで準備してようやくあのマンションが売れるんだ。ずっと、早く始末しろと俺がいってたじゃないか。俺は確かにそこそこの金はあるけど、こういうことは親父が片づけて逝くものだ。あんたの妹だろうが。俺だって、九十を過ぎた親父を怒鳴りつけたくはなかった。でも、もう、後はすべてこいつに残していけばやるだろうってのはないよ。人生の終末は自分で決着をつけなきゃならないことがいくつかある。親父がもうやらないっていうなら、俺は手を引く。勝手にすればいいさ。と俺は啖呵を切って親父の家を出た。そのあと少しして、親父は泣きながら俺が悪かった。妹にはちゃんと話すといって、電話した。叔母は理解し、兄と妹がリアルに話したのはこれが最後になった。で、まあ、なんとか不動産売却は進んだ。すぐに売れて、予想よりも少し高く売れた。万々歳だし、これで親父が放り出してた一つが解決した。だけど、お上ってのは、薄情っていうかしたたかなものだ。おっと、いいとこで電話だ。ちょっと待ってくれる。どうした。え、入ったのか? すごいな、いくらなんだ。三五〇〇万か。まあ、少し高いけど手の打ちどころだね。いいよ、進めてくれて。うん、ギター。やっと出てきた。ずっと探させてたレスポールスタンダード五九年だ。サンバーストだ。三五〇〇万円だと。実際ばかばかしい値段だと思うけど仕方ない。ストラディバリウスよりは大分安い、と思うことにする。俺は別にギターがちゃんと弾けるわけじゃあない。でも、これは自分へのご褒美で買うんだ。この年までずいぶん一生懸命働いたし、このくらい買ってもばちは当たらないだろ。クラプトンがハイダウェイで弾いたやつな。タッタラララ、タタラティータラララ、タラララタララタララ、タラララ、タララティータララ、ティラー。クラプトンの古いインタビュー読んだらさ、七〇年代中盤かな、あいつ、結構ギターも変えてるし、アンプも変えてる。俺はきっとマーシャル一筋だと勝手に思っていたのに、やっぱレイドバックしだした頃はミュージックマンとかに行ってんだ。俺はましてやアンプなんてわかんないわけよ、ただ、あの頃のクラプトンみたいに素敵に歪んだ音が出してみたい。六〇年代のイギリスのギタリスト、R&Bやブルースやり出した奴らが、思い切りアンプのヴォリューム上げて、ギターのヴォリュームもフルに上げて弾いてみたら、爆発的な歪んだ音がしたんだ。一九六二年頃のロンドンのイーリングクラブはそうした音が出せたんだ。街にはジム・マーシャルの楽器屋があった。マーシャルの音はそこで創られたんだ。時代に合ってたんだね。ヤングマンブルース。大人にでかい面させるな、若者たちよってか。あの頃、特にイギリスの労働者階級のあるいは、中流の下の方の若い奴らかな、なんてのか、憤りというか、もうこんな生活嫌だって感じもあったんだと思う。それでエネルギー爆発させるネタに、音楽ってのがあったんだよ。バカでかい電気的な音、歪んで圧がすごい音、それが大音量で出せる、ってのがカタルシスだったんじゃないかな？　わからないけど。それが、アメリカのエルビスのロックンロールや南部の黒人たちのブルースに触発されて、イギリス流のロックになったんじゃないの。そのためには、歪むギターと歪むアンプが命だったんだと思う。この初期のレスポールスタンダードにPAFのハムバッキングのピックアップ付けたやつは凄いよな。っていうか、こんな音が出るなんて思ってもみなかったんじゃないかなあ。今でも俺は感動するね。ハイダウェイだよな。そんな話じゃなかったよな、お上がいかに薄情かってことだった。俺はさ、親父怒鳴りつけて、勝手にしろって啖呵切って出てきたけど、結局親父も仕方ないと思ったんだな。俺に見放されたらどうにもできないもの。親父は泣きながら妹に、って叔母のことだよ、電話して、マンション売るって涙ながらにいって、承諾えられたって。お涙頂戴だぜ。兄と妹の愁嘆場だ、涙がちょちょぎれる。それが、親父が妹と話した最後だった。なぜかわかんないけど、親父はそのあとは、叔母のことをいってもたいして反応がなかった。あんなに心配してたのに、どうしたんだろって思ったけど。これで肩の荷がおりたって思ったのかもしれない。俺がたまに叔母の様子を施設から聞いて、話してもほとんど関心を示さなかった。それで、不動産の仲介販売の契約は完了し、話は進んであっという間にマンションは売れた。古いマンションで、狭かったから、二千万円にもならなかったけど、でもまとまったお金が叔母の口座に入って、親父も、俺も、少し良かったと思ったわけだ。俺の金を使って、叔母を養うことはできるけど、それはなんていうんだろ、親父の役目だと思う。叔母は何か遺族年金みたいなのをもらっていたんで、施設のお金はまあまあ払えていた。でも、マンションの金が入ったんで少しは安心になったと俺は思った。今、叔母は九十近いから、変な話、いくら生きてもあと十年くらいだろ。しかし、契約したときに不動産屋にいわれた。お金に困ってはおられないと思うので、別に大したことじゃあないかもしれませんが、マンションを売ったお金が叔母様の口座に入るとその年に確定申告しなくてはなりません。今回、マンション購入時の販売価格の資料や契約書がないので、購入価格がわかりません。そうなると、売れた金額の五%を購入価額と算定して、その差額の二〇%の税金が発生しますよ。と確かにいわれた。一八〇〇万円なら、三四二万円だ。まあ、俺は、ほどほどの金額だし、税金二〇%取られても大したことないと踏んでた。ところがさ、実際に叔母の預金通帳に入った額を見てみたら今までの諸々のお金の動きが見られる。それは叔母の遺族年金だの、毎月の施設でのお小遣いだの、まあそういった、細々とした、ささやかなお金の動きだ。お上が何もわかってないので思い出した。憂歌団ってさすがに知らないか？　大阪のブルースバンドだ。彼らの歌におそうじオバチャンってのがあるんだ。俺一時あの曲が大好きだった。おもしろいバンドが出てきたなって思ったんだ。アコギでやる日本のブルースってのが面白かった。その中でもおそうじオバチャンは白眉だったな。あれが発売されて一週間くらいで放送禁止になった。一九七五年のことだ。俺はちょうど女に振られたときだからよく覚えてる。掃除婦を差別してるということだった。掃除婦ってのも聞かなくなった言葉だけど、馬鹿だねえ、そんなことあるわけないだろうって。おそうじオバチャンをリスペクトして歌ってるのがわからないんだ。当時民放連がやったらしいけどホントのトホホだと思う。わたしゃビルのおそうじオバチャンって始まるけど、これは笑福亭仁鶴さんのおばちゃんのブルースって曲から取ってるんだ。ほんとだよ。こっちはお掃除おばちゃんの悲哀をしっとりと歌ってる。俺はこっちも好きだ。でも、木村の歌は、ハスキーヴォイスに乗せて、短いイントロのあと一気に飛ばす。コード進行はスリーコードのブルース。リズムはジャズっぽいフォービート。木村は在日でパクススンってのが本名らしいけど、ともかくブルースしてんだよ。でも、歌詞は後半笑いを取ろうとして、下ネタに持ち込む。おばちゃんの夢は可愛いパンティーを履くことだ。

こんなわたしもユメはある

かわいいパンティはいてみたい
イチゴの模様のついたやつ
黄色いリボンのついたやつ
アソコの部分のスケてんの

俺はこの歌聴いて付き合ってた娘にあそこの部分のスケてんの履いてくれっていったこともある。イチマさんお下品です。セクハラです。ごめん、ごめん、たとえだよ。ま、お上ってのはことほど左様に何もわかっちゃいないんだよ。ごめん、どんどん脱線してるな。話は戻るけど、そうして叔母のつつましい預金通帳を順繰りに見て行ったわけだ。そうか、俺なんか百万円のワインなんてのを何気に買ってるご身分になっちゃったけど、叔母の通帳見て泣けた。わずかな年金と施設の毎月の費用が出ていく。それがまあなんとなくチャラだ。そこにたまに十万円くらいの出金がある。それは叔母の日常で必要なお金、美容院代とか化粧品だとか、多少の衣類だとかのいわば何か月分かのお小遣いだ。俺は思った。ここにマンションの少しまとまったお金が入ればこれで安泰だ。親父も喜ぶだろう。ところがさ、こういうことはそんな単純じゃなかった。しばらくして、俺が税理士に頼んで確定申告したから叔母のところにマンション売却で得られた収入に対して税金が来た。結構な金額だとは思ったけど、仕方ないなと思った。そうしたら、今度は高齢者施設に入所してる叔母への毎月の請求を見て、俺はあれって思った。何となく施設の人から聞いていたような気がするんだけど、要は、一度だけでもまとまった収入が入ったことによって、介護のレベルが変わって、本人の費用負担が増えたわけなんだ。それは施設の問題ではなくて国か自治体の問題だけどさ。今まで月に十数万円ちょっとくらいの施設の利用料が二十四万円とかになっちまった。ちょっと待てよ、この金額が毎月来たら、どんどんマイナスになっていき、折角マンションを売ったお金であとのことは心配いらないと思ったのは大間違いだった。つまり、年金の額より、施設に払うお金のほうが大きいわけだ。いずれ、今の叔母の預金では足りなくなるんじゃないか？　もちろん、いざとなれば俺が払えば良いようなものだけど、そもそも、叔母の両親、つまり俺の爺さんと婆さんが叔母のために名義まで変えてやったマンションのお金がこんなかたちで本人を苦しめるというか、なんかおかしくないか？　それも年金生活者で、爪に火を点すような生活なんだぜ。それが生涯ただ一度自分名義のマンションを売ったお金が入って、施設でなんとか生涯を全うできるかと思えば、お上はそんな臨時収入に対して規則通りの税金を課し、そのうえ介護の補助のレベルまで変えやがる。もちろん、一年間だけの措置かもしれないけどさ、それにしても介護施設から外に出れない車椅子の年金生活者に対してあんまりな仕打ちだよ。税金なんかさ、もっと他で税金逃れしてるやつがいっぱいいる。俺も事務所で節税してるのは認めるけど、それとこれは違うよ。とんだお涙頂戴物語だった。ロールスは都内を抜けて都心に向かって進む。雨はまだやまずに降り続いている。レイニーデイ、ドリームアウェイ……

7 夜行き 拷問（トーチャー）は終わらない、とうちゃんは止まらない

やっぱり、俺の女の話をしよう。お涙頂戴だよ。ヨシコ、俺は勝手にYの女ってことにしてるけど、そのそもそもの出会いに関してはずいぶんと昔のことだと思う。おおよそ五十年前くらいだ。一九七〇年代だな。太古の昔だ。それから、九〇年代に二度目の出会いがあった。それは俺の勝手な解釈なんだけど。でも本当だ。それから、ヨシコは俺から消えた。そしてまた会うことになる。最近のことだ。

俺は彷徨っていた。まだコロナが来る前だ。ビフォー・ザ・フラッドだよ。知っての通り、妻とは別居していた。糟糠の妻だし、別に仲が悪いわけではなかった。でも、まあ、別々に生活することに慣れてしまい、別々に住んでお互いに干渉しないことが普通だった。つげ義春の妻みたいな感じかな？ ちょっと違うか。そのころ、仕事の関係で偶然知り合った、女優さんたちのメイクをやっている女の子と仲良くなった。亞里亞という名だった。本名じゃないと思うけど、勝手につけた源氏名みたいなもんかな。俺はそれなりに知られている人間なので、妙に近づいてくる男も女もいる。女たちは興味本位なのか、金が目当てか知らないが、若いころは、それはそれで俺は気に入れば喰っていた。気に入らなくても喰ってたかもしれない。向こうが望めば、そして俺がやりたければ、やればいいんだ。でも、そうした時代は終わっていた。月さん（繰り返すが、俺のニックネームだ）、

もう大御所なんだから、やばいことはやめてくださいね。と、アキラもいうし、俺も若い女に興味を失っていった。でも、その亜里亜って娘は気にいったというか、何か気持ちが合ったんだ。彼女はメイクアップアーティストなんだけど、キャバ嬢もやっていたらしい。亜里亜はたまたま俺のプロデュースした映画に出てもらった女優さんのメイクをやるために来ていて、俺はその女優さんと仲が良いので、休憩のときに一緒に軽食をつまんでいて亜里亜に会った。まあ、今どきない名前でもないけど、わりと珍しかったので、なんで亜里亜なんだい?と聞いた。亜里亜は金髪にしてる。今どきのメイクでまあボーイッシュな感じともいえる。なかなかの美形だ。名前ですか、これロックミュージシャンからのパクリなんです。別にそんなにこだわりがあるわけじゃないですけど、昔スリッツっていう女の子のパンクバンドがあったんです。あ、知ってるよ。俺、アイランドから出たアナログレコード持ってる。ほんとですか?　だったらご存じかもしれないですけど、リーダーの娘がアリアップって名前で。なんかアリアップを日本語にできないかグーグルで検索したら、亜里亜ってのが出てきたんで、これでいいやって。いいかげんだな、俺にはギターのブランド名に聞こえるけどね。でもスリッツは確かデニス・ボーヴェルのプロデュースだよね。音響がレゲエのダブっぽいんだよな。えー、私そういうのはわかんないんです。でも、ジャケットが結構好きで、女の子三人が褌みたいなのだけで、おっぱい出して、泥水かぶって写ってるのが恰好いいなと思って。スリッツって割れ目のことでしょ。確かにそうだな。割れ目だ。そんな話で少し盛り上がって、なんかその映画の撮影中に親しくなった。それで皆で一緒に飲みに行ったことがあって、アキラも呼んで、帰るとき亜里亜を送って行こうとした。で、アキラは察しが良くて、もう少し飲みますか？っていって、月さんの部屋行きましょって。アキラを俺は全然オンナと思えなくて、アキラも俺があちこち女性に手を出してることは知っているんだけど、全く干渉しないし、変な忠告をしたり、邪魔したりはしない。トラブルになるようなことだけはやめてくださいというけどね。むしろ、俺のナンパをサポートしてくれるように思える。もちろん、こういうときはロールスではなくて、黒のアルファードだ。それで高梨さんもわかってるから、何もいわずに俺のマンションの地下駐車場にクルマをつけた。亜里亜は別に気にする風でもなく大人しくうちに入った。ま、アキラもいたしな。アキラはさっさとキッチンのワインセラーからナパヴァレーのまずまずの白ワインと、食器棚を開けて国産の今は手に入りにくいウイスキイも持ち出してきた。それにナッツとかチーズとかおつまみも。お前さ、俺んちだって気持ちがあまりないだろ？　ええ、奥の院以外は大概この中のことはわかってますからね。母親か家政婦さんみたいな気持ちですかね。一馬さん、放っておけないし。でも、なんか、家政婦さんみたいに来てもらう契約して、出来ちゃったっていうドラマあったでしょ、と亜里亜。ああ、星野源とガッキーのね。逃げ恥でしょ。あたし踊れるし。とアキラ。でも、一馬さんにはあたし父親くらいの感情しかないから無理ですー。ふーん、俺だってわかんないよ。出来心ってのもあるしさ。だって、月さんもう無理でしょ？とアキラ。ともかく、俺は、自室、つまり奥の院とアキラがいった俺以外は入れない部屋だけど、そこだけは自分以外は誰も入れないことにしている。そこには、例のジェイムズ・ジョイスの写真がかかっている。あのガーティの額ぶち壊し事件以来、誰にも見せたことはない。ま、それはともかく、で、まずはアキラが余計なことをいいだす。あのさ、亞里亞ちゃん、この月さんはもう男じゃないのよ。安全なんだよ。ね、月さん？　え、それどういうことですか？と亞里亞。それはあたしからはいえない？　ねえ、月さん？　え、俺がいうの？　まあ、そうだな、最近ネタにしてるからな？　うん、男じゃないってのはさ、表現が変だけどさ、別に女性に性転換したとかってことじゃないよ。ここで、悪い冗談いってもいいんだけど、今どきはＬＧＢＴＱのことは真面目に考えるべきだな。RAINBOW PRIDEだよな。二人はちゃんと定義知ってるかい？　Ｌはレズビアン、女性同性愛者、Ｇはゲイ、男性同性愛者、Ｂはバイセクシュアル、両性愛者、Ｔはトランスジェンダー、性自認が出生時の性別と異なる人、Ｑはクィア、規範的な性以外の人、もう一つのＱクエスチョニングはわからない人って感じかな。勉強したね、月さん、と亞里亞が小さい声でいった。一応な。でもこれは奥が深いよ。TOKYO RAINBOW PRIDEのウェブ読んでもわからないところもある。自分の性がわからないとか。俺みたいに、男だと自覚していて、性の対象は女しかいないと思ってる人間は単純で面白みがないかもな。俺が好きな梨泰院(イテウォン)クラスにも確かトランスジェンダーの登場人物が出てくるよね。彼女が話の展開上キーになってる。それだけ、特別なことでもなくなってるということだよな。ま、古今東西の有名な小説は基本的には男女の愛、恋を書いてる。中井英夫の「虚無への供物」なんかは少し違うけどな。たとえば、「ザ・グレイト・ギャッツビー」が男女の恋だけでなく、ゲイの主人公、レズビアンの恋人とかいたらかなり複雑な話になるだろうね。いや、例えばトム・ブキャンナンの浮気相手が、車修理工場のジョージ・ウィルソンで、ジェイ・ギャッツの想い人はデイジーではなくてニックってこともあるわけじゃないか。凄く複雑な話になるけど、その場合に読者の受け取り方はどうなるんだろうね？　あら、それは皆人間で、性的な嗜好がどうであれ、少し違ったかたちで人間模様が出来上がると思うわ。と亜里亜は冷静だ。まあ、そういうことだな。我々もそういう時代だということを理解するというか、逆にそんなことは何も特別なことではないと思えるようにならなければいけないね。ふふ、月さんわかってるじゃない。と亜里亜。アキラがいっているのは健康診断の腫瘍マーカーってやつさ、要は癌の可能性を調べる数値だ。で、男が年取ると大体はなるという前立腺癌の数値を調べるＰＳＡっていう検査の数字がかなり高い。確か8とかだった。再検査に来いって書いてあった。でも、そのときは仕事が忙しくって、少ししたら再検査しようと思いつつ忘れてた。そしたら、必ず再検査しろと督促が来たんだ。で、友達の医者、堂分っていうんだけど、そいつのとこに行ってこうこうなんだけどっていったら、それは早く再検査しなくちゃだめだ。この前健康診断の結果持ってきてっていったじゃない。ＰＳＡがそこまでいってると、前立腺癌かもしれないよっていわれた。俺は年も年だし前立腺癌になった人はいっぱい知ってるんで、驚きはしなかったけど。で、検査をした大学病院の泌尿器科を予約して行ったんだよ。恐る恐る。そしたら、わりと若い先生で、いや一馬さんのお仕事をいつもリスペクトしてますだって。サインくださいって。蒲池先生ってんだけどさ。ま、それは良いんだ。先生がファンなら悪いようにはならないし、ありがたい。で、ともかくＭＲＩを撮ったり、血液検査で再度ＰＳＡを調べたりした。病院に関しては、俺はここ十年くらいで、両親のことや、弟のことやで結構詳しくなった。病院てのはさ、もちろん太古の時代からあるし、ずっと人間を治療して薬を与え、ときには手術をし、命を長らえさせてきた。だから、それは何千年もの時間存在し、人を少しでも長生きさせてきたわけだよな。でも、人を長生きさせるということを裏返せば、そこには常に死が隣り合わせにあるということだ。だから、病院は、本当は死神と隣り合わせにいるような場所だよ。確かに今は新しい病院がどんどんできて、最新の治療のための設備が完備している。でも、実態は生きるか死ぬかの人がいっぱいいるってことだ。俺は、母親が死ぬ少し前に腸閉塞になりそうだというので、緊急入院して手術したときもそう思った。その後、松山空港にいたときに、親父が電話してきて、おしっこが昨日から出なくてつらいんだけど、明日の朝になったら医者に行こうと思ってるっていったときも、結局その晩に救急病院に連れて行き、なんとか尿道カテーテルでおしっこを出してもらい、そのあと、大きな病院へ連れて行って、改めて診断してもらったら前立腺癌の末期だといわれ緊急入院となった。母親の場合も、父親の場合も、それぞれ手術した。両方とも九十過ぎていたので、医者からは場合によっては、麻酔で亡くなるリスクもありますっていわれた。でも二人とも手術に耐えて生き延びた。それから、それぞれの入院の有り様や、病院での様子も見たし、先生たちから、いろいろ話も聞いた。まあ、感想的にいえば、さすがに手術には耐えたけど、二人ともそれはそろそろ死期を迎えてたことの証で、そのあと結局母親も、父親も二年くらいで亡くなった。亡くなったときは二人とも九十七歳だったからまあ大往生だけどな。もちろん、一時的に生きながらえさせるためには、病院に行って手術してという過程が必要だったと思うけど、それはあくまで緩慢な死への道筋であったにすぎないとも思う。だから、病を発見してくれて、それを直すということだとしても、病院へ行くということは死につながる可能性もあるんだということを俺は学んだ。それは友達や知り合いの場合でも一緒だった。どちらの結果が来るにしても紙一重ってやつだ。不思議なものだが、一方で癌かもしれないといわれたこと自体は俺にはあまりショックでも怖いことでもなかった。それは諦念というのともちょっと違うんだけど、この年になれば癌ってこともあるよな、という感覚があった。友達の話もいくつも聞いたし、まあ、当たり前に俺もそういう年になったかという気持ちだった。亜里亜にはまだわかんないよな。こんなこと。いえ、私も早くに両親亡くしましたし、そのときに病院のことも一通り経験しました。へーそうなんだ。じゃあ、まあ、なんとなくは俺の感じてることもわかるかもね。それで一通りの検査のあと、蒲池先生との面談になった。その港区にある大学病院は、主要な外来棟部分が最近建て替えられたばかりで、とても近代的な新しい病院だった。前はかなり古い、確かに由緒ある、病院ではあったが、実際に行くと、古いなと思ったのだが、病院は古いのは古いのでそこが値打ちみたいなところもあるけど、ともかく何かにつけていささか古さが目立っていた。それが久々に行ったら、まったく近代的な病院に生まれ変わっていた。たとえば、受付の機械や、会計の仕方、支払いの機械なども一新され、看護士たちの制服もすっかり新調され、ちょっとスポーツジムみたいな感じなんだけど、そして一階のロビーには、ディーン&デルーカが入っている。病院にスタバがあるのは当たり前という時代ではあるものの、せめてそうしたものがそろっているというのも病院の怖さを和らげる効果があると思う。もちろん、コロナがあるので、ロビーは検温の機械と、消毒薬のボトルがあり、注意喚起のメッセージを渡されるようになっている。まあ、ともかく、俺は四階の泌尿器科の受付で検査結果を待ち、表示板のメッセージから蒲池先生の診察の順番を待ち、やがて俺の番号が表示され、診察室前に入るように表示された。アキラが、病院に話して、ＶＩＰとして少し特別待遇を受けられるようにできるといわれたが、もちろんお金も払うんだけどさ、つまり、一般外来とは別に受付をして、診察も優先的に受けられるようにできるといわれたが、俺はそれを断って、多少変装してでも普通に受診することにしてもらった。でも俺はなんとなく人を笑わせたり、受けたいというコメディアンみたいな気持ちがあって、当日は上から下までルイ・ヴィトンのＴシャツとジャージのパンツみたいので、これは東アジア系の外国人のイメージなんだけど、腹巻して、レイバンのサングラスして、エンジェルスの野球帽かぶって、草履を履いて行ったんだけどさ。そうね、月さんどうしてもそういうギミックしたがりますよね。あたしが困るの。あの日もせっかく病院のご厚意で地下駐車場から特別エレベーターで入ったのに、亜里亜ちゃんもわかると思うけど、実際の診察のフロアへ行くと変装してるからかえって変に目立つわけよ。ナハハ。ま、それで、蒲池先生の計らいで少しは特別待遇になっているのかもしれないけど、ともかく俺の番になった。蒲池先生の診察室をノックし部屋に入った。一馬さん、お疲れ様です。僕は一馬さんの映画の大ファンなんです。テレビでも拝見してますよ。シビアな批評眼と辛辣なご意見は的を射ていると思います。まあ、監督の馬戸拓のお陰ですよ。と俺。しかし、なかなか斬新な格好ですね。こげ茶の地色にベージュのルイ・ヴィトンのロゴが全体に所狭しと入ってるから確かに目立つ。結構面倒な検査で大変だったでしょうと先生。いやいや、多少あちらへ行って、こちらへ行ってでしたが、スムースに行けました。ちょっとこの格好が受けすぎましたけど、俺だとは多分わからなかったでしょう。ずいぶんときれいな病院になりましたね。で、どんなもんでしょうか？うーん、やはり、この数値から考えられる通りで前立腺癌の可能性が高いですね。ただ、かなりその可能性が高いものの、生検をやって確定したいと思います。一日入院して、ちょっと手術ではないですが、前立腺の組織を取りますので。前立腺の腫瘍の癌細胞を確認しないと最終判断は出来ないんです。ただ、可能性として前立腺癌だということはかなりの確率で間違いないと思います。まあ、最初に先生のお話を聞いた瞬間から、きっと癌だと確信してたんで、それはあまり驚かなかった。これで死ぬかもしれないということもあまり頭をよぎらなかった。しかし、十年くらい前に、昔からのなじみの放送局の元専務から聞いた話が頭に浮かぶ。あの、一馬さ、俺さ、ついに前立腺癌になったのよ。それで、医者に最終的な診断を聞きにいったんだけどさ、かみさんと一緒に行ったんだ。それで診察室で医者がさ、残念ながら前立腺癌ですね。やはり、全摘したほうが良いと思いますが、そうすると男性機能が失われますよ、って。そしたら、かみさんが間髪入れずに、先生、どうせ何の役にも立ってないので、存分にバッサリと切ってくださいって。参ったよな。お前とはやらないけど、他の女とやる可能性があるんだ、ともいえずさ。一馬さあ、前立腺癌のときは絶対にかみさんには知らせずに病院に行かないとだめだぞ。もっともお前の場合は事実上の別居だからいまさら関係ないか？　俺はそれで全摘手術受けてもう女は年貢を収めたけどな。本当かどうか、ネタにしてるような気もするが、前立腺癌の全摘手術は確かに男性機能が失われることが多いということを俺はほかでも何度も聞いた。そもそも前立腺は男しかなくて、男の生殖機能を司る臓器だもんな。だから射精する管も前立腺を通っているから摘出したら射精も出来なくなる。意外にへーみたいに思った。別なＩＴ会社の社長もそれで大変だったと。その人は某大学病院の先生に頼み込んでなんとか男性機能を残してもらったといってたな。と俺は思った。そこはどうなんだろう。亜里亜ちゃん、これはいくら年とっても男にはそれなりにシリアスな問題なのよ。うん、それはよくわかります。でも、父も割と早く亡くなったんでよくはわからないですけど、ある程度の年になるとあんまり性欲はなくなるのかなと思ってました。そうでもないかしら？　あたし別に隠してもいないんですけど、一時キャバクラに勤めていたんで少しはわかります。友達で、風俗で働いていた娘もいました。でもお客さんはやっぱり若い人が多かったらしいです。たまにおじいさんも来るともいってたけど。ふーん、そうなんだ。どんな風俗？　あの、ヘルスってやつです。ああ、しごいてあげるやつね。そうですね、まあ大体はそうかな？　いろんなお客さんがいたらしいけど。あとで俺の悩みも聞いてもらおう。えー、私で役に立ちますか？　それはあとで話そうね。まずは俺の話ね。治療法としては放射線の治療ってのもあるんだ。そっちは男の機能は問題ないと聞いたんだよね。ま、正式に癌という診断でもないんだから、今聞くこともないかと思って、その場は蒲池先生と生検の日程を決めたりしたところで終わった。それから数日後に俺は仲の良い元サッカー選手の坂斗（ばんど）さんと飲んだ。板斗さんはメキシコ五輪で銅メダルを取ったレジェンドだ。当時の日本代表選手だったわけだ。坂斗さんと、彼の仲の良い湯谷さんという、偶然だが俺の高校の先輩でもある人と三人で飲んだ。俺はやはり口が軽いというか、実は、癌だろうと診断された恐怖も内心にあってさ、三人で飲んでる最中に、坂斗さん、実はこういうわけで前立腺癌らしいんですよね、というと、ああ、僕もやったよ。放射線治療でね。あれは、ちょうど鳥栖にいたときだな。大学病院紹介してもらって、放射線の照射を何セットかやってさ、でもそれですっかり治ったんですよ。そうですか、それは良かったですね。やっぱり放射線ですか？　うん、手術で前立腺取っちゃうとさ、男じゃなくなるんだよ。だから、それはだめだよ。女とそういうことやるかどうかは別として、男じゃなくなるんですよ。だから僕は絶対に放射線治療だったよ。ふーん。そうっか。そうですよね。僕なんかね、今八十歳だけど、今でも若い女性見るとね、こうなんか熱いものが体の中に湧いてきてさ。それ坂斗先輩はやっぱり日本代表ですもんね。普通の人よりそういうことはお強いのじゃないですか？と俺。いやいや、これはさ、男としての矜持ですよ。だからあなたも、手術なんかしないで、放射線治療ですよ、一馬さん。これ絶対だって。ねえ一馬さん、実際、一馬さんは今でも男として現役なの？と亜里亜が聞く。ま、それはこの話を聞いてくれればわかると思うけど。ふーん、でも、そういう気はあるんでしょ？　まあね。じゃあ今度私で試してみたら？とは残念ながら亜里亜はいわなかったけど。でさ、そんなこと毎日考えながら、仕事のなかで日々が過ぎていって、生検での入院となったわけだ。このオンザロック美味しいな。スコッチとかアイリッシュのウイスキイに比べると、すごくまろやかで、飲みやすい。ほんとは尖ったウイスキイ、アイラ島の、いやオーウェルに敬意を表してジュラ島の、アイラ島のほどは海の香がしないけど、ほのかに海藻の匂いがするやつとかも美味しいと思ってたけど、日本のウイスキイのこのまったりとした柔らかさがこの年になると心地よいかも。でも、これって俺が年取って丸くなったっていうことの証かな。情けないともいえるな。で、一日入院して生検を受けた。蒲池先生はこういった。一馬さん、やっぱ癌ですね。正直、投薬なんかでしばらく様子見るという選択肢もあるかと思ってたけど、癌としては結構やばいんで、手術するか放射線の治療をするかですね。それはステージが四とかってことですか？　いや、ステージのことじゃないんだけど癌の悪性度が高いってことですよ。だから全部取り除いた方が良いということですね。手術することも含めて俺は覚悟していたからそんなには驚かなかったけど、やはりタチが悪い癌というのは多少ショックだった。なるほど。で、先生、全摘手術か放射線治療かってとこはどうでしょうか？　周りの先輩たちからは、手術すると男じゃなくなるから絶対放射線治療だとかいわれてますけど。笑。うん、そこはですね、その通りなんですが、手術は今どきのダヴィンチ手術でやります。ロボット支援手術、腹腔鏡手術ですね。身体への負担はかなり軽減されています。前立腺には大雑把にいうと、二本神経があるんだけど、このうち一本を残せば、大丈夫ビンビンです。え、ほんとですか？　うん、そこ反応しましたね！　そうでなくっちゃ。やっぱり一馬さんんだ。ま、ビンビンというのはちょっとオーバーだけど男性としての機能は残ります。だから、術後にしっかりリハビリをやればだんだん戻ってきます。でも、放射線治療と全摘手術は、効果はそれほど変わらないんで、どちらにするかは一馬さんが決めてくれればいいですよ。放射線の場合は入院必要なくて、何度か外来で放射線の照射を受けていただければできます。男性機能は残りますが、まあ、ただ二、三年経つと結局だめになるという例もあります。それと放射線治療は一回きりしかできないので、再発した場合、治療方法はありますが、わりと面倒なことになります。いずれにしてもセカンドオピニオンもとっていただき、決めてもらっていいですよ。先生、この場合に男としての機能を残すってことが癌の治療にマイナスになることはないんですか？　あるいはこうなっちゃったら、セックスなんかしないほうが良いんでしょうか？　俺はちょっと恥ずかしいけど、マジで質問したよ。だって男性ホルモンは前立腺癌にマイナスだから親父は、最後は睾丸切除したんじゃなかったっけ？　いや、それは関係ないです。ほんとです。大丈夫ですよ。セックスと癌は関係ないです。ふーん、そうなんですね。それは朗報だ！　まあ、ともかくそんな話だった。ところでリハビリって何やるんだろうという疑問はあったんだけど、そのときは質問しなかった。あたしがリハビリしましょうか？　亞里亞が笑いながらいう。いいねえ、亞里亞ちゃんたのむよっていいそうになったが、俺も今日初めて飲んだのにそんなことはいえないから、あいまいにうなずいてスルーしておいた。でも内心はそれが一番良いかもなとは思ったけど。でさ、蒲池先生がセカンドオピニオン取れというので、アキラがいろいろあたってくれてさ、御茶ノ水にある大学病院の前立腺癌の大御所である先生を紹介してもらった。今はさ、セカンドオピニオンを取ることは当たり前なんで、病院のほうで今までのデータはすぐに用意してくれた。それで急だったんだけど、すぐにアポが取れてさ。あたふたと行ったんだよね。今度も、ちょっと変装してさ。本当は着流しくらいで行きたかったけど、結局、一時テレビなんかで使っていたジェイムズ・ジョイスのまねで、生成りの麻のジャケットと、グレイのずぼん、中にブルーのストライプのシャツを着て、細かい水玉の柄の蝶ネクタイをした。そして片目にちょっと眼帯っていうか、パッチをした。これはなかったんで、ジョイスの写真を見てつくってもらったんだよねアキラ、な？　なかなからしかったですよね。あたし、月さんのあの扮装好きです。へー、見てみたかった、と亜里亞。うーんとほらこれよ、とアキラが携帯の写真を亜里亞にみせる。あー、本当だ、おしゃれで格好いいじゃないですか。うん、出かける際は変装もあるんで、麦わらのカンカン帽をかぶったな。あれは結構恰好良かった。亜里亞ちゃんはジェイムズ・ジョイスって知ってる？　知らないよね。まあ普通はそうだよ。アイルランドの作家でさ、変なおじさんさ。アンクルピーター。覗きのおじさんさ。ピーピングトムだよ。ってなんのことかわかんないよね。ユリシーズって小説に出てくるすけべなユダヤ系アイルランド人、レオポルド・ブルームっておじさんのこと。今はさ、ダブリンでこのブルームさんをネタに六月十六日にブルームズデイってのがあるんだ。要は、ユリシーズの主人公の一人のブルーム氏が歩いた一日を祝して、世界中のファンがダブリン市内をウォーキングするってわけだよ。そのときにジョイスのそっくりさんもいるわけよ。俺もそのうち参加してみたいと思ってるんだけどな。だから、それの練習みたいなもんだな。大御所先生は時間に正確で、看護士さんからは手術と手術の間なので、多少時間が前後しますとはいわれてたんだけど、ほとんど五分とは待たされずに、会議室のようなところに通され、すぐに先生が入ってきた。セカンドオピニオンってのはこういうところでやるんだ。ああ、一馬さん、時々テレビで拝見してますよ。目はお悪いんですかかな？　ん、ああそうですか、変装ですね。ふむふむ。なかなかおしゃれですなあ。ちょっと昭和初期の洒落者って感じです。昔はそうした、西洋風のおしゃれな人が結構いましたな。やはり有名人の方は違いますな。とても似合っておる。で、前立腺癌ですな。まあ、これはあちらの病院はとても経験のあるところだから、大丈夫です。そう、全摘手術か放射線治療かってことですね。一馬さんの癌から考えると、それなりの対処をしておいた方が良いというのは私も同意見ですね。どちらが良いかというのは、両方とも確立した治療なんで、あまり差異はないですね。ご自身が好まれるほうを選ぶと良いと思います。ロボット手術は身体への負担も軽くて、良いと思います。私などは切ったはったできたほうなので、ちょっと手術の楽しみからいうと面白くないですが。いやねえ、手術の一番の良い時間はこう患者さんのお腹をメスでスーツと切り裂いて、内臓がパッと目の前に出現するところですな。そのときにある種の興奮と震えが来ます。最高のモーメントです。そして、それを彩る赤い血の流れ。興奮しますな。腸があり、その下に前立腺が現れる。涎が出ますな。素晴らしい！　この前立腺をずたずたに、すっぱりと切り取る！　ふほほほほ……。いやいや、失礼しました。それだけ真剣ということです。ふんふん、男性機能ですな。一馬さんはバリバリの現役ですか？　はあ、なるほどですね。まだまだやれると。堅さは十分、中折れもないと。いやいや素晴らしいです。一馬さんのお年だと普通は大体の方がもうあがってます。つまりですな、もうしたくてもしないか、もうあまりする気にならない、あるいはできないというような人がほとんどですな。うん、確かに奥様とは出来ない、あるいはしないが、他の女性ならできるという人もいます。でもやはりよる年波には勝てなくて、セックスはプライオリティが低くなったという人が多いです。なるほど、確かに全摘手術で片方の神経を残せば機能は残ります。しかしですな、すぐに一〇〇%の状態にはならんです。少しずつ回復はするけど、前のようにはいかないということになると思います。ここで大御所先生は俺の目をまじまじと見た。もし一生一度のチャンスがある晩訪れたとしましょう。そのときにこの機会を逃したら一生悔いることになるような場面ですな。一世一代、ここは背水の陣、もはや退却はなかりせば、というときが来たとしましょう。先生、急に講釈師のようになったね。この大御所先生はちょっと危ないかもと思った。サイコパスという単語も浮かんだ。で、そういうときは今や良いクスリがあります。バイアグラ以外にも今は何種類かあるので、それを使えば大丈夫です。だから、前立腺の神経を一本残す。そしていざというときは、勃起不全の解消薬を飲む。これです。これで一馬さんの望みはかないます。俺は実はそこまで男としての機能を残すことに執着してるんじゃなかった。仮に生きながらえるためには前立腺を全摘して、神経も取ってしまうしかないといわれれば、そうするつもりだった。ただいい訳めくが、仮に女性にまったく興味がなくなり、女性を見ても何も感じなくなる、自分の残された人生で恋愛に何の感情もなくなるということがどういうことかわからないし、それがこれからの俺の残りの人生、特に映画のプロデュースしたり、小説を書くときに何か影響があるかどうか不安だった。もちろん、頭では、セックス以外のことが人生の八〇%以上を占めるだろうから、仮に男でも女でもなくなっても、楽しいことはいっぱいあるよなって思う。だから大御所先生は俺がまだセックスしたくて仕方ないと思われたかもしれないけど、本当は少し違うんだけどな。ともかく、大御所先生のセカンドオピニオンは聞けたし、結論からいうとどちらの先生も大体同じ意見で、全摘手術でやっても、放射線でやっても大体同じ効果であるので、自分で選べということだった。ちなみに、大御所先生は、一馬さん、これを越えればあなた長生きできますよ、と最後にいわれた。ホントかな？　ま、ともかく、前者の場合、前立腺の神経を残して男性機能を維持するかどうかも判断点だ。後者は再発した場合に治療が難しくなるという点がある。放射線治療は原則一回しかできないらしい。要は、身体のその部位にかなりの放射線によるダメージが残るので十年くらいは放射線を照射することは無理になるらしい。そんなわけで、俺は主治医である蒲池先生に報告に行った。俺の得意の変装に豊臣秀吉のおふざけキャラがあるんだけど、その日はそれで行こうとしたら、このアキラに頼むからやめてくれといわれて、仕方ないのでザ・サラリーマンというキャラで行った。つまり、すだれ満月禿げで髪を一九に分けて、ま、鬘だけど。黒縁の眼鏡で、濃紺にグレイのストライプのスーツは膝裏に皺が何重にもあり、これはわざわざ銀座の老舗の洋服屋で仕立ててもらったのに屈伸したりで皺付けてさ。シャツもストライプで揃えた。でそこにロベルタのネクタイして、セリーヌの馬車のついたベルトして、靴は昔さんざん履いたよれよれの黒のストレートチップ、踵が斜めに減ってる、チャーチを引っ張り出した。歴戦の業界勇士の雰囲気だ。これは八〇年代の俺の先輩たちのコピーだ。あの頃の高度経済成長の余韻の中で日夜奮闘する営業部長って感じかな。俺はそういう人たちを妙にリスペクトしてんだよ。ほんと。で、蒲池先生は、会うなり、その靴良いですね。かなり履き込んでますね。靴はそうあるべきですっていわれた。人は面白いとこに着目するなって思う。で、おおよそのセカンドオピニオンの話をした。ふーん、そうですか、大御所先生も同じ意見ですね。あの人はすぐに切った方が良いというと思ったけど、そうでもなかったかあ。と笑った。で、先生結論からいうとですね、俺はいろいろ考えたんですが、やはりダヴィンチの全摘手術でお願いします。ただ、せこいかもしれませんが、片方の神経残せますかね？　それで一応男として残るべくトライしてみたいです。まあ、確かに放射線は二度目の治療が難しいし、男性機能も少し経つと低下する場合がありますからねえ。ま、一馬さんの場合、神経は片方残せますね。それとチャント説明してなかったですけど、全摘手術の場合のもう一つの弱点は、尿漏れを起こすことです。これはまあ大体の人がなります。術後一か月から長いと半年～一年くらい、毎回は一〇〇ｃｃから二〇〇ｃｃくらい漏れるんで、しばらくおむつを履かないとだめです。運動選手だったひとなんかはあまり漏れないこともありますけどね。ただね、一馬さん、僕が手術すれば、多分あまり漏れは起こらないと思います。と先生がにやりとしていった。ほんとですか、先生？　うん、今までも何例もやってるけど、そんなに漏れたことはないです。任せてください。凄い自信だーと思ったね。ただ、そのときは尿漏れがそれほどの大きな事象だとは思わなかったけど。ともかくそういうわけで、これで全摘手術を受けることは決まった。手術の日は、俺のＬＳＭ社長としての取締役会の日程、プロデューサーとしての映画制作、テレビ出演などを考慮して九月後半にすることにした。ＣＭの制作は馬戸拓がほとんど自分でできることだし。なあ、アキラ。ええ、そうでしたね。蒲池先生は、あとは念のため、近くの臓器や核医学という骨への転移を調べます。というのもあった。それは無事終了して幸い転移はなかった。それからは、ともかく仕事を片付けることにした。入院期間は一週間くらいということになり、手術の日程も決まった。諸々のスケジュールをアキラに調整してもらって、入院の週は遅い夏休みという名目にすることでテレビ出演は話がついた。ほかは収録のスケジュールも決め、映画のほうは大体の構想を作った。あとは小説やエッセイなどは概ね話がついた。で、時は過ぎゆき、万物は流転し、笑、入院の前日は例によって、ＰＣＲ検査があった。夜の八時までに連絡がなければ、翌日は予定通り入院して、さらに翌日に手術だ。ここで、万が一感染していれば、予定はキャンセルになり再度日程を調整しなおさなければならない。俺は根拠ないけど、コロナには感染しないという自信というか確信があった。おかしいと思うけど、そう思ったんだ。もちろん、感染してなかったので予定通り翌日入院となった。このときは今思えば、ちょうど新型コロナの感染者数はかなり減っていて、このままでもう終わるのではないかというタイミングだった。それはラッキーだったね。ここでもし延期になっていたら、いつ手術が出来たかわからなかった。こういうこともある。入院して心配だったのは、二か月ほど伸ばしたせいで、病状がすすんでいないかという点だったが、蒲池先生は、それは全然大丈夫ですよといってくれた。一応極秘入院なんだけど、いわば特別室に入った。今回はなんとなく変な変装で行くという気にならなくて、手術後のことも考えて、Ｔシャツと家で着ているアディダスのジャージの上下にした。特別室の一人部屋はまずまず良い感じで、ちょっとリラックスできそうだ。とはいえ明日が手術だとまあ心はあまり休まらない。音楽を聴くのと、仕事のメール、それにアマゾンプライムやネットフリックスなんか見ようと思ってパソコンを持ってきた。iTunesに音楽のデータを取り込んである。俺はサブスクが苦手なので、音楽データを再生する。イヤフォンは長い時間だとつらいので、小さなブルートゥースで繋げるJBLのスピーカーを持ってきた。タツロウは、音楽はイヤフォンでしか聴かないらしいが、よく出来るな。何を聴くか悩んだが、適当に入れてあったのをランダム再生してみた。アリソン、アポストロフィ、デスペラード、ソウボウ、カリフォルニア・ドリーミング、スーパースター、ハピネス・イズ・ア・ウォームガン、コールド・ターキー、サムシング、サザーンマン、ウッドストック、オール・アロング・ザ・ウォッチタワー、ヴードゥー・チャイル、イン・メモリー・オブ・エリザベス・リード、クリスマス・イブ、ヒコーキグモ、ジャングル・スイング、ノーサイド、エピタフ、チャイナ・ガール、コーヒー・ブルース、アイ・アム・ザ・ウォーラス、ザ・プッシャー、ボクサー、ウィズアウト・ユー、ドン・ウォナ・ファイト、インポッシブル・ジャーマニー、ウマトシカ、レッド、ファース・オブ・フィフス、トゥーアイゼンガルド、セイクリッド・ソングス、マイ・ブレイヴ・フェイス、マイファニーヴァレンタイン、アイ・プット・ア・スペル・オン・ユー、ハイダウェイ、ヤングマンブルース、グレイスランド、エヌワイシーエヌワイ……。俺って古いなと思った。そうして、しばらくボーッとしていた。こんなのはあまり普段はない時間だった。時間はゆっくり流れて、時々看護師さんが来て、検温やら、なにやらのデータをとっていく。今晩は水分補給のみで終わりらしい。少しは体重が減るだろうか？　夕方、蒲池先生が来た。何も心配はいりませんよ。明日は朝手術が二件ほどあって、それが終わったら、一馬さんの手術やります。まあ、昼頃には始めますからね。四、五時間かかるかな？　という感じで、でも気にして来てくれたようだ。ありがたい。音楽を聴くのも飽きて、テレビもあまり見るものがない。テレビ界に世話になってる人間なのにどうもなとも思う。アマゾンプライムかネットフリックスで何か見ようと思ったけど、これはというものが思いつかない。キングダム、鬼滅も全部見てしまった。韓流でもないしな。ゴールデンカムイを見なくてはと思うのだが、まだその気になりきれない。北海道がこれほどの危なくて怪しいとこだとは思わなかった。考えてみれば土方歳三が生きていても不思議じゃない。男同士の友情がちょっと危ない方向に行きそうになるのも面白い。どんな人なんだろ、原作者は？　ま、こんな日は早めに寝るにかぎるか？と思って消灯した。手術なんて何が起きても不思議ではないから、場合によってはこれが最後の晩になるかもとも思うが、深く考えても仕方ない。手術中に、俺は血圧が高いから急な脳出血とか、不整脈もあるから急な心不全とか、もちろんモニターで見てくれているから大丈夫だとは思うけど、そんなことわからないよ。俺はまだやることがあるからここでは死ねないと思うが、さてどうだろう。妻の顔が浮かんだが、もう実質別れた女だ。電話はもちろん面会もない。アキラにも馬戸にも来るなといってある。それはそれで俺には良いことなんだけど。朝になった。看護師さんが来てくれて、検温やら血圧やら、手術中の血管確保のために点滴を入れたり、水分補給だとかいろいろある。で、携帯でメール見たり、ＬＩＮＥ見たりして、みんなに変なメッセージ書いたりして気を紛らわせたけど。それから、看護師さんに何時ころになりそうか聞いた。これから前の手術ですからまあ、お昼前には呼ばれると思いますけど。ということだった。でも、それきり何の音沙汰もない。窓の外は闇、ではなくて、陽光が注いで晴れている。東京タワーが見える。こんな日に一体日本で何人くらいの人が手術を受けるのかと思う。一人きりでいることはやはり孤独を感じさせる。俺は一人でここを切りぬけなければならないと思う。大げさだけど。これは昔、本当に若いころに、女と二人でラヴホテルに行ったときに感じた寂寥感と一緒だ。確か、大江の小説に、ラヴホテルで二人きりでいる主人公が、この世で今、ヴァギナにペニスを入れている男女がどれだけいるのか?と思うシーンがあったような気がする。あれは、やはり、都会のど真ん中で閉ざされた空間に二人の男女がいてセックスをする、それはあまりに無防備な世界だけど、そこでの孤独を書いてると思ったけど、そんな気持ちにも似ている。そういえば、俺は間もなく前立腺を摘出されて、ある意味「性」から解放されるのかもしれないと思う。片方の神経を残すことで、男性機能は残るかもしれないとはいえ、なくなる可能性もある。それが生物学的にどのようなことなのか、よくはわからないが、ビフォー、アフターでいえば多分今晩から俺は変わるんだと思う。いやいや前立腺癌で全摘した人はやまのようにいるんだから、そんなこと普通なんだと思うけど、どのような状態になるのかわからない。本当は手術の前に可愛い女性でも呼んで最後の一発をやっておくべきだったかもしれない。なぜか俺はそうも思いつつ、そうしなかった。仕事を片づけるのに忙しかったこともあったけど、それとも違う諦念というか、どうしても手術前に最後のセックスをしておこうという気にはならなかった。年といえば年だからかもしれないが。前夜はともかく水分補給しろといわれた。看護師さんが、OS‐1の五〇〇ミリボトル一本と、アルジネードウォーターという紙パックのおなじようなものを四個持ってきて、朝までにできるだけ飲んでくださいといった。これは簡単じゃなかったね。それから就寝前にセンノシドという錠剤ものんだ。これは下剤だな。手術前に腸を空っぽにするんだよ。そういえば、もう一つ気になってることがある。神経を片側残して、男性機能が残ったとしても、これはセカンドオピニオンの大御所先生からいわれたけど、もう射精はできませんよとのことがあった。それがもう一つの大きな疑問で、前立腺が精液をつくる場所だということはなんとなく理解したが、一方で、射精イコール気持ちよくなるということのような気もする。だから、いくら機能を残してもらえても、射精が出来ないのでは、やはり実際のところ機能が残ったとはいえないいんじゃないのと思う。ここが大きな難問だった。それに関しては、春先に俺の親しい友人であり、東京の某私立高等学校の教諭でラグビー部の顧問をやっていた萬谷先生とじっくり話した。秩父宮ラグビー場でトップリーグの試合開始前のことで、いわゆるVIP室の中だった。萬谷先生は、もともとラグビーを大学までやっていて、その後、某高校の体育の教諭になり、そのままラグビー部の顧問兼監督としてならした。無類の女好きであり、さらに鉄拳制裁で有名だったのだが、時代の流れで、そうした行為が学校からは許されなくなり、結局は退任することになった。俺にいわせれば、運動部では多少殴る、蹴るなどは大したことではないと思うけど、まあ、今どき、暴力や暴言はもう許されないことなんだな。指導者としてのキャリアは終わったけど、その後も協会の理事として、ラグビー界にとどまっている。面白いおじさんなんだけど、その萬谷先生と俺は前立腺癌問題を話し合った。周りには、ラグビー界の重鎮や、スポンサー企業の幹部などがいたのだが、俺も先生もそんなことはお構いなくしゃべった。あのさ、一馬さん、ちょっと聞きましたよ。前立腺なんだって？　うん、俺の教え子たちは結構優秀でさ。医者も結構いるのよ。ああ、あの病院なら、松生ってのが泌尿器科にいるから、いっておきますよ。ああ、男の機能って話ね。なるほど、そういうことですか、それで神経を片方残すと、いやそうしたほうが良いですよ。あればっかりは、できなくなると辛いやね。俺はさ、女遊びがひどくてさ、外の女にも子供産ませたんでね、女房がとうとうあんたそんなに悪さするならせめてパイプカットしてってていうんでね、先年手術したんですよ。で、もうやり放題ですよ。いや、萬谷先生、それじゃ奥様の狙いと真逆になっちゃったってことですね。そんなことはないよ。だって、もう子供は出来ないんで狙い通り。まあそうだけど、やり放題はいかがなものですか？　やあ、それはやめられねえもんね。俺のかかえてる問題とは全く違うような気もするけど、共通点は精液が出ないということなんだよな。でも、結局やれることはやれるんで、そんなもの大丈夫だというのが萬谷先生の結論。普通に気持ちよくなるらしい。まあ、いいや。この話はこの辺でやめよう。男の人も苦労してるんですね、と亜里亜がポツリといった。俺は、スカイ・ブルー・スカイのＣＤをかけた。俺の大好きなアルバムだ。ある部分とんがっていて、ある部分は穏やかで牧歌的で、面白い。辛辣であり、優しい。インポッシブルジャーマニーの皮肉はなんだろう。歌詞カードはインポッシブルジャーマニーとある。でも歌のほうはポッシブルジャーマニーと聴こえる。そしてアンライクリージャパンだ。混乱する。そして、ネルス・クラインのギターソロ。月さんってこういうのが好きなんですね。うん、やっぱりオールドスクールのロック的なやつじゃないと俺は無理だな。ギターソロもあってさ。これって、でもやっぱり七〇年代のロックとかのイメージがありますよね。と亞里亞。結構音楽好きなんだね？　ええ、本当はロックバンドやりたかったんですよね。最近女の子のバンド結構あるじゃないですか。シシャモ、ルーシートゥー、スキャンダル、ヨニゲ、トライデント、ねごと、ガチャリックスピン、バンド・メイド、テトラ、リーガルリリー、リアル、フィンランズ、チャットモンチー、たんこぶちん、まだまだあるわ。あたし、それと、セイント・ヴィンセント大好きなんです。あの、ディグ・ア・ポニーをYouTubeで見たとき、鳥肌が立ちました。知らねえな、俺は無理かもしれない。ディグ・ア・ポニーってジョンの曲？　そうらしいですね。あたしはビートルズ全然知らないから。友達の音大の男の子、ギタリストなんですけど、セイント・ヴィンセント、ギターうますぎって騒いでました。今のバンド、全然わからない。キングヌーとかなかなか良いかなと思ったけど。タツロウかなあ、結構何度も聴いてるのは。私エレキギターにすごく刺激されるんです。あの、女体を連想するボディの形と、それを叩いたり、擦ったり、弾くって行為はエロティックですよね。あたしの友達、女子ですけど、環境音楽をヘッドホンで聴いてそれだけでいくって子もいるわ。ホント、音楽聴くだけでエクスタシー感じるんだ。そうかあ？　そうなんです。私がギター持って、抱えて弾くってのは、女の子を抱きかかえていたぶるみたいな感じなんですよね。あたしはそっちの趣味はないけど、男好きですけど、でも、なんか女の子を凌辱するみたいな気持ちになるんです。もともと影響はパンクから受けてるから、複雑なコードとか、難しいソロとか無理ですけど、アンプをフルテンにして、ギターのヴォリュームも10まで上げて、思いっきりパワーコード弾くと最高です。曲っていっても、せいぜいスリーコードですけど。それにさらにノイズを混ぜて。そうか亜里亜ちゃんはそっちか。ギターは持ってるの？　ええ、ＳＧです。でもギブソンじゃなくてグレコってブランドです。知り合いのおじさんがくれました。グレコって今思えば結構良かったよね。色は？　白です。白はちょっとなあと思ったけど、お金なかったし、なんでもいいかって。え、それにエナメル塗料でめちゃめちゃに色を塗って、サイケな感じにしました。アンプは？　持ってますけどすごく小さいマーシャル。すごいじゃん、マーシャル。でもこれも小さくて、スタジオで目いっぱい音量上げても死ぬほど大きな音は出ないです。なので、スタジオにマーシャルのアンプがあればそれを使ってます。エフェクターは？　そのギターくれた人がこれもあげるよってくれた、変なファズとワウワウです。でもこのワウはイタリア製の偽もんだっていってました。ファズは一緒にバンドやっていた友達がこれってビンテージかもっていってましたけど、名前も覚えてません。ＦＡＺＺＦＡＣＥかな？　丸いんです。じゃあそうだな。へえー、なかなか渋いの持ってんだ。これはお見逸れしました。でも、そうだな、俺の若いころはいろんなバンドがいたなあ。ノイズだけのバンドもあった。終始ノイズを吐きまくるのも、ファンがいたもんだ。結局、ポップミュージックなんて、はなから音楽性があろうがなかろうが存在意義みたいなものはどうにでも付けられる。高度な音楽理論に基づこうが、出鱈目な音の羅列だろうが、それは表現者の自由だ。俺も七〇年代後半からのパンクの時期は随分とそういうのに傾いた。でも、今になってみると、パンクといわれたバンド、例えばピストルズなんか結構良いメロがあったり、十分聞けるように作られてる。まあ、だからあれも気分を変えて売ろうというプロデューサーの意向もあったんだろうな。トレンド作りたかったんだろうね。それに見事に嵌められたよね。当時一括りにパンクとかニューウェーブとかいわれたバンドも、実はそれなりの音楽バックグラウンドがあって出てきたのばかりだった気がする。エルビス・コステロ、ポリス、テレビジョン、トーキングヘッズとか、まあ、みんなのちに大御所になったもんな。スリッツは純粋にこんなのがやりたいっていうアリアップたちの気持ちがあったんだろうけど、それにダブの音響処理をやって、ニューウェーブにしたって感じかな。ううん、まあそうなのかもしれないですね。あたしはむしろ彼女たちの裸で褌だけで泥ぬりたくっておっぱい出してる写真に惹かれましたけど。こういうのって、作為があったのか自然体なのか今となってはわかんないね。それでね、本題に戻るけど、手術の当日さ、待てど暮らせど、手術室に呼ばれないわけよ。で、お昼もとうに過ぎた二時ころに看護師さんが来ていうには、前の手術がまだ終わらないので、もう少し遅くなりそうですって。えー、そんなに時間がずれることもあるんだって思った。前の人の手術が予想外のことが起きて、ものすごく時間がかかってんのかなあと思ったけど、そんなこと聞けないし。俺のイメージは昼には呼ばれて、夕方には手術終わって、麻酔も醒めてベッドでちょっと痛みに耐えるって感じだった。でも、午後の二時になっても待つだけ。これはつらかったね。で、さらに二時間たってようやく手術室に行くことになった。そうしたら、蒲池先生が突然入ってきて、お待たせしましたが、まもなくやりますからねっていわれた。それで少し安心した。そして看護師さんが来て手術室に連れて行かれた。いよいよだと思う。エレベーターも初めて乗るやつだった。手術室に入ると、医師らしい人が三人くらいいて、看護師さんがやはり複数人いる。蒲池先生はメインの執刀医で、後ろに控えている。手術台に乗せられ、ダヴィンチ手術の手術台は仰向けに寝て、頭の方が下がる感じなんだ。肩で体を支えるような姿勢だ。もろもろのチューブや線が付けられる。なんか、アンドロイドにでもなったみたいだ。電気羊の夢を見るんだな。エレクトリックシープ。ストレイシープ、迷える羊、うーん美禰子か？　麻酔科の医師が自己紹介をしつつ、麻酔入れたらそのまま意識なくなります。五秒くらいかな。あとはすべて我々に安心してお任せください。これは本当に心強かったよ。目が覚めたらベッドの上です。っていわれたのと、記憶がなくなったのが同時くらいで、本当に目覚めたらベッドの上にいた。痛みは特にない。麻酔が効いてるんだろう。ともかく俺は手術を乗り越えたんだとぼんやりと思った。痛みがないのは嬉しい。気持ちがちょっと高揚する。変な話、オペレーションハイってのも変だけど、おそらく痛み止めの薬のせいで、あきらかに気分が良くなってる。あとでわかったけど一種の麻薬だよな。ラリっちゃってたわけよ。もっとも、尿道に管を入れられてるので、そこはかなり違和感がある。これは生検の翌日と同じだ。でも、足も少ししたら動くし、立てないこともないくらいの感じだった。翌日、それは幻想だったことがわかるけどな。アキラに電話すぐしたよな。ええ、なんか結構元気な感じでしたね。それから何人かにＬＩＮＥしたりした。事前に撮っておいた、写真を送った。それは、ジョン・レノンをコピーしたもので、ボブ・グルーエンが撮った有名なＮＹの写真とほぼ同じ恰好をしたんだ。長髪のジョンがサングラスをかけてジージャンの下にＮＹのＴシャツを着たやつわかるよな？　もちろん、金髪のズラかぶってさ、腕を前で組んでさ、手術の一週間前くらいに撮ったんだよ。それにWar Is Over, Still Alive & Wellって入れてさ。ただ、一点違うのはサングラスの上から、片目に目玉を手書きで入れた。ウィンクって感じでもなかったなあ。赤ンベイでもないけど、ややキモイかな。ともかく親しいやつらにはそれをＬＩＮＥで送った。本当はゾンビみたいにしようかとも思ったけど、まあ冒瀆かなと思ってやめたんだけどね。笑いは取れたけど、みんなご自愛くださいい的な温かいメッセージだったよ。やっぱり、業界仲間でもこういうときはマジになるんだな。で、もう夜だったけど、蒲池先生が病室を覗きにきてくれた。それでさ、先生の第一声がさ、一馬さん片方の神経しっかり残せたから期待して下さいね！だった。さすがの俺もそこ？と思ったけどな。いくらクスリでハイになってるとはいえさ、まだ流石におちんちんが立つかどうかまでは気が回らないよな。それは無理。でも、まあ、そういってくれたんだから、そのうち何とかなるのかもしれないなとは思った。先生はすぐに、では、といって出ていった。気分は相変わらずまあまあで、看護師さんからは明日は尿管が取れたらリハビリで出来るだけ歩きましょうといわれた。まあ、そんなこんなで手術は終わった。二、三日結構つらかった。まず、尿道の管ははずしてもらえたけど、それからが大変だった。おしっこがつらいのよ。痛い、おしっこが出るまでがなんていうかこれ以上出そうとすると痛いってのがわかるんで、うう一んと悩んで、それにエイって出すと激痛とともに出血する。ああ、血が出た、出た。ってなるし結構な激痛だ。おちんちんから真っ赤な血が出るとさ、ホントにぶったまげるぞ。ああ、女性にはわからないかもな。気持ちが萎える。でも、一方で尿漏れはほとんどなかった。これは先生が自信持っていっていた通りだった。食事は、最初は重湯なんだけど、薄いスープみたいなもんだ。それにヨーグルトだったか、プリンだったか。牛乳もあったかな。水みたいなものばかり。最初に歩いてみようと思ってベッドに起き上がろうとしたら、簡単じゃない。ようやく起き上がってベッドを降りようとしたら、ふらふらだってことがわかった。手術後に目が覚めて、これなら今すぐでも歩けると思ったのは、痛み止めの麻薬のせいでハイになってたからで、実際はなかなか大変だ。ジャイ・グル・デーヴァ。で、点滴を付けたスタンドを持って病室のあるフロアを何周かしたけど結構よろよろだった。携帯で歩数と距離が測れるけど、三周くらいして三〇〇メートルがやっとだ。泌尿器科だから基本は男が多い。俺と同じような年恰好の人が多くて、廊下を歩いている。同病相憐れむというけど、気持ちとしては同志頑張ろうって感じだね。でも、俺は面が割れると面倒なので、一応丸眼鏡のサングラスをして、マスク、もちろん、コロナのためだけど、をしていればすぐには俺とはわからないだろうと思った。髪の毛はぼさぼさのままで、ちょっとディップで上に向けて尖がらせて立たせた。アラーキーみたいだと思った。良いんだそれで。で、俺はそうして少しずつリハビリをしていた。歩くのは痛みもないし、多少点滴を引きずってるので、動きは悪いが特に問題はなかった。そこにいる患者さんたちは戦友だ。しかし、おかしなもので、俺はライバル視する感じになった。別に何も敵意を持つようなものじゃあないのに。だから、挨拶もしないし、知らん顔してお互いに通り過ぎる。本当は仲良くしてお互いの病気を慰めあうべきだとも思うけど。飯はすこしずつまともになっていった。翌々日の夜は、三分粥、コンソメスープ、鶏肉の香草焼き七〇グラム、カリフラワーとキャベツのトマト煮、減塩海苔佃煮。四日目の昼は、全粥二五〇グラム、ハンバーグステーキ八〇グラム、トマトスープ煮、ふりかけ、果物、ヨーグルトドリンク。その晩は、米飯二二〇グラム、諸味噌焼魚八〇グラム、筑前煮、胡瓜酢の物、果物。まあ、重湯から、三分粥、全粥、米飯とすさまじい進歩だ。俺は食い意地がはってるから、全部食べちゃった。多分体重は七〇キロから六五キロくらいまで減ってたと思う。でも、なんか少し嬉しかった。昼間は暇だから、フロアを歩くか、テレビ見るか、本読むか、パソコンで映画見るか、音楽聴くかなんだけど、翌日だったか、二日目だったか、おならが出るといわれたのに出ない。これがだんだんお腹が張ってきてパンパンになって苦しくなった。耐えられないくらいになった。看護師さん呼んだけど、なすすべがないようで、歩くのが一番ですというけど、俺は朝から結構歩いていたんだけど、どうにもガスは出ないし、食べるからお腹が張るという繰り返しで苦しんだ。きつかったぜ。話としては笑えますね。アキラ、笑ってるけど、おまえだってそのうちそういうことがあるかもしれないよ。あたしはおならなんかしませんヨーダ。吉永小百合さんと同じでトイレなんか行きません。ふん、確かに今なら俺も笑えるよ。おまけにおしっこに行けば出血と激痛。看護師さんは勤務形態がいろいろで毎日変わる。俺の場合は全部女性だった。このお腹がはって困ったときは、そこそこ年増のお姉さんだった。奥さんかもしれない。美人だった。いろいろアドバイスしてくれたり、先生の回診のときにいって下剤をもらったらどうでしょうとか、かなり親身に気にしてくれた。ガスさえ出ちゃえば随分楽になるはずです。ジャンピンジャックフラッシュ。屁、屁、屁！　もう少しの我慢です。私も同じような病気で手術したんです去年、といっていた。俺は自分のことはおいておいても彼女の病状が心配になった。ここでこうして看護師として俺みたいなやつを世話してるけど、本人は完全に治ったわけでもなく、病気をかかえて、あるいはいつ再発するかとか、よくはわかんないけど、そして看護師としての勤務は大変だと思う。ガス問題はそれでも苦しみながらも半日くらいで改善した。どんな苦しいことでもどこかで終わりがあるもんだ。その後彼女にもう一度会えないかと思って心待ちにしてたけど、もう二度と彼女は来なかった。俺の担当になった日は特別だったのかもしれない。それから、俺のほうは徐々に回復していった。そうしたら、ある日看護師さんが、看護学校の実習生を担当に入れても良いですかと聞いて来た。この大学病院の傘下にある看護学校の生徒で、現場実習をするらしい。俺はもちろん良いですよといった。まあ、女子高生ではないけど、若い女の子が世話してくれるのを拒む理由はない。翌日その看護師研修生が看護師さんに連れられて来た。とてもおとなしそうな娘で、なんかメイド喫茶の女の子みたいな服装をしている。いやいや俺はメイド喫茶行ったことはないよ。でも、時々メイド喫茶の前で客引きやってるメイドの女の子は見たことがある。そんな恰好なんだ。ちょっとエプロンかけてるみたいなやつよ。なんとなく嬉しかったというか、少し変な気持ちになったたね。細面でかわいい子だった。昔の看護婦さん（って死語だけど）は白の制服みたいなの着てたよね。もちろん、それとは違うけど、水色の制服みたいなロングスカートの上下（ワンピースかもしれない）に白いエプロンみたいなの着てるわけさ。メイド喫茶の娘とは全然違うんだけど、ちょっと見るとそんな風に見えるわけさ。あとで考えてみると、それこそナイチンゲールのころのナースはそんな恰好だったのかもしれない。里美美禰子っていうことにしよう。深い意味はないけど仮名だ。病院のベッドで見るとちょっとなんていうか嬉しくなる感じだ。俺は熱測ったり、血圧測るのはまあ平気だけど、幸いもう下の世話みたいのもなかった。ホッとしたよ。これでおちんちんきれいにしましょうといわれたら、俺も耐えられないかもしれないと思った。そういえば、そっちがどうなったかってのもいわないとね。でも、まずは美禰子の件だな。彼女は聞くと、この大学病院に付属する看護専門学校の生徒だという。元々は明治時代に設立されたもので、日本で最初の看護師養成のための学校に由来するそうで、遠くはナイチンゲールの影響もあるらしい。なぜ看護師を目指したのかまあ普通そんなことを最初に聞くよね。彼女は、千葉のサッカーで有名な公立高校にいて、ごく普通に大学進学か、就職かみたいなことを考えていたらしいけど、ちょうどご両親が離婚することになって、大学進学は諦めることになった。そのころ付き合ってたサッカー部の先輩とも別れ、いろいろ考えて、こうなったら看護師になって人助けをしようと思ったらしい。まあ、ちょっと出来すぎの話だけど。で、彼女の実習というのは、こうして大学病院に来て、ある病棟を担当し、複数の患者について、正看護師たちの補助をするわけだ。これが彼女らのせいではないと思うのだが、結構中途半端で可哀そうな気もする。美禰子の場合は、まずは検温やら血圧やらの測定をする。しかし、本来の看護師さんもいるので、時々かぶってしまう。そうなると、暇そうなときに来て例えば俺が下のコンビニ行ってタオル買うとか、足りないもの買うとか、ドリンク買うとかについてきてくれる。これは患者にとっては大事なことだけど、看護師さんがやることじゃないみたいな気もする。まあ、俺も正体がばれても仕方ないし、当然このフロアの看護師さんたちは俺のこと知ってるんだからしょうがない。で、美禰子にも野原一馬として接した。彼女はもちろん俺のこと聞いてたんだろうけどね。看護の仕事は重労働だし、犠牲的な精神がないと難しいように思うけど、そこまでの覚悟もなさそうに感じた。そのなんていうか、おはようございまーす、って感じで元気いっぱい入ってくるわけでもなく、淡々としているのが凄く気になったな。ま、俺が有名人ってんで、気を付けるようにいわれたのかもね？ねえ、それって月さんとしてはその娘が気にいったってことですか?と亜里亜。まあ、正直、可愛いし、気に入ったんだけど、少しわからないものがあるっていうか、暗くはないんだけど、ふわふわしててつかみどころがないっていうのかな。今どきの娘なんだろうね。要は。スポーツでもないし、芸能関係やお金でもない、結婚して幸せになりたいってことでもなさそうだった。俺が音楽聴いたり、映画観たり、サッカー観たりしていても、それには反応がなかった。ただ一度だけ夢というか、朦朧としていたんでよくは覚えてないんだけど不思議なことがあった。入院中は夜も看護師さんが定期的に回ってきて患者の血圧や脈拍、それに点滴の様子を確認に来る。でも、もちろん美禰子のような研修生には夜勤はない。それがさ、美禰子が来てから二日目の夜の一時ころかな、俺がふと目を覚ますと美禰子がいた。普通は失礼しますとかいって看護師さんたちは入ってくるから夜中でも目が覚める。それがハッと気づいたら彼女がいたって感じだな。やだ、怪談ですか？　病院は昔から怪談が多いよな。そりゃあ、ものすごく多くの方が亡くなってる場所だから、そういう話は枚挙にいとまがない。でも、それは怖かったというのでもない。ともかく気づいたら美禰子がそばにいたということなんだ。あれ、どうして君がいるの？と聞くと、ええ、今日だけ夜勤なんです。え、でも研修生は夜勤なんかないでしょ？　ええ、でも、私一馬さんと話がしたくて、無理にお願いしたんです。俺は身の危険を感じなくもなかったが、一方で美禰子の話に興味もあった。それに美禰子の恰好は昼間と同じメイドスタイルだ。一馬さんて前立腺癌の手術したじゃないですか。こんな質問失礼は承知のうえですけど、私も一応前立腺癌について知識はあるんですけど、それって、一馬さんもう男としてはダメになったんですか？と単刀直入な問いかけ。ああ、そのことか。いやいや先生に頼んで、俺は片方の神経残してもらったから、リハビリすれば大丈夫になるはずなんだよ。ほんとですか？と美禰子はいっていきなり俺のシーツを剥いだ。いやいや美禰子ちゃん、俺はまだ無理だよ。だって手術したばかりだもん。美禰子は俺に構わず、上掛けをめくって俺の下半身に手を伸ばした。俺はここのところ、ずっと面倒なので、アディダスのTシャツ、キャプテン翼とのコラボで南葛のジャージみたいな体裁になってるTシャツなんだけど、それに黒のジャージパンツで昼も夜も同じ格好だ。そのジャージのパンツをいきなり、美禰子は引き下げた。さらにユニクロのパンツも引き下げた。俺の身体は、まだ腕に点滴のチューブが入り、お腹の周りは、ロボット手術の傷跡が五か所あって、そこには変なテープみたいのが貼ってある。だから、パンツを下げられると、ひどく不格好で、情けない状態になる。いやいや、美禰子ちゃん、俺こういうのは好きなんだけど、でも今は無理でしょ。いいえ、リハビリは早いほうが良いです。と毅然と美禰子はい放った。そして、傷だらけのお腹の上でぐんにゃりとしている俺のペニスを握った。ああ、と思ったけど、実はショックではあったけど、俺のおちんちんは反応した。少なくとも少し反応したんだ。嬉しかったような、恥ずかしいような。あれ、ちょっといい感じだよ！と思わず俺はいっちゃった。でしょ、一馬さん、大丈夫ですよ、私がちゃんとやってあげます。えー、と俺は思った。天使だ！フォールンエンジェル！　美禰子の小さな手は俺のおちんちんを優しく握り、少しずつ揉みほぐすというか、マッサージを行っていた。それは久々の懐かしい感触であり、俺はちょっと安心した。少なくとも、神経は生きている。わーお！　先生凄いです。俺はかろうじて男として残りました。まあ、正直半ば諦めていたんだ。結局はもう出来ないんだろうなと。でも、可能性はある。正直、美禰子の手の中の俺のおちんちんはあまり固くはなってない。元の半分も勃起してない。勃起！　そうだ、勃起してないじゃないか？　でも、感じなくもないぞ！　リハビリが必要だと先生もいってた。これが第一歩だな。しかし、美禰子は一方でなんとなく手ごたえはあるものの、実際に勃起状態にならないことに焦っていた。あら、なかなか固くなりませんね。いやいや美禰子ちゃん、とても良いよ。その調子で良いと思うよ。しかし、俺も思った。手術して三日くらいでこんなことして良いものなの？　それも俺はまだ排尿時に痛みもあるし、血も出るし。こんなことしたら、手術跡に障るよな、え？　こりゃあ出血するぞ。痛いのと血がどばっと出るのを見るのはいやだ。でも痛くはならなかった。一方で、勃起もしない。うーん、美禰子ちゃん今日はこの辺でやめた方が良いんじゃない。嬉しいけどさ。いいえ、だめです。リハビリは早いほど良いんです。と美禰子は真剣な表情だ。怖い。こいつ、俺をそのまま葬るつもりか？　堕天使。あのさ、美禰子ちゃん、知ってると思うけど、前立腺を取ったんだから、もう射精は出来ないんだよ。それはもちろん、わかってます。でも必ず気持ちよくなってイクンデス。あのさ、俺、確かに今気持ちよくなったことは認めるし、美禰子ちゃんのテクニックも疑いはないけど、今日はイク必要まではないと思うけど。だって、神経が繋がっていることは証明されたしさ。時間がかかると思うよ。ああ、気持ちいいよ、けど、このままだと大量出血だよ、美禰子ちゃん！　それはある意味夢のような時間だった。二十歳くらいの可愛い女の子が俺のちんちん、マイ・ディンガ・リング、しごいてくれて、このまま死んでもいいと思うくらいの幸せなんだけど、このまま腹上死、って変だな、なんていうんだろ、手淫死してもいい覚悟はまだないんだ。情けないけど。と、突然美禰子は俺のお腹に覆いかぶさって、ちんちんをパクッと口に入れた。いや、やばいよ、俺風呂にちゃんとは入ってないし、シャワーは浴びたけど、口に入れるほど清潔にはなってないぞ。と、俺はあせった。いや美禰子ちゃんそんなことしちゃだめだよ。俺は口でやられるのは、そんなに好きじゃないんだよ。と俺は慌てて、美禰子をどけようとしたが、俺が手で押したくらいでは動かない。そうして、なんか金縛りにあったような状態になった。俺はなんか朦朧として、折角そこまでしてくれるんなら、美禰子のおっぱいやあそこも見たかったたと思ったが、そんなことを一瞬でも考えた自分を恥じた。彼女のヴァジャイナと彼女のコーチチャイナ！　三分くらい美禰子にオーラルセックスってやつをされてたと思う。口にものを入れた状態で美禰子がぎもちびーでちゅかあといったようにも聞こえたが、まあともかくそこからはよく覚えてない。そして気づいたら、ベッドに一人寝てた。ちょうど午前二時ころで、定期的に回ってくる看護師さんが入ってきた。まさか、また美禰子かと思ったが、いつもの看護師さんだ。失礼しますといって、点滴の量を見て、脈や血圧を測ってくれる。俺は自分の下半身がどうなってるか確認する暇もなかった。もしや、パンツも美禰子に脱がされていたらどうしようと思ったが、そんなことはないようだ。やれやれ。でも、ともかく美禰子は消えていた。俺はイカサレタのか？　わからない。そして、彼女が来た目的は？　それってホントの話ですか？と亜里亜。いや、少なくとも俺は夢を見ることはほとんどないから、現実だと思うよ。でも、そんなことアダルトヴィデオでもなければ、ありえないでしょ？　まあ、そういえばそうだな。でも、たとえば幽霊だとか考えても、美禰子は確かに俺に触ったし、実体があった。それは俺の手の感触でわかった。夢じゃあない。ほんとですか？　ありえない！と亜里亜。一馬さんは時々不思議体験をしますからね。何があってもあたしは驚かない、とアキラ。で、そのあと、美禰子ちゃんは翌朝来たんですか？　そこがわからないんだけど、事実をいえばそのあとは一回も会わなかった。ただ、美禰子の来る日は不定期で、なおかつ本人の説明だと、この病棟が中心だけど、ほかの病棟に行くこともあるし、変更もあるといっていたので、会わなかったといっても、幻だったということにもならないよ。俺は念のため、他の看護師さんに美禰子という研修生がいるかと聞いたけど、その娘は確かに来てますが、今日はほかの病棟ですねといわれた。研修生のことは我々もあまり詳しくはお教えできませんみたいなこともいわれた。だから幽霊じゃあないと思うけど。ふーん、じゃあ一馬さんと知って、性的関係を持ちたかったのかしら？　有名人好きな変態女ってか？　そんな感じでもなかったなあ。でさ、俺のいいたかったのは、そんなこともあって、俺のちんちんはまだ機能するようだってことが判明した。えーっ、そこ？　うん、蒲池先生に礼をいわなくてはいけないよな。天使がいるなら、美禰子は天使かもしれないな。堕天使であったとしても。しかし、いずれにしても、彼女とは赤い糸は繋がってなかった。ちょっと日本酒が飲みたくなった。アキラ、日本酒出して。冷蔵庫に菊盛ってお酒が入ってるから。それをサケピリーニャにしよう。氷入れて、ぶつ切りのライムを入れて砂糖を少し混ぜる。それに日本酒を注ぐ。これ美味しいぞ。亜里亜も飲んでみて。昔、ＣＭの企画でマナウスに行ったことがある。アマゾン川沿いの町だよな。アマゾン見るとやっぱ凄いとこだと思うよ。俺、そのときにみんなで、アマゾン川でピラニア釣ったんだ。これは面白かった。実際ピラニア釣りは、アマゾン川の支流でやるんだ。ところどころに支流があって、そこで決まった釣り場があるらしくて、小舟を仕立てて行く。舟には現地の船頭さんがいて、簡単な仕掛けの釣り竿を渡される。それに生の牛肉をつけて釣るんだ。生の牛肉だぜ。舌の肥えた魚だ。川沿いの草が生えてるようなところで、その河岸の草の生えてる下あたりにいるんだ。ウキとかはなくて、手の感触で、餌をピラニアが食べようとしているのを感じてうまく合わせる。俺は昔、鮒とか釣ってたから、これはお手のものだったね。一緒に行ったスタッフで誰が一番釣るか競い合った。もちろん、俺が一番だったけどね。ピラニア、知っての通り、人食い魚とかいわれてる。歯がめっちゃ強力で、船頭さんから、釣りあげたら自分が針を外すから絶対手を出さないようにいわれた。大きさ？　一五センチから二〇センチくらいだな。ほんとは、いろんな種類がいるんだろうね。俺が釣ったのも大型のきれいな赤青光りした色のやつと、ちょっと地味な小型のがいた。ピラニアの肉は美味しいんだ。帰りにアマゾン川の本流に入って大型の船に乗りかえるんだけど、その船上で船長が焼いてくれたピラニアの塩焼きなかなか美味だった。ブラジルってもう少しいたら面白かったろうな。ＣＭの企画はアマゾン川のあの堂々たる凄さとかブラジルの驚異的な絵柄を撮影するためだったんだけど、アマゾン川沿いの広大な市場に行ってロケもした。これもなかなか面白かった。魚だよな、まずは。アマゾンに住む大型の淡水魚がいっぱい並べられてる。美味しいのか、どうかまったくわからなかったけど、なまずみたいなの、ピラニアっぽい比較的大型の黒っぽい魚。日本の魚の三倍くらいの大きさの魚が市場の台の上に無造作に何十匹も重ねられて並べられてる。不気味だったね。ちょっと怖い。こんなもの食うんだって思ったよ。すごい迫力だ。ブラジルはまったくわけがわからないほど大きなアマゾン川があって、へんてこなスターウォーズで出てきそうな宇宙の生物みたいな魚が山積みで売られていて、途方もない量の野菜や果物があって、なんだろう俺は、そう、たじろいだ。たじろいだってあまり頭に浮かばない動詞だよな。その意味では美禰子にもたじろいだけどね。ブラジル話になったついでてもなくて、関係もないけど、またまた脱線するけど、この間、ディズニーチャンネルでビートルズのゲットバック見たんだ。俺はビートルズっていってもジョンのファンだ。ハピネスイズアウォームガン。皮肉だな、その通りになったのか、どうか。ストロベリーフィールズフォーエバー。魂はあそこにあるのかなあ？　alles vergangliche（すべて過ぎさるものは映像に過ぎない）って、世の中儚いね。ジョンに戻るけどさ、俺、ジョンのことビートルズのリーダーだと思ってたけど、ちょっと違うね。チャールズ・ホートリーと補聴器ってバンドでピグミー好きを宣言して、ドリスの男好きを暴露し、そんなのみんな単なる冗談というか、韻を踏んでおどけて、牧歌的なトゥーオブアスで始まる。おまけに最高の名曲レットイットビーはポールの作品だけど、相変わらずジョンは人を馬鹿にしつつ、聴け天使たちの歌を、と子供の声で紹介する。直後に、あのレットイットビーのイントロが出るんだもの、なんだか訳がわからんけど感動する。でも間違いなくポールへのリスペクトだ。ジョンは、もともとはリーダーだったんだろうけど、最後の方はただただ冗談いって混ぜ返す変な男になってる。それでも俺が一番感動したのは、ルーフトップでゲットバックやるときに、めちゃくちゃ最高のギター弾くんだよね。エピフォンのカジノでさ。ソロも誰にも弾けないようなフレーズでさ。たとえ仲がこじれてたポールの曲でも、いざ演奏するとなると必死で素晴らしいギターを弾くんだ。リヴァプールをへてハンブルグからの友情？　いや本能かもな。あーあ、わけのわかんないことといってるな、俺。たわごとはやめよう。夜も更けた。風も出てきた。お開きにしようか？

8　アンド・ザ・ゴッド・メイド・ラヴ

ヨシコに初めてあったのは、俺が学生のときだ。正確にいうと一九七二年かな？　俺はT大学に入ったものの、自分の人生何をしたら良いのかまったくわからなかった。毎日、パチンコ屋に行ったり、漫画本を読んだり、当時はやり始めたロックのレコード聞いて、ロックバンド始めたり。ロック喫茶ってのが何軒かあって、そこで日がな一日過ごしたり。ひょんなことで知り合った、今でいえば芸人というか、漫才師みたいなやつに誘われて、たまに渋谷のストリップ劇場のバイトをしたりさ。もう三年生になっていたが、単位は取れてないし、卒業はとてもできそうになかった。確かにジェイムズ・ジョイスは読んでた。英文科に行って、何やるか迷ってたときに、英文学の授業で、ジョイスのことも知った。なんか、ユリシーズってタイトルが響いてさ、本屋でみたら、世界文学全集みたいのにユリシーズが入っていた。分量に圧倒されたし、難しいとは聞いていたから、どうしようか迷った。でもドストエフスキーとか、トルストイとか読んでたんで、まあ読み切れると思って買ったんだ。もちろん翻訳だよ。確かに、まずはダブリナーズとか、若い芸術家の肖像とかから入った方が良かったかもな。で、読んでみたら、さっぱりわかんない。出だしの、バック・マリガンが髭剃り用のボウルを掲げて、われ神の祭壇に行かんとかいうのが何なのか、全然意味は不明だったけど、映像は頭の中に出てきた。黄色いガウンを着た、やや小太りの白人の青年が、髭剃りボウルの上に剃刀をおいて海岸べりの塔の上でスティーヴンに出て来いよと呼ぶんだ。俺のイメージは地中海の青空が広がってる情景だったけど、晴れ間もあるような描写だから、でも実際は雲がときどき空を覆う、六月とはいえ少し寒々しいダブリンの海岸べりかな。もっとも、そのあとに海岸べりで泳ぐシーンもあるからそこそこ暖かいのかな。わかんないや。マリガンの行為は黒ミサもどきなのか、そんな注も付いてたかな。ともかく英語で読むのは一〇〇%無理だと思ったので、その翻訳を毎日少しずつ読んだ。一気には無理だった。でさ、そうなるとバイトやったり、バンドやったりの合間でますます訳がわかんなくなった。そんなものだよ、俺のジョイスとの出会いは。まあ、自堕落な生活だったな。両親はどう思っていたのかわからないけど、特に何もいわなかった。ロックバンド始めたのはただ恰好良さそうだったし、俺は楽器なんか触ったこともなかったけど、あのギター担いで歩くのは女の子にもてそうだと思ってさ。ロン毛で、ベルボトムのジーンズ履いてさ。それにロンドンブーツだ。がりがりに痩せてたな。体重は五〇キロくらいしかなかった。ギターは、知り合いにもらった。チューニングも出来ないから、その漫才師の友達が、ちょっとギターが弾けて、チューニングしてくれてさ、ロックやるなら、このブルーノートスケール覚えろって教えてくれた。今でいうマイナーペンタトニックスケールってのに近いな。まあ、ともかくそんな程度の知識で、俺は音感も悪いから、レコード聴いても耳コピーも出来ない。それでも、コードもAとかCとかFとか基本的なのは弾けるようになって、見よう見まねで、友達のロックバンドに入れてもらった。そのバンドはレパートリーが二曲しかなくて、オールライトナウとファイアーアンドウォーターをいつもやっていた。確かにコードは比較的簡単だけど、演奏は滅茶苦茶難しい。特にポール・コソフのギターは、音数は少ないけど、ベンディングやビブラートが半端なくてさ、よくあんな曲をやってたものだ。で、俺はリズムギターで適当に弾いていた。大体へたくそのやつはリズムギターってことになっていた。本当はリズムギターってすごく大事な役目で、へたくそがやることじゃないんだけどな。当時は大学の学生会館って建物があって、普段は空き部屋もいくつかあった。そこを借りて、アンプのヴォリュームも小さめでやるんだけど、だんだん音が大きくなっていく。へたくそな音楽聴かされるほうは参るよな。いつもクレーム入れられて、けんかしていた。空手部とか来て、お前らうるせーってなるんだよ。喧嘩したら勝てないから、まあ、一升瓶もっていって懐柔して手なずけたりしてさ。でも、下手な音楽ずっと聴かされるのは苦痛だったと思うよ。それで、そのバンドのリーダーだったやつがさ、女子大と合コンしようっていいだして、自分のつてである女子大の子に話して、一緒のサークルでやろうってことになった。連合王国ロック研究会って名前でさ。笑うけど、でもガールフレンドがいないことには楽しい青春じゃないだろ。で、最初の飲み会があって、むこうの女子大生たちが五人来た。結構可愛い子たちで、熊本出身の女の子がリーダー格だった。それぞれにみんな可愛かったと思う。ちんちんが毎日立ちっぱなしのように飢えてた頃だから、女の子は誰でも可愛かった。そうした中で、俺はヨシコって娘が気に入った。彼女は、千葉の出身で、ともかく可愛かった。俺の好みで、わりと大人っぽい雰囲気なんだけど、特に目が潤んだような感じで、俺は見た瞬間目がハートになっちゃった。この娘のためなら全部投げ出してもいいやと思えるような娘だった。それとヨシコのもう一点特に目を引いたのが、長い足で、これはもう何といっていいかわからないくらい素敵だった。それがミニスカートはいていたから、もう眩しくて。ものすごい美人っていうのではないけど、ともかく俺的には最高に可愛かった。ちょっと伏し目がちになるときがあって、それを見ると胸キュンだったね。俺ってそのころ、痩せてて、ちょっとインテリに見えてさ。物思いにふける文学青年みたいな感じさ。ほんとだよ、ちょっと翳があるっていうかさ。それで、ロック馬鹿って感じでもなくてさ。そしたら、そのヨシコがあるとき部室にやってきてさ。ああ、部室が学生寮の中に借りられて、そこに皆集まるようになったんだ。だから、女子大生の部員たちも来るわけよ。それで、たまたま俺が一人でいたら、ヨシコが来てさ。話してたら、実はロックじゃなくてジャズが好きだっていうんだよ。ジャズ喫茶に結構行くっていうし、ジャズのコンサートも行くという。新宿にあの頃は、ＤＩＧとかＤＵＧとかあったんだ。ジョンじゃないけどDIG ITだよな。でも、ああいうジャズ喫茶はやっぱり、ジャズ好きじゃないと敷居が高かったかな。俺はヨシコがジャズ好きで、レコードも結構持っていて、とそんな話をして仲良くなって。その流れで、ジャズ喫茶にまず行った。ＤＵＧのほうだな。むしろ、ヨシコが連れて行ってくれた感じだった。俺はその頃は気の利いたデートなんかできなかった。クルマも持ってなかったし、美味しいレストランも知らなかったし。もっぱら行くのは新宿とか渋谷だった。ＤＵＧは新宿にあって、ヨシコの案内で行って。俺、ジャズは、少しは聞いていたけど、ちょうどロックの要素をジャズミュージシャンも取り入れるようになったころだった。おれが知ってたのは、例えばトニー・ウィリアムスのライフタイムってバンド。ギターがジョン・マクラフリン、ベースが元クリームのジャック・ブルースで、オルガンにラリー・ヤング。ロックとジャズの狭間を行くバンドだった。銀座のヤマハに行って、輸入盤のターン・イット・オーバーを買った。当時アメリカ盤が二五〇〇円くらいしたけど、ヤマハの店の壁に新譜の輸入盤レコードが二十枚くらい飾ってあって、真っ黒なところに白い文字でターン・イット・オーバーって書いてあるあまりにそっけないジャケットは何か新しいことが起こってる感があったな。うん、DUGでは何を聴いたのか全く覚えてないよ。今考えると、そうだな、ビーバップとかだったのか、マイルス・デイビスみたいのだったか。多分そのころのメインストリームだったジャズミュージシャンの曲を聴いたんだと思う。それはヨシコがいろいろ解説してくれながら聴いたから、とても楽しかった。喇叭の音色というか、ブラスが入ってるジャズっぽいロックバンドもあったし、BSTとかシカゴも知ってたけど、それなりのオーディオでジャズのサックスやトランペットを聴くとなかなか素晴らしかった。ただ、ジャズとロックの決定的な差は俺にとってはやはりギターだった。フォービートとエイトビートの差ってのもあるけど、ディストーションがかかったギターの音色、ジャズ的にいえば、電気ギターとはいえクリーンで美しくナチュラルなギターの音色だったものが、ロックバンドはアンプをフルヴォリュームにして音を歪ませていたのが俺の心に響いていたから。多分六〇年代末から七〇年代初めは多くの若者たちが歪んだギターのトーンに心奪われていたんだと思う。だから、ヨシコが好きなジャズと俺の好きなロックの音は結構な隔たりがあった。それにしても会うと、やっぱりヨシコは可愛かった。それに例の長くて美しい足だ。俺は足フェチではないけど、こんなに長くてきれいな足は初めて見た。その素敵なあんよがミニスカートから出ているともうそれだけでノックアウトだった。マイ・ディンガ・リング。ＤＵＧの次は田園コロシアムでジャズのコンサートがあった。それに行こうとヨシコに誘われて二人で行った。ライブ・アンダー・ザ・スカイが行われるのは一九七七年だから、それよりも前だな。誰が出てたのか覚えてないけど、外国のミュージシャンも来ていたような気がする。結構長い時間やっていて、ヨシコと二人でいくつかのバンドを聴いたと思う。俺はそのころはあまり気を遣うほうじゃなかったんで、しばらく見てから、そろそろ行こうっていって終わりまではいなかったな。そうだね、やはりロックを聴いてるときほど熱いものはよぎらなかったってところかな。音楽としてはもちろん楽しかったし、聴いてて心地よかった。それにヨシコの両足は俺のもんだったしな。それから、ヨシコとは何度もデートした。雨の原宿というか、よくは覚えてないけど、神宮のあたりで、雨のなか傘をさして初めてキスした。恋する男も話の種がなくなれば、キスするのが最上の策ってやつかな。恋ってとこはどうだったかわかんないけど。俺は、女は奥手だったけど、あるときバイト先の年増の女にやられたっていうか、まあそんな関係になったこともあって女はそれまでも何人かいたけど、相手は何かのトラブルでいなくなっちゃたりでちゃんとしたガールフレンドはいなかった。高校生のときも仲良くなった女の子はいたけど、いわばガールフレンドとして付き合った女性はヨシコが初めてだったかもしれない。当時はあまり金もなかったし、デートも新宿御苑とか、代々木公園とか、そんな感じだったな。新宿だと、紀伊國屋のあたりで待ち合わせて御苑へ行く、渋谷なら代々木公園。気の利いたレストランで食事というより、喫茶店のちょっとおしゃれなやつとか、ロック喫茶やジャズ喫茶で音楽聴きながら話して、食事もそこでしてたかな。そうして公園行って、まあキスしたり、おっぱい触ったり、って感じだったよ。新宿御苑は、今は知らないけど、覗きのおじさんたちがいっぱいいてさ。あれは職業覗きだな。だからカップルが公園のちょっと木陰っていうか、人から見えにくいところ探してイチャイチャしてるとさ、昔はペッティングとかいったけど、覗きのおじさんたちが寄ってくるんだ。それでこっちも気づくじゃない。で、さすがに恥ずかしいから、やめてそこから移動しようとするとさ、ああ、なんだやめちゃうのか、とかおじさんたちががっかりしたようにいうわけよ。変な時代だった。そうそうヨシコの素晴らしい足はなかなかお許しが出なかったな。スカートめくって手を入れようとすると、拒絶された。胸は許してくれたけど、まだ下はだめよって感じかな。でも、この恋というか、つき合いは、愛し合っていたのかどうか、俺にはよくわからなかった。お気に召すままにあるように、恋とは気まぐれな夢想、激しい情熱と切ない願望、崇拝と忠実と献身、謙遜と忍耐と焦燥、純潔と試練と従順、ってあげるとさ、俺がヨシコに抱いた気持ちは恋ではなかったような気がする。ヨシコの考え方や趣味というか好きなことは、俺の、当時の俺の、ある種ラディカルな思想というか、あの頃のロックミュージシャンが持っていたような、社会に対する反抗というか、反逆というか、そういう現状否定みたいな気持ちと違っていた。ジャズ好きだから、本当はそういう部分もあったのかもしれないけど、それまで俺がつき合った女の子たちは、もっといわばアンダーグラウンドの女性たちだったっていうのかな。みんな、そんな裕福な家庭でもなかったし、両親がそろってるわけでもなかったし、学校もちゃんと行ってなかった。アウトサイダーっていうのか、子供の頃も幸せな家庭でなくって、学校も中途半端、それからは水商売か、今でいう風俗でもやらなければ、食っていかれなかった、って女の子が多かった。みんな心が優しい娘たちだったけどね。天使みたいな娘が多かった。幸せではなかったけどね。俺、本当に風俗の娘なんかは天使だと思うね。寂しい男たちを癒してるんだぜ。ただのセックス好きの男もいるだろうけどさ、普通の恋愛が出来ないような情けない男でもやさしく抱かれてくれるわけだよ。本当に天使だと思うな。堕天使という言葉もあるけど彼女たちはそれとは違うと思うな。いや、確かにシャブ漬けになったり、稼いだ金全部ホストクラブで使い果たして、どんどん堕ちていった女の子のこともいっぱい見たよ。ホストクラブなんて七〇年代初めにはあったからな。でも、天使には変わりない。あの娘たちが、少しでも人生で楽しい思い出があったことを祈ってるんだ、俺はいつも。ヨシコはそれとはまったく違う、普通の裕福な家庭のお嬢様だった。べつに大金持ちの娘というわけではないと思うから、贅沢三昧で暮らしてきたわけではない。でも、それが当時のちょっとノンポリだけど、社会に対しては斜に構えてたというか、体制的なものに反発していた俺の心からすると、彼女はあまりに普通に見えた。今になれば、その普通が素晴らしいと思うよ。でもあの頃の俺はつき合う女にもそんなラディカルで反体制的な要素が少しでもあることを求めてたんだろうな。だから、俺はヨシコを愛していたけど、恋してなかったっていうのかな。クワタじゃないけど、愛という字は真心で、恋という字は下心。恋するのは、俺にいわせれば、どんなことしても、こいつが欲しい、セックスしたいっていう気持ちで、それは情欲というか肉体の本能的な衝動だ。雄と雌だ。一方で、愛は盲目的にその娘がいとおしいということで、それは友情も含む。こいつをともかく命をかけてでも守らなければならないという男の本能かな。だから、よりヒューマンな気持ちだよな。俺にとってヨシコは愛しい人だった。マイプレシャスシング、イトシイシト。だから好きだったし、もちろん、おっぱいも触ったけど、その先に無理に行く気はしなかった。そして男としての本能からいえば、確かに自分のものにしたいという気持ちもあったけど、それがなくても、妹というか、やさしく慈愛の目で見ていたのかもしれない。嘘っぽいかな？まあ複雑な思いがあったんだ。美しい白くて長い形の良い足が性的な刺激になっていたようにも思うけど、でもそれはなんていうか、彼女の無垢な美しい肉体であって、俺のリビドーをそれほど刺激したわけではない。そりゃ、キスしたり、おっぱいをもんだり、吸ったりしたら、性的刺激を受けるさ、おちんちん、マイ・ディンガ・リング、だって立っちゃうよ。でも、何かそこから先に進んではいけないみたいな感情もあった。抜けない女ってのとも違うけどな。そして、極端なことをいえば、ロックとジャズの差だな。ジャズだってラディカルな成長を見せていた時期だった。エマージェンシーさ。でも、ロックはあの頃は尖がりまくっていたんだ。俺は、自分の中のもやもやしたものをロックや映画や文学に向けていた。どこでも過激なことをいい、過激な音楽を好み、思えばfour letter wordsを吐きまくっていたんだ。そういえば、今でも俺の本棚にあるけど、Rock And Other Four Letter Wordsっていうペイパーバックがあったな。あれはどこで買ったんだろう？ロックバンドがまさにそうだった。ＭＣ５を聞いたときのカタルシスってのか、俺の心の中の衝動は半端なかった。ステッペンウルフのスキスキスーを聴いたときには、そのファズがかかったギターの音にまさに痺れたさ。これだって思った。心底。だから、アンダーグラウンドの女の子たちを抱くことは、お互いにしっくりいった。お互いに反体制なんだって気持ちが通じていた。俺がそうした女の子たちを抱くと、そして彼女たちの中に入っていくと、気持ちが高揚した。激しく射精できたんだ。間違えないでもらいたいけど、俺はヨシコを好きだったし、愛していたと思うよ。でも、そのなんていうか、どうしてもこの人を一生恋し続けることが出来るのか、自信がなかった。だから、ヨシコとの関係は一年くらい仲良くデートしていたけど、比較的早く終わった。いや、やらせてくれないんで、別れたのとは違う。この娘は、これ以上つき合って、俺のセックスフレンドにすべき相手じゃないと思った。性的な目的でそれを達成したら、いずれ別れる、捨てるというようなつき合いをすべきじゃないと思った。でも、それをあるときヨシコにいったんだけど、つまりいずれこのままつき合ってたら結婚とかいう話になって、それは俺も君もまだ考えられないし、なんてことをいったら、結婚なんて全然考えてもいないし、そんなことばかみたい、という反応だった。つまり、俺の勝手な考えすぎで、彼女は俺を好きだと思ってくれていたし、俺も好きだったんだから、こんなことは考える必要もなかったし、いう必要はさらになかったと今は思うよ。でも、俺はあの当時はヨシコを傷つけてはいけないと思って、それにもう少しいうと、やっぱり愛していたと思うけど、恋してなかったんだな。結局、これで彼女を失望させたと思う。彼女にとってみれば、普通のボーイフレンドで良かったんだと思う。でも、やはり、こういうことは、あとになって思うことで、それに根本的に俺は変な過信というか、そもそも相手を傷つけてるなんて思ったことが不遜だよね。まったくどうかしてた。あの頃は好きだと少しでも思った女の子はやはり欲望のおもむくままにセックスして、そしてお互いに変化が起こって別れたほうが良かったら別れる、それは相手から捨てられることも含めて、そうなるのが自然だったと思う。今はね。でも、俺はそんな偉そうな考えが浮かんで、それをヨシコにいったわけだから、相手もさぞかし落胆したと思う。つまり俺に対して失望したと思うよ。だから彼女の本心はわからなかったけど、俺たちはそれで遠ざかった。もう記憶はぼやけてるけど、ヨシコはあるときぽつりといった。この間、夜、ぼーっとしていて、窓をあけて寝ちゃったの。俺は、だめだよ、危ないよ。変な男もいるんだから、ちゃんとカギ閉めて寝なくちゃ、といった。そうね、気をつけるわ。というのがそのときの俺たちの最後の会話だった。俺はその日家に帰ってから、ステッペンウルフのザ・プッシャーを聞いた。多分一九七五年とかのことだな。プッシャーってのはヤクの売人のことだけど、面白いことにこれがリリースされた一九六八年にイージーライダーの中で使われたんだ。イージーライダー知らないよね、二人は。当時のドラッグカルチャーが背景にあるんだけど、俺はイージーライダー見てってきりドラッグ礼賛の歌だと思った。ところが、ホイト・アクストンはドラッグでボロボロになって死んだ友人からインスパイアされてこれを書いたんだ。つまりアンチドラッグソングなんだよな。ステッペンウルフのバージョンは結構変わってる。このときのギタリストのせいか、安いレコーディング機材のせいか、エフェクターをかけたギターのせいか、なんともサイケデリックな感じのスローなブルースロックになってる。俺の大好きな曲だ、昔から。なんで?って、まあ俺としてはドラッグのことは大して興味はないけど、この曲を昔LPレコードで擦り切れるほど聴いたんだけど、なんかこう、あの時代が蘇るっていうか、まだ荒くれていた、でもナイーブな気持ちがね。その夜、俺としては珍しく安いウイスキイをちょっと舐めた。それで俺はヨシコのことは忘れようとした。でも不思議なもので、こういうことは何か糸が繋がっている人とはまた会うんだよな。その後、俺は広告代理店を辞めて独立し、クリエイティブプロデューサーとして、さらにはある種のアーティストとして祭り上げられて、活動が広がっていった。アーティストかアルチザンかってタツロウならいうところだけど、まあ俺は職人芸じゃあないから、恥ずかしいけどアーティストのほうだな。笑っちゃうけど。まあ、いいかたはどうあれ俺は俺で自分の好きなことをすることに決めて、好きな道を歩んできた。だから、別に芸術家ではないし、アーティストといわれるのも違う気がするし、もちろん芸能人ではないな。今は有識者って範疇らしい、笑えるけど。

そんなことはともかく、俺はそれから二十年経って偶然にヨシコに再会した。エントロピーだ。情報の熱量が増大すれば混沌としてくる。俺は、そのころ、仕事が一番忙しかった時代だ。クリエイティブ・ブティックの経営者でプロデューサー、映画制作者、小説家、バンドもやってたかな。ロック歌手もだ。笑。そんなんで、毎日本当に家には寝に帰るだけでさ、疲れてもいたけど、元気溌剌でもあった。そんなときに、さっきもいったけど、一九九九年だと思うけど、プリンスみたいだな、俺は国際サッカー連盟の取材でチューリヒに行ったわけだけど、そこでジョイスの墓参りして、銅像を見て、まあ一つの目的は達成した。その帰りに、ロンドンに寄った。本当はトランジットだったんだけど、二日ほど滞在したんだ。そのときに俺はヨシコと思われる人に会った。不思議なことなんだけどさ。ロンドンのヒースロー空港から手配してあったクルマで市内に入った。テレビ局のプロデューサーとはチューリヒで別れた。ホテルは知り合いの紹介でウィンブルドンの近くのカニザロハウスってとこだった。現地のコーディネーターのアリソンさんという女性が来てくれた。日本語も堪能で、とはいえ英国人でありがたかった。ホテルで待っていてくれて、さっそくチェックインを手伝ってもらい、部屋に荷物を置き、アリソンと予定を確認した。俺の目的は、ウエストエンドでミュージカルを見ることだった。まだ見てなかったので、ファントムを予約してもらっていた。アリソンさんって名前、俺はすぐにエルビス・コステロ思い出しましたよ。あら、そうですね、同じ名前です。でも、あのアリソンはすでに別れた恋人でしょ。あんまりイメージよくないね？　そうでしょ？　うーん、確かに、久しぶりに会ったけど、君はまったくなんの感情もわかないみたいだね、とかいう歌詞だったですね。俺の友達が君のパーティードレスを脱がせたんだね。とか、俺はおセンチにはならないよ、君はもう俺のものじゃない、みたいな。そうそう、よく知ってますね、イチマさん。ああ、ツキさんかミスタームーンでも良いですよ。ダーク・サイド・オブ・ザ・ムーンね。あらそう、ではツキさんにしましょう。ツは発音しにくいね。で、今日は、ファントムは取ってあります。これチケットです。ハーマジェスティーズシアターですが、ここからクルマで渋滞もみてドアオープンの一時間半くらい前に出れば。いや、どうせソーホーとかぶらぶらするから早めに出ますよ。カニザロハウスはアフタヌーンティーで有名だからトライするかとアリソンにいわれたが、それはやめておいた。スコーンとかティーとか俺の柄じゃない。クロテッドクリームが美味しいことは聞いていたけど。で、少し散歩しようと思って外に出た。なかなか良いところだ。庭園も悪くないし、リッチモンドパークへ行ってみるというのもありそうだったけど、散歩は早々に切り上げて、アリソンがいるんでロンドン市内に一緒に行ってもらった。ご多分にもれず、ナイツブリッジやら、ボンドストリートやらで買い物もした。それから、グリーンパークあたりから、ピカデリーのほうに歩きながら、小さい通りに店がかたまっているアーケードも見た。このチョコレート屋さんは美味しいですよといわれて、プレスタットという店に連れていかれた。生のチョコレートの量り売りとすでにボックスに詰められたのも売ってる。ボックスのデザインが秀逸だ。割とド派手な色使いで、でもなんか重々しい。俺は意味もなく、時計じかけのオレンジを連想した。オレンジとかグリーンのイメージだ。ペンギンブックスの表紙が昔はそんなイラストのデザインだったと思う。それもあってか、すっかり気にいって、何箱か買ってしまい、アリソンにひと箱あげた。それから、フォートナム&メイソンも行った。紅茶もいろいろあるもんだ。ディスプレイはなかなか良い感じだ。カフェもある。ここの胡瓜のサンドウィッチは美味しいというが、バターと胡瓜だけで味はあんまりしないらしい。どうなんだろう。程よい時間になって俺は劇場に行き、無事ファントムを見ることが出来た。オペラ座の怪人。うーん、個人的にはあまり興味はなかったのだが、やはり、舞台は魅せる。大道具もなかなかなもんだ。何より、仮面をつけた、醜悪な骸骨のような顔面を持つ怪人エリックと若く美しいプリマドンナのクリスティーヌとの悲恋ってことだから、受ける要素はわかる。俺は今までそんな気持ちになったことはないけど、でもかなわぬ恋ってのは、気持ちはわかる。若いときにほんとに恋しくて恋しくて、でも振られて、もう二度とこの人には会えないのかと思ったこともあった。ま、でも人間はすぐに忘れる。相手は年上の女性で今思えばなんでその人にあれだけ恋しい想いをいだいたのか俺も不思議だけど。でもエリックの恋心は同じようなものだな。いくら心の美しいクリスティーヌでも、そしてたとえ音楽の師であっても、骸骨の面相の男は愛せないよな。ま、そんなことを考えながら、ソーホーを歩いた。そして、タクシーでカニザロハウスへ戻った。少し遅い時間だったけど、まだバーは開いていた。夕飯は何も食べなかったけど、お腹はすいてなかった。俺はとりあえず一杯飲みたかったので、スコッチと、ミネラルウォーターをたのんだ。で、何気なく見るとイギリス人とおぼしき背が高くて瘦せた髭面の男と日本人らしい女性が一緒に座って話をしていた。どんなカップルなのって思った。髭面のやつはなんかどこかで見たことがあるように思ったけど、俺に英国人の知り合いというようなやつはいない。気のせいだ。驚いたのは日本人とおぼしき女性のほうだ。女性は、雰囲気は全然違うのだが、どう見てもヨシコだ。確かに相応に年は感じさせるが、でも俺がヨシコを見間違うはずもない。思わずヨシコと声が出そうになったけど、でも、いきなり話しかけに行くわけにもいかない。何やら真剣に話している。そのうち、ヨシコは鞄というか手提げのようなものから、ＬＰレコードらしきものを取り出した。ジャケットが少し見える。それを相手のイギリス人、確証はないけど、が取り上げてほほうと声を出したようだ。あのジャケットはどこかで見たことがある。何だっけ？　赤茶色の夕焼け空をバックに暗い街の影が見えるような感じだ。黄色の文字はザ・サウンド・オブ65と書いてあるようだ。あれは確か、グラハム・ボンドのＬＰだ。イギリス人はジャケットを裏返しにして、つくづく見ている。ニコニコしてる。そのとき、ヨシコ、と思える女性、が振り返って俺を見た。何となく視線を感じたんだろうな。あのーもしかして、野原一馬さんですか？　そうですよね。こんなところでお会いできて光栄だわ。私ファンなんです。ヨシコさんですよね？と俺はこわごわ聞いた。しかし、ヨシコだとすれば、あら久しぶりとかいいそうなもんだ。まったく初めての挨拶っぽい。もちろん、野原一馬のことは認識してんだろうけど。ちょうどそのイギリス人がトイレにでも行くのか立ち上がっていなくなった。俺はなんかよくはわからなかったが、こんなロンドンのクラシックなホテルで、いきなりどう見てもヨシコとしか思えない女性と会ったんだ。二十年ぶりではあるけど。失礼ですが、ヨシコさんですよね？　あの、連合王国ロック研究会の。確かに俺は一馬ですけど、あのヨシコだよねえ？　いいえ、私、キョウコといいます。とその女性。ヨシコというのは人違いだと思います。今、たまたまロンドンでようやく探していた人に会えたんです。あ、あの髭の方ですね。そうそう、ピーターさんっていうんです。よろしかったら、こちらへいらっしゃらない。面白いのよ、あの人。ほう、ところでこのレコードは何ですか？　俺は思わず、ヨシコの詮索よりもレコードに気を取られた。あ、これは、亡くなった主人のレコードですの。これはグラハム・ポンド・オーガニゼーションのサウンドオブ65ですね？　あら、ご存じなの。これは結構珍しいものらしいの。そうですよ、タイトル通り一九六五年に出た、まあ当時のイギリスのリズム＆ブルースというかジャズというかそんな類のレコードです。連合王国ロック研究会の面目躍如だな。といっていたら、例の髭のイギリス人が戻ってきた。おお、これは日本のご友人かな？　ふぉっふぉっという感じで話す。赤毛で長身痩軀。哲学的とでもいうのかな。おお、マイネームイズイチマ、アイアムジャパニーズクリエイティブプロデューサーと自己紹介してしまった。イギリス人には正確には何をやる人なのか意味がわからなかったろうな。まあ一緒に座れといわれてソファに腰かけた。こちらはピーターさんよ。とキョウコ。このレコード知ってるかい？と真面目な顔してピーターが手に取って俺に渡す。ザ・グラハム・ポンド・オーガニゼーションだ。昔、俺のレコードだったんだけどな。今聞いてもなかなかいいぜ。ドラムがクールだ。俺が叩いてんだけどさ。ええっ、と俺は腰が抜けた。見たことがあると思ったら、あの世界最高の3ピース・ロック・バンド、クロテッド・クリームのラスティー・バトラーだ。本名ピーター・エドワード・バトラー。ピーターさんだ。赤毛のラスティー・バトラー。お前さん、俺のこと知ってるのかい？　またふぉっふぉっと笑う。いやいや、ラスティー・バトラーさんでしょ。知ってるどころか……。ふん、またクロテッド・クリームのドラマーとかいうんだろ。俺はジャズのミュージシャンなんだ。ジョン・アッシャーの野郎がいつもうるさいベースを弾きまくってる。俺のジャジーなグルーヴが台無しだ。ふんふん。ねえねえ、なんのことか私にはさっぱりだわ。とキョウコ。いやこれは、この人が一緒にやっていたミュージシャンのことをいってるんだよ。このレコードにも入ってる。昔から仲が悪かったっていわれてる人なんだけど、どうやら本当みたいだね。でも、この人は大変な音楽家だよ。ドラマーっていっても良いけど。で、このレコードがどうのこうのってのは？　ああ、それは私の亡くなった主人がこのレコード持っていたんです。うちの主人はテレビ局の音楽番組のプロデューサーで、レコードのコレクションが凄かったんです。二年前に癌で亡くなって、それで大量のレコードが残ったんです。あたしはどうして良いのか途方に暮れて。でも、生前に夫にいわれたんです。何枚かとても大切なレコードがあるって。折角だから、ピーターさんにもわかるように話したら？　ええ、先ほど、すでにこのレコードのことはピーターに話したんです。そしたら、間違いなく自分が持っていたものだって。このレコード見てください。ほら裏表紙にこのボールペンのイラストがあるでしょ。それは細い線画で、男の顔が描かれている。何か定規のようなもので描かれた直線で構成されて男の顔になっている。なかなか面白い絵だ。斜めにしてよく見たが、確かにボールペンのようなもので描かれていて、線のところは、筆圧で溝になっている。印刷ではない。で、このイラストが目印ってわけですか？　本人を描いたといえなくもない。そうなんですけど、夫がいうにはこのレコードを買うときに、店の人から、これはラスティー・バトラーが自分で持っていたもので、この裏のイラストは本人の直筆だというコメントがついてます、っていわれて買ったんだというんです。コメントというのは、タイプで打ったような紙なんですけど。で、本当のところはわからないけど一つ証拠というか、本物の可能性があるのは、このレコードにはFACTORY SAMPLE NOT FOR SALE

というシールが貼ってあるんです。このレーベルっていうんですか、ここにほら。とキョウコはレコードを出して見せてくれた。夫がいうには、これはいわゆる見本盤だから、発売前に関係者に配られたものに違いない。当然演奏者などがもらうものだ。もちろん、関係者も結構いるだろうから、それだけでは証拠にはならないけどなあ。といってたんです。一度確かめたいなあ、と入院していた病院でつぶやいていたんです。夫は昔一九七〇年代の前半にロンドンにいたことがあって、それもあって懐かしがってたんでしょうね。で、先ほどピーターさんに見せたら、おお、これは確かに俺のレコードだよ。少し前に南アフリカに住むことになったときに処分したものだ。ほら、ここに俺の書いたイラストがあるだろ。これは俺の自画像さ、っていわれました。じゃあ、本当だったんですね、ご主人がいったことは。そうね、本当だったんだわ。直筆のイラストだから、そりゃあ価値がありますね、きっと。で、そのレコード、ピーターに返すんですか?と俺は思わず聞いた。ええ、もう誰も聴かないですし、そうしようかと思って持ってきました。ねえ、ピーターさん、これは私の夫が大事にしていたんですけど、本来あなたのものだから、今日お返しします。どうぞ、とキョウコはレコードをピーターに差し出す。バトラー氏は、それを見ていやいやこれはもう忘れた過去だから、あなたが持っていたほうが良いと思う。グラハムはずっと前に死んだし、ディックももう最近は会ってないけど、どうもジョン・アッシャーの野郎だけはたまに一緒になるんだ。ともかくこれは Those were the days だし、俺は一度全部整理するために売ったものだからいらないよ、とバトラー氏。ええ、それでは私が折角持ってきたのに残念だわ、とキョウコが食い下がる。キョウコ、ほら、そのミスターイチマが買ってくれるんじゃない？　欲しそうだよ、とバトラー氏。俺は思わず、キョウコさん俺が買いますよ、と。まあ、そんなわけで、そのレコードは俺のコレクションに入った。ちょっと高かったけどな。あとで千ポンドをキョウコにご主人のお悔やみにといって渡した。バトラー氏は、もう遅いから失礼する。今日はとっても懐かしいものを見られた。俺の青春の一部だ。といってタクシーを呼んでもらって、キョウコ、グッドラックといい微笑んでいる。ミスターイチマ、ホワイドンチュウインヴェストマイニュープロジェクト？といってカードをくれた。俺はせっかくなので、レコードにサインしてもらった。キョウコが持っていたボールペンしかなかったけど。出来れば写真を撮りたかったが、誰もカメラを持ってなかった。今なら携帯で写メだったのにな。最後にバトラー氏は鞄からドラムスティックを出して、キョウコ、これは君にプレゼントだ。鍋でも釜でも叩いてくれ。このレコードをもう一度見せてくれたお礼だ。俺の生涯で一番の作品ではないものの、思い出が詰まってるからな。それにあの俺の自画像、なかなか絵心があるよな。自分でいうのもなんだけどクールだ。ドラムスティックはジルジャンの7Aだった。昔はラディックだったと思ったけど。そのあと、キョウコとしばらく飲みながら話した。とんだ飛び入りになって申し訳ありませんでしたね。でも、あなたはどう見ても俺の昔のガールフレンドだったヨシコに瓜二つだ！　本当ですよ。そうなんですか、でも私はキョウコです。残念ながら一馬さんと会うのは初めて！　でも、私ピーターさんと会えたのも目的が果たせてとても嬉しかったけど、それより一馬さんと会えたのはもっと嬉しいです。私、正直ＣＭとかテレビとかは全然疎いんですけど、あなたがプロデュースした映画は好きです。本当はもっと恋愛の映画制作してもらいたいと思うけど、でもニューシネマっぽいのも好きです。でもそのうち、インド映画みたいなダンスで大団円みたいなのも良いかもって思います。一馬さんが作る映画の監督さんって暗い画面が多いじゃないですか。ああ、それは俺のパートナーの馬戸って監督ね、やつの趣味だね。最近、特にCM系の人は暗い映像が好きなんだよね。はやりってのかなあ。でも、そこで極彩色のエンディングなんて良いと思うなあ。うーん、それは面白いかもね。次はミュージシャンをネタにした映画の構想があるんですよ。ひとことでいえば、かつて素晴らしいミュージシャンが今は没落してうらぶれて毎日を過ごしてる、でもある日ちょっとしたことでチャンスが訪れて、復活するってありがちな話なんだけど。スター・イズ・ボーンだな。でもそれじゃあ面白くない。そこをどんなシナリオにするか今チームで考えてんですけどね。あら、そうなんですか、それは期待してますわ。恋もあるといいわね。俺はロマンチックな話は苦手なんですよ。ま、それはともかく、そうかヨシコさんじゃあないんですね。でも、こうして話してると、ヨシコとも思えないところもあるけど、でも昔デートしてたときと違和感がないような気もするな。残念だけど、世の中には自分のそっくりさんが七人いるっていうけど、それかな？　で、どうやってピーター・エドワード・バトラー氏に連絡が取れて会うことになったんですか？　それは、最初は夫の死が癒えるまで少し時間がかかりました。でも、一年くらいして、いろいろ整理しだして、レコードもその一つでした。夫はこれ本物のラスティー・バトラーが描いた絵か知りたいなと何度かいってたんです。夫が残したレコードは大事なものにはメモが付いていたんです。最近はＣＤがあるので、大量のレコードはほとんど処分してしまっていましたが、それでもまだ千枚以上あります。で、このサウンドオブ65は話も聞かされたし、メモもついてました。私、仕事は女性誌の編集部にいるんですけど、同僚にそういうのが詳しい男の子がいて、こういうわけなんだけど、どうにかこのピーターさんに連絡とれるかしらって聞いたんです。お安い御用ですよ、僕はこうみえても音楽業界は詳しいんです。ってことで、彼が動いてくれて、レコード会社経由で事情をピーターさんにいってくれたらしく、もしロンドンに来れるなら、会えると思うという返事が来たんです。でも、ロンドンっていわれても簡単じゃないですよね。今は、ピーターさんは、ポロってあるでしょ、その関係でアメリカのコロラド州に住んでるらしいですけど、ちょうど今回、次のプロジェクトがロンドンであるので、しばらくロンドンにいるってことでした。で、私も編集の仕事やめてフリーでやろうかと考えていたんです。それでヨーロッパに行きたいとも思ってたんで、今回のことが実現しました。ポロってラルフローレンってことですか？　そうですけど、違います、あの馬に乗ってやるホッケーみたいな競技そのものです。ああ、競技のポロですかぁ。ピーターさんは大変ポロが好きらしくて、自分も選手だったらしいですよ。へえーそれは知らなかったなあ。え、で、キョウコさんは……。キョウコでいいです。うん、じゃあキョウコは雑誌の編集はやめて何するの？　お子さんはいないのかな？　うん、私はもう独り身なんで、少しヨーロッパでも見て気に入ったとこ探そうかと思って。夫の遺産がそれなりにあるので、一年くらいはいてもいいかなって。俺は感づかれないようにつくづくキョウコを観察した。年はどうだろう四十ちょっとくらいになるよな。パンツスタイルだが、すらりとした長い足だ。ヨシコとまったく一緒だ。でも、顔は以前より少し締まったやや精悍な感じだ。ヨシコはどちらかといえば狸顔だった。キョウコは狐まではいかないけどやや細かった。だからまあ別人なのかもしれない。それにとぼけているって感じではまったくないしな。でもどうみてもヨシコだ。感覚だけど。キョウコはずっと雑誌の編集者なの？　ええ、子供のときはフィギュアスケートやってたんで、一生それで行くかと思ってました。毎日、家は大宮だったんですけど、東京の後楽園で早朝に練習して、そのあと浦和の小学校まで行って授業受けて。辛くて眠くて、勉強なんて全く身に入らなかったわ。無理。俺は、そうかヨシコは千葉の出身だったなあと思った。やはり別人？　幸い、父がクルマを出してくれて、クルマで行き来してたのでなんとかなったけど。へー、でもスケートはやめちゃったんだ。一応オリンピック出場くらい目指していたんですけど、怪我やなにかでだめになって、そのあとはあたしみたいな観客からの見られ方にこだわる選手より、テクニックのある選手が選ばれる時代になって、あきらめたの。ま、言い訳に聞こえるかもしれないけど。で、大学に行って、文学部で少し勉強して、なにか本か雑誌の仕事しようと思って。俺も文学部だよ。それは知ってるわ。英文科でしょ。それから出版社に入って、雑誌の編集者になった。ファッションよりはアート系ね。ふーん、そっか。で、旦那はテレビ局。絵にかいたようなDINKsじゃないか。夫は、良い人だったけど、自分の世界があって、浮気したとかそういうのは、あたしはどうでも良かったけど、あたしとはパラレルワールドみたいで、結局同じ世界の住人という気がしなかった。彼にとっては、それこそレコードやギターやクルマなんかの、あ、まあ女もあったかもしれないけど、自分が好きなものが一番大事で、オンザロードみたいに。ケルアックかい？　そう、なんかああいう自由で滅茶苦茶な旅をずっとしてる人だったの。精神的によ。どうしてもあたしに振り向いてくれないって感じ。じゃ、どうして結婚したの？　うん、それはまあそういう夢見るような人が新鮮で、ふらっと。でも、結局子供も出来なかったの。俺さ、しつこいけど、昔ガールフレンドがいてさ、よくわからないけど、やっぱり、その人とキョウコは同じ人のような気がする。え、ヨシコさんのことね。あたしに似てるってこと？　その意味ではもう恐ろしいくらいにそっくりだね。もし輪廻転生があるなら生まれかわり？　でも、残念だけど私は生まれたときからキョウコで、ずっとキョウコ。野原一馬の若き日に会ったことはないし、その何とかロック研究会も知らないわ。それに、もし野原一馬の昔の恋人なら、あなたが有名になったらとっくに連絡してるわよね。いや、君が別人だってことは一応理解したよ。でも、そんなのは時空を超えればどうってことなくて、それこそパラレルワールドじゃないかな？　自分が存在するある世界と、まったく並行して存在する世界があるとすれば、そこでのヨシコはここではキョウコってことだ。あら、それってイチマさん、私を口説いてるの？　そう聞こえたらそれでもいいけど、まあ、少しそれもあるかな？　でも、俺の心の声がこのひとはヨシコだっていってる。そういうなら、そうかもね。ま、折角お会いしたんだから、その話に乗ってもいいわ。そっか、じゃあ決まりだ。君の部屋に行こう。ま、こうしてキョウコは俺のものになった。でも、いっておくけど、俺の心は、確かにこれはヨシコだって確信してた。一番そう思わせたのは、やはり足だった。すらりと伸びた長い足。これだけは忘れられないヨシコと同じ足だ。昔ミニスカートから眩しく出ていた素晴らしい足は共通する。この素晴らしい足はヨシコと同じだよ。ただ、脱がせてみたら元フィギュアスケート選手だからか、筋肉が凄い。でも間違いなく同じ足をしている。俺はそのときはまだまだ若かったから、キョウコとのセックスを存分に楽しんだ。よく運動選手のセックスは凄いって聞くけど、まあそれだな。キョウコは裸で二人きりになると、全身が鋼みたいで、筋肉がそこここで弾んでいる。形の良い乳房はちょうど俺の好みだった。かつてのヨシコの足とは似てるけど筋肉のつき方がまず違う。お尻は極端にいうなら今でいえばセリーナ・ウイリアムズみたいだった。それはある世界では同じＤＮＡの女性がしなやかで真っ白でふくよかな足を持ち、こっちのパラレルな世界では、同じ女性がフィギュアスケートで訓練を重ねて筋肉の鎧を着たようなことなのかもしれない。ともかく俺みたいな運動もせず、飽食で腹が出た体は恥ずかしい。キョウコは俺が中に入っていくと嬉しそうに声を出した。俺としては気後れしていたけど、まあ、喜んでもらえて少し自信を取り戻した。もちろん彼女の演技だったかもしれないけど。俺には珍しく二回も射精した。やればできるじゃないか、俺。俺は少なくともキョウコは動物的に欲しかったし、欲情したし、下心から口説いたし、恋してたと思う。愛かどうかはわからないけど。うん、足はきれいだっていつもいわれる。夫も足フェチだったわ。でも、イチマさん凄い、二回も出来るのね。俺もびっくりだよ！　やっぱり、ヨシコってのが俺の失われた女なんだけど、比較するって趣味が悪いけど、そのヨシコとついに出来なかったセックスが出来たからかな？　それって、私はヨシコの代用品なの？　サイテーね。あたしの友達の女の子の昔の宴会芸でダッチワイフってのがあるの。編集部の宴会で男の先輩たちに受けるためにやってたんだけど、ほら！といってキョウコは口を丸く開けて、目を見開いてびっくりしたような無機質な顔をする。確かに南極九号だ！　俺は大笑いして、それ最高じゃん。お下品よね。まあいいわ、今日は結構感じたから許すわ。でも、こんな何もつけずにやって妊娠したら責任取ってね。あたし野原一馬の子なら産むからね。それも運命だもんな、いいよ。ところで、キョウコは、ジャズ好きかい？　ジャズってピーターさんのやってた音楽？　あれは、ジャズぽいのもあるけど、リズム&ブルースだな。一九六五年頃はまだごたまぜだけどね。俺もジャズは詳しくないけど、俺の知ってるヨシコはジャズが好きだったから聞いてみただけ。あたしはクラシックね、しいていえば。あまり、ロックとかジャズとか聴かないわ。だとすると俺が君をヨシコと同一人物と思うのはなぜだろう？　見た目がすべてなのかな？　別にいいのよ、私もいちいち男と寝るのに理屈つけないとならない年でもないし。別に海外での一夜をともにしただけでしょう。いや、俺もそんなことを杓子定規に考えるタイプでもないよ。でも、初めて見たとき、その瞬間そう思ったんで。ならパラレルワールドをまたぐ女なのかしら私！　じゃあこっちの世界では私をお嫁さんにしてよ。イチマさんと再婚って、友達がみんなうらやましがるわ！　そうだな、考えとく。あら、所詮はノハライチマもただのスケベなおじさんなのね。やるだけやるけど、終わったら面倒な女はごめんだってことね。でもさ、重要なことをいい忘れたけど、あっちの世界では、俺はどうしてもヨシコを恋人にできなくて、結局別れたんだ。さっきいったようにセックスは出来なかった。だから、俺たちは本当の意味では結ばれてないんだ。ふーん、そうなんだあ、つまらない結末！　だからピュアなガールフレンドだな。ヨシコとはBまでだったけど、そこまでだった。学生だった。もう二十年以上前だ。それよりさ、キョウコはこのままロンドンにいるの？　俺、予定を変えてダブリンに行きたいんだけど一緒にどう？　あら、ダブリン行ってみたいけど、あたし、明日、ミラノに行くの。残念だけどご一緒は出来ないわ。ミラノからちょっとノヴァラって古い街へ行くことになってるの。へえ、そこでもご主人の遺品を誰かに渡すのかい？　あら、よくわかったわね、その通りよ。それはアメリカの古い五セントコインなんだけど、これはなんだか秘密結社みたいなものの印らしいわ。何だいそりゃ？　うーんアメリカの西武開拓時代の郵便配達の会社だか、何かの組織の人たちが持っていた会員証のようなものらしいの。クイックシルバーメッセンジャーサービス。ふーん、なんかどこかで聞いたような話だな。トマス・ピンチョンか？　そうなの？　で、そのコインは、もともとはアメリカで正式発行された五セント硬貨で表にはインディアンの横顔、裏にはバイソンって牛みたいな動物の絵が彫ってあるのよ。それを二十世紀の初めころに、ある種の芸術家というかそういう気分の人たちが、自分で手を加えてアートにしたものがあって、ホーボーニッケルって呼ばれてるの。見せてあげるわ、といってキョウコはバッグから小さな木箱のようなものを出した。それを開けるとコインが出てきた。五セントのコインには、表には痩せた男の横顔、先ほどのピーターのイラストに似ているが、裏側には猫のような動物の骨だけの絵が描かれてる。これは何だい、インディアンでもバイソンでもないじゃない？　ええ、要は元々のコインの絵柄を自分で加工して別な図柄にしてるのよ。どんな道具で彫りなおしたのか見当がつかないけど、小さな鑿みたいなのがあったのね、きっと。ホーボーって、旅から旅への季節労働者みたいものだよね？　うーん、いろいろ説があるみたいね、夫が説明してくれたけど忘れたわ。で、それを何故ミラノに？　よくはわかんないんだけど、ミラノの近くにさっきもいったノヴァラって古代ローマからある街があるの。そこにいるアメリカ人に届けるの。へー。それが、夫が生前いってたことの一つなのよ。ホーボーニッケル自体はそれなりの数が存在するのよ。別に当時はそれほど珍しいものではなかったみたいなの。でも、この夫のコインは、表側の痩せた男の横顔がその組織の印らしいわ。ま、行ってみれば何だかわかるでしょ。夫はその組織のメンバーだったりしてね。ともかくこれはやらなくてはならないことなのよ。夫との思い出をすべて終わらせるためにね。俺はふと、連想したんだけど、レオポルド・ブルームも実はフリーメイソンのメンバーなのではないかとみんなに思われてる。フリーメイソンって詳しくは知らないけど秘密結社だよな。確か、ウィンストン・チャーチルやジョージ・ワシントンもメンバーだと聞いたことがある。そんなものかな？とふと思ったけど口に出してはいわなかった。でもその痩せた男の絵が組織の象徴だとすれば、先ほどのラスティー・バトラーのイラストもそれに似てるな。確かに、正面と横顔との違いはあるけど、なんて想いが浮かんだ。そこで我に返った。何考えてたの？　うん、なんでもない。男の人ってそうやってさっきのセックスの余韻にひたるのかしら？　でも、普通は終わった途端に素面になってさっさと寝ちゃったり、着替えて帰るやつとか多いわ。幻滅ね。その点、イチマさんは結構ロマンチックね。うん、そうかな。でも、それじゃあ、ダブリンはだめだね？　うん、またどこかで会えたらにしましょう。そうだね。で、その晩は、俺はどうも人と一緒に寝られないたちなんで、キョウコにはおやすみをいって自分の部屋に戻った。結局キョウコがいう通り、やることやったら一人になりたいっていうことかな。一応、キョウコの連絡先を聞いておいた。明日は早いから勝手に行くわというのがキョウコと話した最後だった。イチマさんと会えてうれしかったわ。翌朝、キョウコの部屋へ内線で電話したけど、誰も出なかった。俺は、朝飯を食べにダイニングに行った。やはり、なんか喪失感もあった。絶望のサラダを食べた。タバコの灰、排気ガス、埃が入ってるというのはわかる気がする。灰色のドレッシングだなあ。俺にはどうしても欲しい女の心は自分のものに出来ないらしい。俺は結局ダブリンへ行くのはやめた。それで今に至るまでダブリンは行ったことがないんだ。アリソンが手配してくれたヒースローまでのクルマは快適だった。運転手はイーフレイム・ルイスのスキンを小さな音でかけていた。良い趣味だ。悲しみの温度感がちょうど良い。初めて聴いたときにこいつはこれからビッグなアーティストになると思った。まさか、二年後に死ぬとは思いもしなかったなあ。その後、日本に帰って、またキョウコに連絡を取ったけど、繋がらなかった。結局キョウコとはそれきりだった。俺はキョウコに恋したのか、自問したけどわからなかった。でも、もう二度と会えないだろうと思うとちょっと胸が締め付けられた。あのときにもっと細かく連絡先や日本の家の住所など、聞いておけば良かったと後悔した。手掛かりは女性誌の編集部しかない。きっと彼女はあれからイタリアに行き、そのまま欧州に留まって、今もヨーロッパのどこかにいるんだろう。キョウコのいっていた雑誌の編集部を調べさせたら、そんな女性編集者はいないし、過去にもいなかったといわれたそうだ。では、あの日のことはすべてそれこそパラレルワールドの出来事なのか？　ただのキョウコの嘘なのか？　でも夜空に月が二つ出ていたわけでもなかった。俺はみじめたらしく、キョウコの痕跡を探してみたが、手掛かりはなかった。ホーボーニッケルのことも調べたが、普通の情報しかえられず、ましてや秘密結社のサインだったというような話は全く出てこなかった。世界のどこかでキョウコが生きているけどもう二度と会えないと思うとやはり悲しくなる。あの、笑いや、ある種の流し目、それは俺をノックダウンしたんだけど、そして俺の身体の下であけっぴろげに声を出していたキョウコの裸体や長く美しい両足を想うとなぜもっと自分の世界に引き寄せなかったのか悔む心が残った。結局サウンドオブ65のレコードだけは残って、今も時々俺のターンテーブルに載る。

9　恋は何色？　～ダンシングガール

二〇二二年。東京。ところで、俺が先日会った人にはびっくりしたよ。俺は前からいうように、ジェイムズ・ジョイスがいつもどこかで俺の人生に影響していると思ってる。そしたら、この間俺は仕事の関係である音楽プロデューサーの方と話してたんだ。その人は有名なレストランの創業者の息子さんだったか、そんなんだけど、もう八十歳は超えてるけど、ずっと音楽プロデューサーなのさ。で、その人があるとき、一九六四年ころらしいけど、ザ・コーチ・ウイズ・ザ・シックス・インサイズっていうオフブロードウェイの音楽劇を日本で上演したっていうんだよ。そこまではまあはあそうですかって聞いてたんだけど、で、そのミュージカルってのがジェームズ・ジョイスのフィネガンズ・ウェイクを下敷きにしたというじゃないか。俺は驚いた。そんなミュージカルがあって、それが一九六四年に日本の草月会館で上演されたなんて初めて聞いたよ。当時はもちろん、フィネガンズ・ウェイクなんて日本ではまともに訳されてないし、のちに驚くことに先年亡くなられた柳瀬尚紀さんが一人で全訳したけど、それはともかく、当時はジョイス云々ではなく、オフブロードウェイの作品の日本での上演ということだったんだろうけど。様々な楽器を使った演奏に合わせてパントマイムみたいなことをしたらしい。でさ、俺も調べたら、その流れでさらに面白いことがわかった。フィネガンズ・ウェイクはジョイスの最後の作品でその膨大な分量と難解さで有名だ。ジョイス語というか本人が作り上げた単語が山のように出てきて、正直英語を母国語にする人でさえわけがわかんない。ましてや日本人においてをやだよ。いずれにしてもチョー難解だ。で、世界中にフィネンガンズ・ウェイクの批評家がいろいろいるわけだが、その中でも一目置かれてる研究者にジョセフ・キャンベル氏がいる。この人がなんと、あの東大教授のロバート・キャンベル氏の実のお父さんらしいんだ。一家は、アイルランドからアメリカに来た移民で、ニューヨークに住んでたようだ。ロバートさんもニューヨークからカリフォルニア、そして今は日本にいる。ロバートさんは、ブログとか読んだけど、父ジョセフ・キャンベルさんのことは特にジョイスの研究者だったとはいってないけどね。これは、別にさっきの話とは関係ないけど、なんかこうしていろいろ辿ると興味深いことに出会う。で、ともかく、俺なりに思うヨシコ、キョウコ、の続きだ。待て待て、いいところなんだけど、焦るなよ。ちょっと、一息つこう。最近、俺は例の前立腺癌の定期検診で蒲池先生から、ＰＳＡの値が徐々に上がっている。許容範囲ではあるけど、念のため放射線治療をしておいたほうが良いといわれた。再発ではないけど、微細な癌細胞が残っているので、それを叩いておくということらしいけど、まあ厳密にいえば再発の一種らしい。予想しないでもなかったし、それには俺は驚かなかった。参ったのは、全部で三十五回放射線の照射を受けるということだった。仕事もあるけど、これはともかくいったん始めたら毎日照射を受けなければならないということらしい。でも、脱線するけど、放射線の前に、ホルモン剤も飲んでもらうといわれた。ホルモン剤ってことは、つまり女性ホルモンを飲むんだけど、それで男性ホルモンを抑制するんだよね。女性化するかって？　理論的にはある種そうなるだろうね。実際のところまだ飲み始めてないからわかんないけど。そういえば、昔、北杜夫の小説、怪盗ジバコだったかな、ヒットラーがホルモン剤ですっかり女性化するってのがあったな。親衛隊の青年将校と乳繰り合うってことになって。だから、理屈的にはそうかもしれない。馬戸も気をつけろよ。俺が愛の眼差しでお前を見つめるようになったらさ。え、まんざらでもないって、やばいなお前。でさ、ホルモン剤を飲み始めたけど、一応朝は立つ。マイ・ディンガ・リング！　だから、女性化はまだ目にみえてはないようだ。もっとも、まだホルモン剤飲み始めて十日くらいだけどな。おっぱいの先がちょっと痛いような気もする。ボインになるかも。嘆きのボイン。俺はきっと、飲み始めたら女の子に全く興味なくなるのかと思ってた。放射線科の幼方先生、この人はなかなか面白い人で、俺がいろいろ聞くと反応する、がいうにはこれ飲みだすとまずはPSAの数値が目に見えて下がります。それをやってから、少し経ったら、放射線治療するんです。で、一回に二グレイ、グレイってのは放射線量らしいけど、これを三十五回照射して、合計七〇グレイかけることになります。だから、ウィークデイ五日連続で五回、七週間で三十五回照射しなければいけません。二グレイ掛ける三十五回は七〇グレイですね。ご名算。照射時間は一回五分にも満たないですけど、膀胱がおしっこで満たされていた方がかけやすいんで、水を飲んで調整したりします。なので、それなりの時間がかかりますよ。治療台に乗ってから十五分くらいですかね。ちょっと大変です。お仕事忙しいでしょうがこれだけはやってもらうしかないです。フフフ。七週間は確かに長い。俺の癌は結構悪性度が高いんでハイリスクなんだとさ。だから、PSA数値的には許容範囲なんだけど、念のために叩いておきましょうって感じかな。俺もちょっと前の話で気になったとこがあって、幼方先生に聞いた。前に蒲池先生は、放射線治療は一回しかできないっていってました。これも同じことですか？　ああ、そうです。放射線は照射すると癌細胞以外のところにも影響が出てしまいます。十年くらい経てば影響も消えるからまた照射可能になりますが、普通は一回しかできません。そうするとですね、先生、もしこの治療した後に再発したとしたら、そのときはもう放射線治療はできないってことですか？　それはその通りです。その場合は別な方法、抗がん剤とかを考えるしかないです。ホルモンも同じで、ある程度継続して使うと効かなくなる。そしたら、少しずつ種類を変えていくのですが、それも限界がある。先日、歌手のあの人が亡くなられたのはそれですね。今はインフォームドコンセントの時代だから医者も全部話してくれる。その意味では良いのだけど、まあ、心配は尽きなくなるね。そんな中、俺はキョウコに再会することになった。ヨシコかもしれないしキョウコかもしれない。どっちでもないし、どちらでもあるのかもしれないけど、同一人物、俺のYの女だ。そう、少し前にまったく予期しないメールが来たんだ。お忘れかもしれないですけど、私キョウコです。ほら、二十年前にロンドンでお会いしたキョウコです。あのときお世話（？）になったまま、それっきりになってしまいました。いろいろあったのですが、それはまた改めてお話しするとして、一度お会いできないでしょうか？ 御礼をぜひいいたいので。今や世界のイチマさんに図々しいお願いですけど、いかがでしょう？ みたいなメールだった。ご友人のフミヤさんにメールアドレスは教えてもらいました。とも書いてあった。どうも日本にいるらしい。フミヤをなんで知ってるのかわからなかったけど。キョウコだとすれば、あのロンドンの一夜限りで、それっきり会ってない。あれから二十年かあ。キョウコ＝ヨシコなんだとは思うものの、あまりに昔のことでよくわからなくなった。あのキョウコなら六十歳ちょっとくらいじゃあないか。まあ、それでもいいや。会ってみようと思った。俺のYの女だからね。で、俺は考えた。まあ、会うなら、まずは食事をしようと誘う。これは普通だ。一応肉体関係があった相手だし、別にいやはないだろう。もっとも、もう二度とそういうことはしないわ、ということはあるかも。女性も人にもよるけど、六十代になると乾いちゃって、男性器入れたら激痛になる人もいるようだ。わりなき恋って小説で俺は学んだんだ。ま、それはそれで仕方ない。一方で俺的に大問題なのは、果たしていざとなったときに出来るのかってことだ。確かに前立腺の神経を一本は残してもらったし、なんとなく行けそうなとこまでは来た。実際、まだかなり柔らかいが、立たないわけではない。マイ・ディンガ・リング。相手次第ではもう少し硬くなるかもしれない。蒲池先生は、俺にいった。やっぱり、ＥＤクリニックに行って、薬処方してもらったほうが良いと思いますね。でも、俺は心臓の期外収縮っていう、まあ不整脈みたいなのがある。友人の堂分医師は、これは心配ないよというが、時々結構なショックで脈が抜けたりする。バイアグラもそうらしいけど、要は血流を改善して、身体中の血液を男性器に集めることになるから、心臓の方はお留守になる。極端な血圧低下というか、心臓への血液が減るというようなことを聞いた。これは蒲池先生に聞いても、まあそのご心配があれば、相談した方が良いですね、といわれた。しかし、ＥＤクリニックに行くのもなあ、そこまでしてやりたいかって思うと躊躇う。シェイクスピアなら、この辺で道化の一人でも出てきて、変な知恵をつけてくれて、ヨシコとどうするのが良いのか教えてくれたりするのだろうけど。馬戸やアキラに相談することでもないしな。

で、亜里亜を呼んだ。あれから、亜里亜はまあ良い友達だ。セックスしたいような気もしたが、気恥ずかしいような気もして口説いていない。亜里亜とはたまに酒を飲んだりするし、俺の部屋に一人で来ることもある。本当はこれで口説かないのも失礼かとも思うけど、どうも今さらまじにキスしたりするのも恥ずかしい。亞里亞は、今日はグリーンの混じった銀髪ってのかな。俺と似た緑がかった銀鼠色だ。プラダの靴履いてる。意外に金あるんだな。口紅は紫だ。ジーンズにTシャツだ。また、ベルボトムみたいになってきたんだ。Tシャツにはマーク・ボランがギター抱えて写ってる。鋤田正義の写真だな。あら、このジーンズ?　古着屋で買ったの。それより、月さん、元気?　あそこ立つようになったの?と亞里亞は笑う。おう、亞里亞元気だよ。ビンビンだ!　見てみるか?いーわ、今は。っていうと思ったぜ。それはそうと、これ見てくれよ、レスポールが届いた。えー、これが噂の三千万円レスポール、すごいじゃない。三五〇〇万だけどな。もともと三百ドルくらいだったのが、これだよ。ひどいよな。でも、ないものはみんな欲しがる。これ、オリジナルの五九年製のスタンダードで一番価値があるんだ。サンバーストっていわれる、この塗装がさ、経年変化でいろいろあってさ、俺の買ったのはティーっていわれてる、見ての通り、緑の茶色が立ってるやつだ。もっと黄色というか茶色が抜けてるのもある。五九年製は六四三台作られたらしいけど、これもその一本だ。元々はラモント・クランストンというアメリカの大金持ちの弁護士が持ってたらしいよ。弁護士先生はいつも金持ちと決まってるのね。あ、もちろん、社会派のプロボノでやってる弁護士もいるけどな。プロボノって何?　ボランティアみたいなもんだな。持ち主をもっとたどると、そもそもは、モルド・ペルーブというミュージシャンが買ったらしいけどね。まったくのガセかもしれないけど、これはデュアン・オールマンがウィルソン・ピケットのヘイ・ジュードのバックで弾いたことがあるっていうんだけど、それは嘘だな。もちろん、可能性がないわけじゃないけど。ふーん、あたしはまったくわかんない。ヘイ・ジュードは知ってるけど。ほかの人は、誰、それって感じね。まあ、いいや。ピックアップはいわゆるＰＡＦってやつでさ。亜里亜のそのＴシャツのマーク・ボランのレスポールは六八年製だ。噂では、ネックがカスタムのに変えられてるらしい。まあ、どうでも良いけど、格好良いよな。レスポールは永遠のエレキギターだな。ねえ、月さん、これあたしにしばらく貸してくれる？　今度バンドの練習があるの。え、え、そうだな、少し弾いて馴染んでからな。意外にケチね、じゃああたしの身体と交換は？　あたし三五〇〇万円くらいの価値はあるよ。いや、俺はまだセックスできるかどうかわかんないんだ。フーン、逃げね。で、今日のご用は何よ？　そうそうそれだよ。実はさ、この話は亜里亜に初めてするかもしれないけど、俺にはずっと忘れられない女性がいるんだ。まあ、Ｙの女ってことにするけど。大昔、俺が学生時代に付き合っていて、それから別れた女性なんだ。別れたのは、嫌いになったわけじゃあないんだ。振られたわけでもない。この娘は、俺は手を出せなかったんだ。で、手を付けずに身を引いたみたいな。それって、結局全然好きじゃなかったってことでしょ。いや、それは違うんだ。好きだったし、大切に思っていた。でも、なにか当時の俺の精神（サイキ）ってのか、気分に合わなかったってのか。俺、ノンポリだったけど、ちょっと心優しき左翼っぽかった。政治少年ではなかったし。ノンポリって何？　ああ、ノンポリティカル、政治に無関心というか、学生運動に無関心ってことだな。へー、あたしと同じね。政治少年は？　あ、これは大江の小説。ここでは右翼ってことかな。オーエって？　大江健三郎って小説家さ。ノーベル文学賞も取ってる。はあ。その人が右翼ってこと？　じゃあないな。いいんだよ、細かいことはどうでも。まあ、俺は、気持ちは尖がっていて、体制に反抗的だけど、何も具体的にはしてなかったってことかな。まあ、いいわ。それがどうして、その女と関係があるの。うん、それはその娘がお嬢さんで普通の家庭の子で、俺みたいに、こんな社会何かおかしいよ、いずれぶっ壊してやる、みたいな気持ちがある人間と付き合うべき人じゃあないと思ったってことかな。月さん、そういうけど、男と女って好きか嫌いかでしょ。まあ、その中間もあるけど。学生時代なら、好きならセックスしたいってなるでしょ。でも、そうならなかったら、好きでなかったってことでしょ。振られたんなら別だけど。振られてはいない。俺から、これ以上付き合ってたら君を不幸にするからもう会うのやめようみたいなことをいった。随分偉そうで、サイテーだわ。そうかな、そうだよね、今は俺もそう思う。きっと彼女は深く傷ついたよな。それはどうかしら。最初はショックだったろうけど、きっと月さんのことはすっぱり忘れて、素敵な男と結婚して幸せに暮らしてると思うわ。大体その人を傷つけたなんて思うことが、月さんがうぬぼれている証拠よ。まいいさ、で、俺、女運がずっと悪くてさ。それってヨシコの呪いだと思うんだ。あ、その娘の名前ね、ヨシコは。ああ、そのヨシコさん、呪うどころか、今頃は昔あたしあの野原一馬と付き合ってたのよ。でも別れたのよ、セックス下手すぎたし、くらいはいってるわよ。でもさ、俺、結局前立腺癌になり、ほとんど女とセックスも出来なくなってる。呪いじゃないまでも、神様が罰をお与えになったんだと思う。ほら、昔のペストってさ、神が与えた人類への罰だって話もでたくらいだからね。新型コロナも同じだ。神が与える試練なんだよ、きっと。そうかしら、そんなの気にしすぎだわ。それに七十歳になったら、ほとんどの男は出来なくなるんじゃないの？　ほう、そういうならやってみるか？　やだ、またそれ？　で、その女のことでどうしたわけ？　そうなんだ、で、そのヨシコとはそれきり会ってないんだけどさ、そのあとに、一九九九年に俺はロンドンでキョウコという女と偶然会った。その女性を見るなり俺の心は、これはヨシコだって確信した。もちろん、見た目はまったく同じだった。年相応に多少年増になっていたさ。それとよくわかんないけど、筋肉がムキムキだった。キョウコは、自分はフィギュアスケーターだったっていうんだけどね。ヨシコはもちろん違う。でも、あの頃四十歳くらいだったと思うけど、いくら俺でも昔の彼女を間違わない。ところが外見は間違いなくヨシコだったんだけど、本人は私キョウコですっていうんだ。あー、それって要は月さんから逃げる口実ね。いや、そうじゃなくて、あれは間違いなく別な人格だったと思う。ジャズ好きでもなかったし、連合王国ロック研究会も知らなかったし、嘘をついてるとは思えなかった。ところで、ちょっとレコードかけて良いかい？　ＯＫ。今日はジョルジ・ベンってブラジルのシンガーをどうしても亜里亜に聴いてもらいたくてさ。レコードはアフリカ・ブラジルってタイトルなんだけど。ふーん、かけてみて。この前、偶然このブラジル盤を幡ヶ谷のＦＥＬＬＡって店で見つけてさ。それが凄く良いんだ。泣くと思うよ。そんな知らない人の音楽聴いていきなり泣くなんてありえないわ。うん、そうだな。泣かないよね。でも俺は昔初めてこれ聴いたときはすげえリズムだし、めちゃめちゃ良い曲ばかりだと感動したけど、俺も別に泣かなかった。ただ最近買ったこのブラジル盤を聴いたときは泣いたよ。それほどなんていうか身体に滲みてきた。このＬ

Ｐには入ってないけど、マシュ・ケ・ナダって聴いたことある？　あるわ、どこでか、覚えてないけど。ジョルジ・ベンはマシュ・ケ・ナダを作った人なんだ。彼のオリジナルの歌よりも、セルジオ・メンデスとブラジル'66ってバンドがあって、この曲をカバーして大ヒットした。セルメンっていってたな。ほら、この曲だ。俺はYouTubeでマシュ・ケ・ナダを携帯で再生した。あら、これなら知ってる。オーオオオアリアハイオ、オバオバオバってとこはみんな聴いたことがあるはずだよ。亞里亞って出てくるのも面白いね。君の歌だ。だから聞いてもらおうかと思った。そんなことで気を引くつもり？　いや、これは偶然だ。この歌は何を歌ってるの？　一言でいえば、アフリカから来たリズムがブラジルでサンバになった、最高！　一緒に踊ろうよ、って感じかな？　ブラジルは大雑把にいえば白人と黒人とムラートっていう混血の人がいるんだ。で、ブラジルは、混血によって人種の融合が進んでるんだ。ブラジルはポルトガルの植民地だった。ポルトガルは元々アフリカ大陸に近いから、アフリカの黒人たちに全然抵抗がないというか、むしろポルトガルの白人は色の浅黒い人を好むらしい。ホントかどうか知らないよ。で、植民地としてブラジルに行ったポルトガルの男たちは、現地にポルトガルの女性があまりいなくて、自然にポルトガル領のアフリカ諸国から連れて行った奴隷であるアフリカ系の黒人女性とも結婚することになったんだって。だから、アメリカ合衆国がかかえる人種差別と同じ問題はあったのだけど、ハイブリッドというか、人種の融合がどんどん進んだらしいよ。ま、しかし残念ながら、白人、混血人、黒人というヒエラルキーが社会には存在してたらしい。俺がブラジルのこと語る資格も知識もないけどな。さっきもいったけど、ジョルジ・ベンのマシュ・ケ・ナダもアフリカとブラジルの融合で出来た素晴らしいサンバで踊ろうみたいなことだよ。サンバってお祭りでしょう。リオのカーニバルの。サンバというよりあたしはボサノバくらいしか知らないけど。月さんがブラジル好きだってのも知らなかった。いや、俺は雑食だからなんでもOKなんだ。亞里亞、ブラジルって、おっぱいよりもお尻なんだぜ。男はみんなケツのでかい女の子を追っかけるんだ。亞里亞もまあいけるんじゃない。やだ、あたしのおっぱいが小さいっていいたいの。いやいや見たことないけどどっちも大きそうだし。で、このアフリカ・ブラジルなんだけど、ともかくブラジルのロックってふれ込みだったんだよね。俺が大学留年して、バイトに明け暮れつついろんな仕事しだした頃、一九七六年ころに日本でもLPが出た。アフリカ・ブラジルってタイトルに惹かれて買ったんだよ。文化って辺境から始まるっていうじゃないか。音楽だって、世界の果てみたいなところから、次第に大国というか世界の中心に伝わっていって、それがメジャーなものになっていく。ただ、その過程でオリジナルはだんだん失われていってさ、支配層が良いとこどりしていって、変容するんだ。搾取ともいえるけどな。でも考えようだけど、搾取されたにしてもそれが世界の中心の大きな要素になるってことだから、そのDNAは生き続ける。俺、普通のロックも好きだけど、やっぱり黒人ミュージシャンのリズム感とか、ソウルっぽい歌い方、ブルースっぽい音楽とかにすぐにはまってさ。で、そのさらに先に世界各国の音楽に目覚めた。特に中村とうようさんて音楽評論家に影響受けてさ。そういえば、彼のポピュラーミュージック論っていう講義を大学の授業で聞いたこともあったな。一回目の講義では、サンタナのキャラバンサライってＬＰをかけてくれた。多分一九七二、三年くらいのことだな。古い話だ。月さんてそういう話するときは少年っていうか、遠い方見てる感じがするね。そういうのめっちゃ良いわ。そうかな。話は取っ散らかったけど、それでアフリカ・ブラジルのブラジル盤、結構高かったけどさ。じゃあ、早速かけてみよう。ギターのイントロのあとにリズム隊が怒涛のグルーヴで切り込んでウマバラウンマオメンゴってジョルジ・ベンの歌が始まる。まずさ、普通のロックとはちょっと違うリズム感だよな。それに載せて、ウマバラウンマオメンゴって歌うんだ。このリズム感と歌のインパクトに本当にぶっ飛んだね。このオメンゴってとこが、俺にはオマンコとも聞こえたけどな。いろんな意味でとてつもないインパクトだよ。エッチなことばかり考えてるからそんな風に聞こえるのよ。うん、実際は戦いの槍のこと歌ってるんだったかな。このレコード全部の曲が良いんだけど、その中で面白いこともある。このあとかけるけど、日本語訳では、ガーヴィアの10番ってタイトルだけど、これはあのサッカーのジーコのことを歌ってる。ジョルジ・ベンの歌にはいろいろなことが実名で出てくるんだけど、確かソクラテスのことも歌ってたかな、でもこれはまさにフラメンゴのゼッケン10番、ジーコことアルトゥール・アントゥネス・コインブラのことなんだ。へー、ジーコって聞いたことある！　日本にもいた選手でしょ。そうそう、鹿島アントラーズというか住友金属の選手だった。日本代表監督もやったけどね。ちなみにジーコは白人だ。ネイマールはムラート、ペレは黒人だね。俺、茨城は結構知り合いが多くてさ、内記さんていう日本酒の醸造家の友達がいるんだけど、この人が地元の経済界の名士でさ、鹿島アントラーズや水戸ホーリーホックと関係が深いんだ。で、その人の関係でジーコさんは何度か会ったこともあるんだ。もちろん、最近のことだからさ、選手としてじゃなくてアントラーズの特別アドバイザーとしてだけどね。今はすっかり恰幅が良くなったけど、でもアントラーズの中ではやはり神様だよ。ジーコが自分でこのジョルジ・ベンのガーヴィアの10番のことを解説してるYouTubeの動画もあるけど、ところどころ歌いながら何か解説してる。でも、俺にはポルトガル語は理解できないんで何をいってるのかはわからないけどさ。ジーコは歌が上手でコンサートにも客演したりするとあるけど。ともかく、ジョルジ・ベンのガーヴィアの10番のほうは、俺にはウ・カミサ・デ・ダ・ガヴィアと聞こえるサビの部分に耳がいくんだ。ポルトガル語だとCamisa 10 da Gávea多分直訳は「ガーヴィアの10番のシャツ」ってとこだな。背番号10のユニフォームのことを指してる。俺、ブラジルサッカーは詳しくないけど、フラメンゴのホームスタジアムは有名なマラカナンなんだ。知ってる？　知らないよな。で、フラメンゴの諸々の施設はガーヴィアというそのあたりの地域にかたまっている。だからガーヴィアの10番。日本で七六年にLPが出たときはペレの賛歌といわれたんだけどね。ともかくジーコさんはニコニコして俺と写真撮ってくれた。それは音楽とは関係ないけど、俺はともかくこの曲を聴くと盛り上がれる。フーン、そうなんだ。月さんがサッカーファンてのも初めて知ったわ。鹿島と柏くらいだけどな。だいぶん脱線したね。話は戻るけど、それでキョウコに会おうとメールを送ったら、ぜひという返事が来た。ここからどうすべきなのか、亜里亜の意見を聞きたいんだよね。でも、そんなの百戦錬磨の月さんなんだから、考えるまでもないでしょ。まずはその人とおっしゃれーなレストランで食事して、今日はホテル取ってあるんだっていえばそれでいいでしょ。いや、そういうこともあるけど、ヨシコは元々俺が大切にしようと思った女性だぜ。それで身を引いたのに、再会して今度は男と女の関係になった。もっとも本人は別人だというけどさ。で、今度会うキョウコは一体同じ人間なのか、別人格なのか、とかさ。でも、その人からはキョウコっていってメール来たんでしょう？　そうなら、二度目に会った、ヨシコそっくりさんの別人ってことなんじゃないの？　ま、そうだよな。で、そうだとすれば、別にホテルへ行こうと月さんがいっても、驚かないし、来るでしょう。それはそうだ。でも、元々二度目が変な出会いでさ、俺としては、ヨシコ＝キョウコっていう式がなりたってないんだ。でも、明らかに物理的には同じ人だと思う。キョウコの人生の記憶はヨシコとは違うんだろうな。だから、ＳＦだとパラレルワールドで、俺はどこかでそれを渡ったってことだろうと思う。変なの。ホントかしら。だからさ、俺の思いは、今度キョウコに会えたときに、なんとかそのパラレルワールドを戻って、ヨシコに会えないものかと思うんだよね。そしたら、ヨシコに土下座して謝って、また、俺のガールフレンドになってもらうわけよ。謝るという必要があるのか、わからないけど、月さんが謝ったら、月さんが捨てたということが前提になるじゃない。でも、ヨシコさんはそんなことつゆほども思ってないかもしれない。もし別世界があるとして、そこではヨシコさんはすでに最愛の夫がいて、幸せな家庭を築いているってことも考えられるわよね。そしたら、いくら月さんでも話すことも出来ないでしょう。まあ、そうだな。でも、逆に、夫は浮気者で、別な女を囲い、子供たちはグレて家出して、家庭は崩壊、やっと離婚して、そのあとは何故だかわからないけど推しの追っかけでお金を使い果たし、とか不幸かもしれないよ。それなら俺が行って救ってやらなくちゃならない。まあ、そういうこともあるかもね。そうすると月さんとしては、ともかくもう一度ヨシコさんに会いたいということなのね。それもキョウコさんと会うことをきっかけにして。そういうことだ。それでさ、怒らないで聞いて欲しいんだけど、俺、その、この先どうなるかわかんないけど、ともかく、キョウコは会ったら口説くし、いずれヨシコに会えたら謝って、許してもらえたら、彼女を俺のものにしたい。で、問題はこの俺のあそこが役に立つのかってとこなんだよ。まさか、それであたしとやりたいっていうの？　じゃあ、正直にいうけど、あたしはレズなのよ。っていうか、昔から、男っぽい女の子に惹かれてたの。それで、高校生の頃に確信したんだ。私は女の子しか愛せないって。この前、バンドの話ししたときにいったでしょ。ちょっとストーリーは変えて、ギターを抱いて歌ったり、演奏したりすると女の子をいたぶってるみたいで興奮するみたいなこと。男好きだともいったな。あれは、まあフィクションだけど、女の子を抱くのは好きなのよ。だから、月さんとセックスするのは無理。えー、でも仮にそうだとしても、バイって感じがするな？　両方いけるんじゃない？　うーん、ある日、あのね、とても優しい男の子、芸能人だけど、に迫られて、こいつなら出来るかもって、好奇心で寝てみたことがあるけど。でも、全く何も感じなかったし、気持ち悪かったし、ましてや入れてこられたときは死ぬほど痛かった。苦痛を通り越して、このまま殺されるかと思った。まったく入らないのに無理やりそいつはやろうとしてさ。ロボットに犯されたらこんな感じだろうと思った。おお、それってアペタイト・フォー・ディストラクションみたいだな。ガンズ・アンド・ローゼズ？　ＬＰあるよ。ああ、知ってるわ、あのジャケットの絵ね？　そうよね。よくそんなこと知ってるね。かなりのマニアじゃないとわかんないネタだけどな。ともかく、そうか、そんなひどい目にあったんだ。優しそうなやつはかえって危ないんだぜ。強姦で訴えたらよかったのに？　そいつのタレント生命断てるし、相手は弁護士出してきて調停になるだろうから、金もらえたかもな。だめなのよ、私も自分で、まｰ、こいつならいいかって思ってあいつのマンションに行ったんだもの。それも素面では行けなかったんで、シンナー吸って行った。なんだそれ？　なんか、わかんないけどシンナーがあたしの心をピュアにしてくれる気がしたんだ。で思い切り吸ってラリって行ったの。そしたら、君シンナー臭いねっていわれたけどね。酒でも良かったんじゃないの？　うん、でもなんか私の真心ってつもりだったの。馬鹿みたいね。で、そいつ優しいうえにイケメンだったから。でも、そいつの悪魔みたいな実態はそのあとすぐにわかった。あいつは、ひとことでいえば強姦魔なんだ。それも相手がいやがったり、痛がったりするのが一番燃えるらしいの。サイコパスよね。ともかく、あたしはあいつの部屋に自分の意思でいったんだから、合意の上ってことになるわ。でも、メディアにたれ込めば事件になって、和解金はもらえたと思うな。月さん、あたしを心配してるというより、現実的ね。その子は結構好きだったの。だから、男でもいけるかなって思ったんだけど。そうなの、だから男はこりごり。やっぱり、女子でイケメン系が良いの。だから、月さんの要望には添えないけど、まあ、可哀そうだから、手でやってあげてもいいわ。え、マジか？　そういわれると恥ずかしいな。ほら、ぐだぐだいってないで、早くそのズボン脱いで、パンツも下げてよ。俺は迷ったが、亞里亞のいうとおりにした。最近おしっこがちょっと漏れたりして、清潔じゃない気もするし、せめてシャワーくらい浴びたほうが良いかとも思ったが、亞里亞は容赦ない。でも、残念ながら、俺のあそこはまったく立ってない。亞里亞の勢いに気おされたってのか、そういう気持ちになってなかった。事態としては最悪だよな。七十歳の爺いが、若いレズの女と一緒にいて、これから手で出してもらうなんてさ。まあ、ポルノ映画ならそういう場面もあるかな？　俺は必死でエッチな想像したけど、焦れば焦るほど、まったくマイ・ディンガ・リングは頭をたれて神妙にしてる。亞里亞もさすがに焦ったようで、俺のあそこをつかんだものの、全く反応がないので、どうしたものかって感じだ。これは、前の美禰子のときと同じだな。で、亞里亞は服を脱ごうとした。多分、おっぱいやオマンコを見せれば男は立つって思ったんだと思うけど。彼女のヴァジャイナと彼女のコーチチャイナ。俺はもうそういうことじゃなくて立たなかったんだ。コマネチ！　一つは前立腺癌の手術のため、もう一つはこの場の雰囲気だな。亞里亞、あのさ、おっぱいやオマンコ見せてくれれば出来るってもんじゃなさそうだ。やっぱり、手術のせいですぐには立たないんだ。えー、やっぱりダメなの？　それとも私がレズって聞いて立たなくなったの？　あたしが女としての魅力がないってこと？　亞里亞は少なくとも外見は普通に女の子として十二分に魅力的だ。レズの女性を男が見て、性的に魅力がないわけではない。亞里亞もとてもセクシーで女らしくて普通なら俺のあそこはビンビンになるはずさ。今日は出来れば亞里亞とセックスしたかった、恋の下心だ。まあ、厳密にいえば恋じゃないかもなあ。ただ可愛い女の子とやりたいだけだった。でも、彼女は女性にしか興味がないと聞いてダメになったのか、全体の流れでダメになったのか、あるいは単に前立腺がなくなった俺が出来なくなっただけなのか、わからなかった。亞里亞もあきらめ顔だ。月さん、こんな柔らかくちゃ無理よ。もう仕舞って。そうだな、無理だな。俺は敗北を認めた。まだ、ジョルジ・ベンジョールのLPがターンテーブルで回っている。針は円盤の一番中心に寄ってレコードの最後の溝を何周もしている。シュクシュクと針がレコードの溝を通過する音だけが響く。亞里亞は発泡性の水を冷蔵庫から出して、ウイスキイに注ぎハイボールにして静かに飲みだした。俺は、なんか打ちひしがれて、ワインセラーからムートン・ロートシルトの一九七五年を取り出した。アンディ・ウォーホールだ。なんとなく栓抜きでボトルを開けて、かまわずにグラスに注いだ。デキャンターで空気に触れさせて開かせてなんて以前講釈されたのが思い出されるが、関係ねえやと思って、そのままがぶ飲みした。美味しいのかどうかさっぱりわかんない。ピカソのラベルも一度見たことがあるけど、ピカソはやっぱり凄かった。いい絵だ。それに比べると、このウォーホールの絵はらしくない。いっそのことキャンベルスープみたいなラベルにしたら面白かったよな。缶詰柄。カニ缶なんかいいよな。それとも桃屋か。三木のり平さんが三度笠でムートン・ロートシルトのラベルなんておしゃれだろう？レコードを取り出して、なんかかけようと思ったけど、何が良いかな？　ここは届いたばかりのレスポールに敬意を表して、クラプトンのハイダウェイだな。ビーノ・アルバム。一応モノラルの英国盤がある。二曲目をかける。やっぱり、クラプトンの一番の名演だ。これはモノラルがいい。アメリカ盤のステレオは全然だめだ。この一九五九年のレスポールと当時のマーシャルの組み合わせが最高だ。なあ、亜里亜、このレスポール貸してやるよ。しばらく使っていていいよ。でも、三五〇〇万もするギター借りられないわ。いや、いいんだよ。どうせ俺弾く時間なんかないんだから。盗まれないようにしろよな。ちょっともったいないから。嘘はなしだよ。もう時間も遅い。風もうなり始めた。泊っていってもいいよ。俺まったく無害だから。

10　流線形二〇二三　埠頭を渡る風

その日は、仕事終わりで、一度馬戸拓とオフィスで会った。今日ですよね、月さん？　えー、なんだっけ？　またまたー、キョウコだか、ヨシコだか、昔の女に会うっていってたじゃないですか。今日は月さん、フライのシャツ着てるし、靴はチャールズ皇太子と同じジョン・ロブだし、スーツもダンヒルだからわかりやすいよ。でも、どんな方か知らないけど、そういう趣味理解してくれる方なんですか？　うん、もちろんそうだよ。お前さ、説明が正鵠を欠いてるね。クリエーターオブザイヤー三回受賞してるのにそういうとこアバウトだよな。そうなんかな、僕は着るものは、アイビーしか興味ないからなあ。そうな、お前は若いころからアイビー一筋だもんな。ちなみに、チャールズさんはもう国王だよ。お前のいうように俺さ、シャツは確かに一時フライ好きだったけど、仕立ててもらうとダンヒルが一番合うんだ。だから、最近はシャツもダンヒルにした。へー。それとこの靴は、確かにジョン・ロブだけど、セント・ジェームズズのほうな。資本構成は知らないけど、エルメスがジョン・ロブを買収したものの、このセント・ジェームズズの店は独立していて、ビスポークシューズのみ作ってるんだよ。確かにチャールズ皇太子も履いているけど、俺はウィンストン・チャーチルが履いてたのと同じといってもらいたいなあ。バルモラル式ストレートチップだな、やっぱり。へえ、一番シンプルで普通の靴っすよね。そうだな、この紐で締めるところがV字型に開くやつをバルモラルっていうらしい。ほら、エリザベス女王が亡くなったスコットランドの城の名前だ。スーツは、本当はサヴィルロウのヘンリープールで仕立ててもらいたかったけど、時間もチャンスもなかったんで、これもダンヒルで仕立ててもらってる。サッカーの日本代表のスーツ作ってるからな。基本は紺のチョークストライプで二つボタンだ。腹出てきたし。シャツの襟は、チャーチルはワイドスプレッドカラーだったらしい。だから、俺もそうオーダーしている。この蝶ネクタイはどうするんですか？　これは、ポルカドットつまり小さめの水玉柄のボウタイだ。これもチャーチルがよく締めてたやつだよ。これにほらこのホンブルグハットかぶって、ダヴィドフの葉巻咥えてさ、俺も馬鹿だな。ってことは、今日はかなりチャーチルなんだ？　なぜ？　うん、チャーチルは知っての通り、ナチスドイツの攻撃を頑としてはねのけたので有名だ。それと、実はチャーチルは一九二二年にパリで出版されたジョイスのユリシーズの初版本を予約した一人なんだよな。限定千部だったそうだけど。それはともかく、俺もチャーチルさんに倣って今日は鉄の意志で向かうんだ。決して負けないぞ！って。へー、何を成し遂げようっての？　うん、それはマイベイビーをひしと抱きしめて愛を告白するんだ。マジなんですか？　一馬さんが大恋愛って、おもしれえなあ。こんどCM作るときに使わせてもらいまーす。今度、シニア向けの免疫力高める飲料出すらしいから。シニアの純愛とか？　いいよ、あの会長にでもあててみたら？　で、俺の今の気持ちはマジもマジ、大まじめだ。なんか、その帽子、形は違うけど、時計じかけのオレンジみたいだなー？　いや、キューブリックのあれはボウラー・ハットだろ、これはホンブルグだ。そう、今日はそういうわけで、キョウコというか、ヨシコというか、との久々の再会デートなんだ。俺は、ありふれてるけど、二つ星のフレンチの個室を予約した。英国料理とかアイルランド料理も考えたけど、あまりこれというのはなかった。本当は幡ヶ谷のニイハオの餃子とかの方が好きなんだけど、こういうときはとりあえずビールならぬフレンチだ。おやじだから仕方ない。女性をもてなすにはまずはフレンチかイタリアンってなる。最近だと、鮨、焼肉なんてチョイスもあるけど。その店の名前はフランス語で悪友みたいなことらしいし、店が目指してるのは、永続的な茶飲み友達って感じの英語？フランス語？の名前がついてる。メニューは一皿ずつ産地が書いてあり、そのあとに一品の名前が書いてある。たとえば、こんな感じだ。

福岡　糸島　立花さんの苺茶
青森　大潤町　ホンマス　キャビア
富山　富山湾　白海老　新キャベツ

栃木　宇都宮　アスパラリンと宇都宮牛頬
佐賀　ウエルカム　ホワイトアスパラガス　ミズイカ
山口　萩　金太郎　甘鯛　姫竹
京都　亀岡　ななたに鴨　蕗の薹　……

って具合で、前菜、メイン、デセールで合計十五皿くらいある。一皿、一皿は量が少ないが、十五皿あると結構お腹いっぱいになる。俺は、料理の講釈を聞くのは好きじゃないけど、ゲストを飽きさせないという点ではアイデアだと思う。一品ずつ説明を聞くのもたまには良いもんだ。特に産地が書いてあると生産者を想像したりして面白い。だから、今回は確かにキョウコと話がしたいとは思うものの、お互いに話題に困って、気まずい時間が流れたら、時々遮られて、料理の蘊蓄を聞くのもネタになるかなあと思った。ウィンストン・チャーチルもどきに扮して、俺は店に待ち合わせ時間の一時間前に着いた。もちろん、ロールスで来た。高梨さんがゆっくりとドアを開けてくれる。高梨さんは、バットマン家の執事になれるなあといつも思う。あれから、三雲先生の赤ンベイフィギュアが完成してそれがボンネットの先端に鎮座している。三雲先生は何を思ったか、全部プラスチックだか塩ビだかで出来たフィギュアを作成した。それも色がけばけばしくて、蛍光ピンク、黄色、オレンジ、黄緑、紫なんかがぐちゃぐちゃに混ざったような色使いで作ってきた。赤ンベイってところである種スイッチが入って、切れちゃったんだろうな。馬鹿馬鹿しくなって。で、赤ンベイは確かにしてるんだけど、遠目では何だかさっぱりわからない。まあ、俺も参ったけど世界的な彫刻家の先生の作品だし、作り直してくれとはいえないよね。製作料は聞いてあきれるくらいの金額だったけど、俺は喜んで払った。まあ、俺にふさわしいよな。これ、多分近いうちに夏の暑さで溶けるか、雨風で壊れるか、誰かに盗まれるかだな。まあいいや。それから大事な装飾として、もちろんホンブルグハットとステッキ、やはりチャーチルだからね、を店に預け、オーナーが恭しく、かつ馴れ馴れしく迎えてくれた。今日は、まずは眼鏡をかけてきた。大体俺が女を口説くのだと知ってるわけだ。ここへ来るということは。今日は、まずは眼鏡をかけてきた。チャーチルは眼鏡をかけてない写真の方が多いと思うけど、俺は眼鏡をかけてるほうが好きだ。首相になってからは、結構太って、デブのおじさん感が強いけど、本当のチャーチルは、若いころは痩せていて筋肉質で、万能のスポーツマンだったらしい。ポロもうまかったし、銃の腕も相当なものだったらしい。ハピネスイズアウォームガンイエスイティイズ。もちろん、英国の貴族階級の出身で軍人だったんで、膂力(りょりょく)に優れた頑健な男だったのだと思う。でも、少し小太りになり、丸眼鏡をかけると、ちょっと男前というより、オヤジ感が出てちょうどいいんだな。ダウニング・ストリート十番の公邸前の眼鏡なしの写真なんか見ると、デブでも元々のイケメン感が出る。眼鏡があるとそれが少しとぼけた印象になるんだ。俺もそうなりたい。で、今日は眼鏡にした。眼鏡をどうするか迷った。本当は鼈甲の眼鏡フレームにしたかった。値段も白甲のを買うとすると、二百万円以上する。当たり前だが、すでにワシントン条約で獲ってはいけない生物であるタイマイの甲羅から作るんだから、それは高いよな。俺も気持ちとしては、そういう生物から作られた材料の眼鏡フレームを欲しがるというのは決して良いことではないと思う。人類が欲のために乱獲して死に絶えた生物はゴマンといる。俺の考え方に反する。でも、一方で、人工の鼈甲もどきを見ると、それでも高いものはそれなりに高いけど、まあ、少し違うんだな。で、情けないけど、一九九三年以前に獲られたタイマイの甲羅を使うんだから、殺されてしまった亀にしてみれば使ってもらったほうが嬉しいはずだという理屈にして、鼈甲縁の眼鏡を買った。白甲や、白バラ甲とも思ったけど、チャーチルは黒っぽい丸眼鏡だ。そうなると白甲よりも一番鼈甲としては安価な並甲にするしかない。で、四十万円ほどの、ほとんど黒に見える丸眼鏡を買った。俺は白内障の手術をしたときに、裸眼で一・〇くらいは見えるような人工レンズを入れてもらったので、普段は近視の眼鏡はしていない。だから、今回もとりあえずガラスを入れただけの伊達眼鏡にしてもらった。やはり、鼈甲は良い手触りで、途方もなく美しい。亀を殺して得たものだというのは、ちょっと悲しいけど。俺は革製品も持ってるし、人間は我儘というか、生物の最強の殺し屋だ。でも報いは来るかもしれない。などと悩んだあげくに、ともかく鼈甲縁の眼鏡を買った。鼈甲の丸眼鏡をかけて、持ってきてもらったメニューをつくづく見る。実は素通し眼鏡って裸眼だからこれだと俺は字が読みにくい。仕方ない。さっきもいったように、この店のメニューには産地と内容が書いてある。前菜、メイン、デザートで十八品だ。メニューを遠く離して読んでみたが、今日はあまりイメージが湧かない。一応、個室なんで、葉巻を吸ってよいか聞いてみようかと思ったけど、どうせ俺は葉巻なんかわからない。ダヴィドフの葉巻持ってきたけど、ただ咥えてるだけにしよう。トイレに行って念のために自分の姿をつくづく見てみた。頭は少し白いものが混じった銀鼠の短髪。ここは、側頭部以外にほぼ頭髪のないチャーチルとは違うけど仕方ない。顔は酒と、疲労で下瞼が弛み、憐みを誘うほどの疲れが露骨に出ている。もう長くはないとつくづく思う。一瞬前立腺癌の手術で痩せたけど、また腹も出てきた。チョークストライプの二つボタンのスーツは、ボタンをかければまだましだが、はずすと丸い腹がせり出してなんともだらしない。ポルカドットの蝶ネクタイはまずまずで、まあ、どんなに繕っても今の俺はこんなものだ。靴はどうせ座ってたら見えないからどうでも良いや。と思って、席に戻る。そうだ、レコードのセッティングだ。ちょうどオーナーが来てお愛想をいう。素敵なお召し物ですね、英国紳士然としてます。水玉のボウタイが素敵です。それにそのお眼鏡。それは本物の鼈甲ですよね?と来た。しかし、なんといってもそのお靴が素晴らしいですね。普通のじゃないですね、足形をとってビスポークで作られたのでしょうか? こういう人たちは、客の値踏みもあるけど、どういう点を褒めるべきかも鍛えられている。あまり見えなくても靴はやはり、その人の人物像を見るのに大事だと教えられてきたんだろう。悪い気はしないけど、野原一馬ってやつはどの程度のやつなんだと値踏みされてる感もあるなあ。まあ、何度か来てるから、嫌味ではないのだろうけど。ありがとう、今日は大事な食事なんでお願いしますよ。心得てますよ。ロード・トゥ・ザ・ラブリー・ベッドですもんね? よっ、色男!と露骨なことをさらっというところが調子の良いおっさんだ。出だし、お酒は何にされますか? 今日はポル・ロジェでお願いしたいな。なるほど、そうですか、今日はチャーチル卿なんですね、今理解しました。はい、かしこまりました。あとは食事の感じで決めていきましょう。こちらにお任せください。それとレコードのセッティングは大丈夫なのかな？　ああ、それはすでに終えてます。今、こうして布でカバーしてますけど、ここにこう置きました。あ、これね。了解了解。スピーカー、アンプなどもすべてつないでありますし、レコードプレイヤーもすでにアツギさんに調整してもらいました。カートリッジはご指定のモノラル用のに替えて、針も替えました。電源はすでに入れてあり、ターンテーブルもご覧の通り先ほどからまわしております。わかった、じゃあタイミングはいうから、そうしたら、そのカバーはずしてくれる。あとは俺がやるから。レコードはあるよね。はい、ここにこうしておいてあります。オッケー。あ、そうだ、大事なことを忘れていた。薬を飲まなくちゃ。なんのことはない、馬戸がくれたバイアグラみたいなやつだ。あいつ、まだ若いのにこんなの飲んでるらしい。俺が、心臓がどうのといったら、じゃあ半分でいいですよ。これほら二つに割って、それなら心臓バクバクにならないです。どのくらい前に飲むんだ？　やる二時間前くらいですかね？ってことだったから、そろそろ飲むか？　途中で飲むか？　今が夕方六時で、食事が二時間半くらいで、八時半。オークラのバーに行って一、二時間口説いて部屋に行けるのが大体十時半か十一時。そんなにうまく行かないとは思うけど、十一時半ベッドインとしたら、まあ九時から九時半に飲むのかな？　実際の効き目とそれが出始めるタイミングを事前に試してみるべきだったと悔やまれる。俺が思い浮かべる今日の大団円は、例えば映画でいえば、バック・トゥ・ザ・フューチャーのマーティーが一九五五年の世界で自分の未来の父と母をくっつけようと奮闘する場面だなあ。俺のおかれてる状況とは違うけど、プロムで未来の妻ロレインをビフに奪われそうになるジョージのせいで危うく消えてしまいそうになるマーティー、というところでジョージが奇跡のビフぶっ飛ばし、ロレイン奪還を敢行して、立ち直るシーン好きだなあ。今日はライバルがいるわけではないけど、多分、あんな感じで、土壇場で立ち直ってロレインを射止める。いいねえ。俺もあやかりたいよ。それにしても、あの場面は見事だな。父と母の恋を助ける話と並行して、マーティーのロックンローラーぶりが素晴らしいよな。ジョニー・ビー・グッド。パーティーの定番のスイートな黒人リズム&ブルースバンドに、マーティーはギタリストで飛び入り。もう一曲やれよといわれて、チャック・ベリーばりにロックンロールをかます。Bのブルース進行で、後は俺について来いよって、あのイントロを弾き倒す。それはまだ一九五五年の若者たちが聴いたこともない音楽だ。バンドリーダーの黒人ヴォーカリストはいきなりジャック（チャック？）に電話かけて、あんたが前からいってる新しい音楽、ほら聴いてみな、と電話で聴かせる。マイケル・J・フォックスは、ピート・タウンゼントや、ジミヘンをかなり研究してまねしたらしい。一九八五年の映画だから、エディー・ヴァン・ヘイレンもいたろうから、タッピングも出てくる。まあ、見せ場の一つだな。よく出来てるよ。俺とはテイストは全く違うけど今度はあんな映画撮りたいな。馬戸にいっとかなくちゃ。マイケルがパーキンソン病になったのは本当に悲劇だ。この間、ジェラール・フィリップの映画見ていて、マイケル・J・フォックスと似てると思った。気のせいかな。話が脇道にそれたけど、まあ、今夜はせっかくだから、何かハッピーな結末を迎えたいな。ボチボチ、キョウコ＝ヨシコが来るころかな？

キョウコ＝ヨシコが来たのは十九時を少しまわったころだった。大きなエンジンの排気音がして、外を見ると、黒のフェラーリデイトナのクーペが店の玄関前にいる。これはかなりの希少車だと思って眺めてると、小柄で貧相な老人って、俺より少し若いと思うけど、がドアを開けて降りると、右側にまわって助手席のドアを開ける。降りてきたのは、推察の通り、キョウコ＝ヨシコだった。なんでこんな年寄りの、俺も年寄りだけど、風采があがらない男がフェラーリで送ってくるのか？　こいつがビフかい？　男は、キョウコ＝ヨシコを店の中に案内するとクルマに戻って、派手な十二気筒のエンジン音を残して去ってしまった。恋人という感じではないものの、親しげではあった。俺は走っていって出迎えようかとも思ったけど、そのまま部屋にいた。バーでアペリティフでも飲んでいるべきだったかもしれないが、さきほど、日本のウイスキイをロックでもらったから、ちびちびなめていた。まあいいや。間もなくキョウコ＝ヨシコが部屋に案内されてきた。あら、一馬さん、お久しぶりです。キョウコです。と笑いながらキョウコ＝ヨシコがいう。黒の袖なしのワンピースで、さすがにもとフィギュアスケートの選手だったのが隠せないくらい、腕の筋肉が発達している。足は以前にもまして長く伸びているが、すらりと、とはいえない。やはり筋肉が半端なく束になって足を構成しているらしく、大坂なおみとはいわないまでも、かなり筋肉質の足だというのがスカートの上からでもわかる。ちょっとロバート・クラムの描く女みたいだな。誰か女優に似てるんだけど、誰だか思い出せない。俺は正直ちょっと興奮したかもしれない。随分派手な登場だね？　デイトナかな？　あら、見てらしたのね。あいつ、ＩＴ系のお金持ちだけど、あたしと同じ年で、何百億も資産があるのよ。バツ二か、バツ三？　あたしみたいなお婆さんじゃなくて、若い子を連れて歩けば良いのに。もの好きよね。そうか、キョウコ＝ヨシコももう六十歳にはなるかな？とふと思った。でも肌にハリがあって、やはり若く見える。お直しもしてんだろうな。そりゃ、キョウコだったらそこらの小娘やギャルには負けないよ。あの人、良い趣味だね。あら、一馬さんがそういうなら嬉しいわ。あのデイトナすげえーな。え、あの車？　うるさくて、乗り心地悪いし最悪よね。いかにも成金って感じよね。ほかにもなんだかいっぱいクルマ、箱根の方に持ってるんだけど、そんなもの自慢されても、あたしには猫に小判というか、無意味よね。箱根にクルマってことは、一緒に箱根に行ってるわけだと思った。まあいいや、やはりビフかな。俺に焼きもち焼く権利はないよな。一馬さん、今日はずいぶんなんていうか、英国紳士然としてますね？　そのスーツも蝶ネクタイも、眼鏡も素敵だわ。眼鏡可愛いわ。そうかい、そういってもらえると嬉しいな。それでさ、あの覚えてるかどうか、一九九九年にロンドンで会って、そのあとイタリアに行くっていってたじゃないか？　あの後、俺は君のいたという出版社に連絡してみたり、もちろん、いろいろ探したけど、君は見つからなかった。あの後どうしたのさ？　ああ、古い話ね。えっと、あのロンドンはドラマーのピーターに会ったのよね。普通はラスティー・バトラーっていうんだけどね。ええ、そうなのね。それでレコード渡した。いや、一馬さんが買い取ってくれた。それから、どうしたんだっけ、イタリアへ行ったのは、そう、あのホーボーニッケルね。思い出したわ。あのときは、あのアメリカ人、ジョン・ブラッドリーに、夫にいわれてホーボーニッケルを届けたのよね。あの人は変な人で、イタリアのノヴァラってとこの近くにいたのよ。ノヴァラはミラノとトリノの間ね。そういってたね。で、そこにコテッジを持ってるから来いというわけよ。で、手紙に手書きの地図が入ってた。まあ、想像がつくと思うけど、いいかげんなのよ。右にミラノが書いてあって、その左にノヴァラの街が書いてあって、ここに川があって、そのわきに線が描いてあって、それを少し高台に入っていくとこの辺りに私のコテッジがあるって感じ。村の名前くらいは書いてあったかな。電話はないと書いてあった。今のあたしだったら、無理だったわね。今は携帯があれば大概の場所はすぐにわかるけどね。うん、でもあの頃は、怖いものなかった。で、よせばいいのに、ロンドンでレンタカーを借りて行くことにしたの。一馬さんと別れたあと、ロンドンからドーバーに行って、フェリーに乗ってカレーに着く。それから、陸路でランス、ディジョン、ジュネーブ、モンブラントンネルを抜けるとイタリアよ。ワオって感じ。千キロちょっとくらいだったと思うわ。いや、それ全部自分で運転したの？　そうよ。ナビなんてなかったし､道路地図見ながら、時々休みながらね。クルマはヴォグゾールっていう小型のセダンね。ああ、オペルのイギリス版だ。あたしこう見えても実はクルマの運転大好きなの。だからあいつのデイトナだって本当は楽勝で運転できると思うわ。そんなそぶりは見せないけどね。本当かい？　びっくりだな。でも千キロあったら一日じゃ厳しいだろ？　うん、でもディジョンやランスを通ったのよ。当たり前だけど、ランスでは一泊してシャンパン工場見学して、夜は星付きのレストラン行ったわ。もちろん、シャンパン飲んだわ。ロンドンで買ったミシュランガイドが役に立った。でも休んだのはその一日かなあ。あとは一気にイタリア。で、なんとかノヴァラの町に着いたんだけど、そこからその人のコテッジを探すのがやっぱり大変で地図を改めて見て、途方にくれたわ。でも結論をいうと、意外にもほどほどの大変さでコテッジを見つけたの。丘の上の林の中の、煉瓦で出来たコテッジ。その人、家を作るのが趣味みたいなもんで、怪しげな手書きの地図は意外にも要点を押さえていたわけね。で、煉瓦を自分で積んで家を建ててるわけ。アメリカ人なのよ。よくはわからなかったけど、勝手にそのあたりの空き地に家作って住んでる感じなの。でも、クルマはレンジローバーだった。お金持ちなのか、なんかわからない人だった。だって、その家はまだ玄関もなく、ドアもなく、電話もなく、電気すらついてるかどうか怪しいものだったわ。そして、そこには彼の奥さん、パートナー?も一緒にいたわ。結婚はしてないのよね。彼女は、ロンドンで有名な美容師をやっているみたいだった。それでともかく、私は夫からいわれたように、あのホーボーニッケルを彼に渡した。ジョンはあの頃もう五十歳くらいだったかしら。結構寒いのに上半身裸で煉瓦積んでたわ。ふーん、それでどうなったの? ジョンはつくづくコインを裏表ながめていたわ。時々はすごく慎重にね。そして、ジョンはいったわ。キョウコ、ありがとう、これは確かに僕にとって特別なものなんだ。もう一度僕の手元に戻るとは思わなかった。とかいったわ。で? 別に、それで終わり。うちの旦那とはテレビの関係で、いろいろ一緒にやってたということだったけど、真偽は不明ね。あのニッケルコインが本当に何かの組織のものなのか、夫も、ジョンもその組織の一員だったのかとか考えたけど、まあ、もうどうでも良いことだと思ったから、それで忘れたわ。なるほどね、でも一つだけ俺があとで気がついたことがあってさ。あ、そうだ、あのときの思い出のために、今日はピーター・エドワード・バトラーのレコード持って来たんだ。ラスティー・バトラーさんね。俺はそこでオーディオにかけてある布をはずしてもらった。あらあら、こんなのどうしたの。いや、店に頼んで持ち込ませてもらった。で、ほら、これがあのときのレコード。覚えてる？　もちろんよ、そうそうこれサウンドオブ65よね。でも実はどんな音楽かほとんど聴いたことなかったわ。夫がかけてたとは思うけど、あまり印象はないのよね。そう思って持ってきた。ここで食べながら聴いてみようよ。へえ、そうなの。思い出ね。俺は、レコードをジャケットからとりだして、ターンテーブルに置いた。レーベルのマークは黒字に青でCOLUMBIAのロゴがあり、銀色の文字で331/3R.P.M.とか、1965とか、THE SOUND OF '65などの文字が見える。そして、そのうえに白いシールが貼ってあり、FACTORY SAMPLE NOT FOR SALEと書いてある。これが、多分、ラスティー・バトラーが実際に当時演奏者として渡された見本盤という可能性のひとつだろう。A面の一曲目をかけた。モノラルのレコードの太い音がする。フーチークーチー。へー、こんな音楽なんだ。意外にジャズなのね。ジャズって思うのが面白いね。俺にはロック手前、ブルース未満、ソウル期待、って感じだな。ジャジーだとも思うけど。そうかしら、あたしはどのみちよくわかんないけど。キョウコはクラシックが好きなんだよね。ええ、まあそうね。ところで、このジャケットもう一度見てみて。この裏面の痩せた男のイラスト、これラスティーの手書きだといってたよね。うちの夫もそういってたし、本人もそうだといったわ。あのとき。でさ、思い出してほしいけどあのニッケルコインの表の肖像画というか、絵柄の痩せた男と瓜二つじゃない？　まあ、正直ホーボーニッケルのほうはもうないし、正確には覚えてないけどさ。うーん、あたしもはっきりは覚えてないわ。でも似てたかもしれない。でもあれは横顔よ。だから同じじゃないわ。それはそうだね。でも、こっちは正面だけど、ずいぶん全体が斜めってる。それに俺の記憶では、コインの顔もこんな感じの直線を基調に彫られてた感じがした。そう、覚えてないわ。俺も二十年も前の記憶だから間違ってるかもしれないけど、コインとレコードに共通の痩せた男の肖像があるとしたら、もしかしたら、何かの結社というか、そういうののメンバーだったんじゃないかなとも思ったんだよね。あのホーボーニッケルだって、ご主人は何かの組織のマークみたいなことといってたって話だったよね。うん、そうね。まあ、かなり全身が衰弱してたときのことだから、あたしはそんなことより、あの人の身体のことが心配で、ろくに聞いてなかったわ。でも、確かに彼が死ぬ少し前に私にわざわざ話したものではあったわ。まあ、正直俺もそんな気がするということだけどね。もう一つだけいっておくとさ、あのときに俺がラスティーにこのレコードにサインしてもらったの覚えてる？　キョウコにボールペン借りてさ。そうだったかしら？　そうだよ、で、不思議なことに少し前にこれを家でかけたんだけど、ジャケットのサインがなくなってることに気づいた。二〇一九年の秋だ。つまり、そのころラスティー・バトラーは病気で亡くなった。えー、ホントに。死んだら、サインが消えたわけね。まあ、俺の記憶違いかもしれないし。あなたの嘘かもしれない。うーん、そうかもしれないし、そうでないかもしれない。まあ、ともかく、それでイタリア話の続きは？　そうね、それであたしは、そのノヴァラという町に少しとどまったの。ジョンと、アン、パートナーの名前、が少しこの町で休んで行けばというので、町中のホテルを取ったわ。そこで一週間ほど二人といてなんか少し、気分がよくなった。とっても良い人たちだった。それから、ミラノに移動して、それで日本に帰ったのよ。二週間くらいイタリアにいたかしら。男ねえ、確かにイタリアで出会った男が何人かいたわ。適当に夜をともにした男もいたわ。イタリア人よりも外国人ね。それはそれで楽しんだわ。ふうん、まあ君も若かったし、それはフリーダムだね。若くはなかったけど、日本人は若く見られるわね。ふふ、夫のことは好きだったけど、操を捧げたわけでもなかったし。殿様キングスかい？　うん？　それでそのあとは？　俺には連絡とったりしてないよな？　うん、一馬さんには連絡してない。まあ、そのあとのことね……。で、この間、一馬さんのテレビ見ていて、そうだもう一度会ってみようと思って、友達で芸能界に詳しいフミヤ君っているんだけど、彼にいったら、ああ、月さん俺のダチですよ、ホントは俺、子分の一人かな、ってことでメール教えてもらったの。こんなおばさんがいまさら出てきてご迷惑でしょうけど。いやいや、俺は嬉しかったよ。キョウコにまた会えるなんてさ。もう永遠に無理かもって思ってた。フミヤは役に立つんだよな。こういうことには。で、俺さ、今独り身で、孤独をかこってるわけさ。ソリチュードだなあ。この間、ガルシア・マルケス読んだんだ。九十歳のじいさんが、誕生日の祝いに処女の娼婦を抱こうと思うんだよ。ガルシア・マルケスって名前は聞いたことあるわ。百年の孤独だよ。焼酎の名前にしては変わってる。思ったんだけど、焼酎で、芽むしり仔撃ちとか、海辺のカフカとかって名前のがあっても良さそうだな。まあいいんだけど、俺、実は一昨年前立腺癌になってさ、全摘手術受けて、今はもう前立腺がないのよ。あら、そうだったの。それは大変でしたわね。まあ、手術自体は四時間ほどで終わってさ、で、普通、男は前立腺がなくなると男でなくなるわけさ。つまり立たないし出来ないんだ。それは何か特別なことをしたってことなの？　いやまあ神経を残してくれたんだ。それは何か特別なことをしたってことなの？　ところが俺の医者は、それをちょっとできるようにしてくれたんだけど、とはいえ、前が十としたら、今の俺の男としての能力は三か四くらいなんだ。だから安全だっていってんじゃないよ。でも、それで少し考え方に変化が出たな。どういう意味？　つまりさ、ほとんど男としての機能がなくなった男がどう生きられるかってのが一つの観点。そして、もう一つは、前立腺を亡くした男は裸の処女の夢を見るのか？　なんか、ブレードランナーみたいな響きね。電気羊か？　そうだな、美禰子のことを思いだすな？　いやいいんだけど。でさ、川端康成とその裏表のガルシア・マルケスを読んだんだ。何いってるかわからないわ。うん、それでいいんだけど、つまりさ、別のいい方すると、前立腺を亡くした男は女を愛せるか？ってのが俺が今自問自答している命題なんだ。愛ってことなら、性欲とも違うんじゃない？　あたしは、セックスしなくてもただハグしてくれるだけでも愛を感じたことは何度もあったわ。だから、セックスできなくても普通に女性を愛せると思うわ。女性もそれで愛を感じられると思うし。そうかもね、でも、愛の行く先は恋で、あるいは恋したら愛になるとするとさ、それは下心、つまり性的人間としての女への興味があってこその愛じゃないと、本当の愛にはならないのではないかとも思うんだ。愛の定義によるんじゃないの？　慈愛というか、ヒューマンな愛は問題ないわね。性欲を持たないと成立しない愛は、つまりセックスありきの愛は確かに出来ないかもしれないわね。でも、女性の立場でいえば、さっきもいったように、必ずしもセックスするだけが愛の表現じゃないと思うけど。男って、あそこが大きくないと女にもてないとか、テクニックがないと女性を喜ばせられないとか思うみたいだけど、そんなことはないわ。そうだよね、で、しつこいけど、例えば九十歳の年老いた新聞記者の男が、誕生日の記念に処女の娼婦を買おうとするって話。それでそういう娘がいて、会うんだけど、最後まで結局何もしないというような話や、川端のほうは老人が睡眠薬で眠らせられている処女の女の子と一晩一緒に添い寝が出来る秘密の店に行く話とか、まあ、年取った男が考える妄想としてはそういうのがあるんだ。処女にこだわるのが、まずは馬鹿よね。うん、そうだけど、それはお話さ。もっとも、処女膜の脆弱性ということばがユリシーズに出てくるなあ。ま、ともかく、ピュアネスってのか、そういうのが良いって思うんだよ。で、出来なくなっても、裸の女が欲しいということかなあ？　俺はそれができるのか、どうか考えちゃうんだよね。それって、一馬さんはそもそも今、七十歳になっても女が欲しいわけ？　うーん、俺にはわかんないんだ。すごくくだらないことというと、そもそも例えば女の子と一緒にベッドに辿り着いたとして、俺は男として彼女が想像するようなことが出来るのか疑問だ。これは単純に身体的問題かもしれないけどね。でも、欲求はあるし、女の子を愛するためにはセックスは必要だと思うなあ。でも、そのさっきの話、老人は睡眠薬で寝ている女の子に何するの？　いや、へんなことはしてはいけないんだ。だから、まあ、裸のような状態で熟睡している女の子、おそらく処女だ、を見たり、ちょっと髪を触ったり、おっぱいくらいは触ったりして自分も睡眠薬を飲んで眠るわけだよ。それって変態というか猟奇的だわね？　そうなんだけど、老人たちは何のためにそんなことするのか主人公の老人はいろいろ考えるんだ。俺は正直その小説読んだとき、こんな怖いこと絶対に俺にはできないって思った。だって知らない一軒家に一人で、睡眠薬で熟睡させられてる未成年の女の子と一晩一緒に眠るんだぜ。あーやだ、気持ち悪い。吐き気がするわ。その反応は俺も同意見だ。だけど俺もこんな体になって考えた。俺は本当に心から愛した女がいたのか？って。あ、ごめん二十年ぶりにせっかく会えたのに、俺つまんない話ばかりしてるな。ちょっと待って、レコードひっくり返すから。こうして聴くと、やっぱりジャズじゃあないよね。ブルースの影響が強いリズム&ブルースってとこかな。こんな話はやめにして、まずは料理を楽しもう。ここは一応星が二つ付いてる。全部能書きがあって、それはうざいかもしれないけど、時々面白い。これはさっきなんていってたっけ？　飛び飛びの記憶のなんじゃら？だっけか。俺みたいだな。美味しいけど量がすくなすぎだね。ううん、あたしこういうのは結構好きよ。でも、一馬さんの癌は心配いらないんでしょう？　さあ、これればかりはわかんないな。医者はさ、今どきだから、全部話してくれてると思う。手術は成功して、もしまたPSAって数値が上がってくるようであれば、放射線なり考えましょうといわれてる。実際少し上がってきていて、近々放射線の治療をやるつもりなんだ。あら、ほんとに。俺の場合はステージ4とかじゃないけど、悪性度が高い癌らしいよ。それに、それをやっても再発するリスクはないわけじゃない。前立腺癌の生存率はほかの癌と比べて確かに高いけど、だから俺が絶対大丈夫というわけじゃあないみたいだね。ふーん、そうなんだ。じゃあ、まだ安心はできないのね？　そうだね、でもそれは自分なりに考えて、意外に俺は覚悟が出来てると思う。一、二年のうちに再発だったり、最終的には余命宣告になっても、ちょっと心残りもあるけど、十分楽しんだし、死んでも仕方ないとは思うけどな。怖いよ、本当は。でも運命だからね。で、さっきいった小説のなかで、九十歳の新聞記者は、胸の痛みを覚えて、もう俺は死ぬなと考えて、医者に行く。死を覚悟してるんだ。医者に行くのが不思議だけど。それで、結局全くどこも悪くないとわかって、晴れて百歳まで生きていくことを決心するんだけど、人間最後まで生きたいんだよな、やっぱり。最近、特に老いを意識するようになった。身体もよれよれだし、毎日気分がすぐれない。足腰は痛いし、目は見えにくいし、腹の調子は悪いし、おならは臭いし、のどが痛いし、心臓は期外収縮を頻繁に起こすし、まあ病気じゃないまでも体調は悪い。え、心臓もお悪いの？　いや、医者は全然大丈夫だというんだけどね。でも脈は何度も抜けるんだよ。笑っちゃいけないけど、一馬さん、それメンタル弱すぎじゃないの？　かもなあ。で、さっきの小説。マルシア・ガルケス？でしたっけ？　そうそう逆だけど大体合ってる、その中で老記者は、その処女の娼婦に勝手に名前をつけて、彼女に恋して、本当に愛するようになるんだ。そこはまあロマンチックね。そうだよね。で、次の料理はなんだっけ？　ふらふらめまいの卵とびっくりはみ出しハンバーグって、この店ではあんまり聞かないメニューだな。まあいいや。シャンパンもう少し飲む？　ポル・ロジェだよ。これ美味しいわ。チャーチルが好きだったといわれてるんだ。チャーチルってあのイギリスの首相だった人ね？　映画見たわ。そうそう。それで一馬さん、今日は英国紳士然としてるのね。ここはイギリス料理なのかしら？　いや、ここはフレンチだよ。でも、中身はびっくりドンキーみたいだな。しかし美味しいね。うん、変なメニューなのに美味しいわ。で、今は何してるの？　あら、あたしは、今は単なる主婦よ。え、再婚したんだ？　うん、正式に籍は入れてないけど、さっきのＩＴ系のオヤジっていったけど、彼がパートナーなの。えー、あのオヤジ、いや失礼、紳士が君の旦那かい？　やっぱりビフだったんだ。彼との子供も、男の子が一人いるわ。やっと大学生で、もうじき社会人になるわ。随分遅い子供だけど、あたしは産みたくて産んだの。高齢出産で大変だったけど。もちろん帝王切開よ。じゃあ、素敵な家庭があるんだね。そうすると俺に会いたいってのは、何故なの？　うーん、それはあまりうまく説明ができないんだけど。まあ、成り行きかしらね。ははあ。あたし最近夢というか、よく映像が現れて、それは私が女子大生だったころで、で、一馬さんのように思える人とデートするのよ。はっきりと一馬さんだという確証はないんだけど、でもそういう気がするの。で、そのときにロンドンで一馬さんがいっていたヨシコさん、一馬さんの昔の恋人と私が瓜二つで、キョウコはヨシコと同一人物だとかいったわよね。確かに俺はそういったし、今でもそうだと思ってるよ。パラレルワールドにいる、ヨシコとキョウコは同一人物のはずさ？　生い立ちや、人生は違っても。で、俺はどうしても昔のヨシコを取り戻したい。もう一度やり直してみたいんだ。そうなのね、それでそんな夢見たら、少しそんな気持ちになってきて、そのことを話したかったの。そうか、それは大きな前進だ。嬉しいよ。でも、キョウコが再婚というか、パートナーが出来たことは祝福しつつ、残念でもあるなあ。あら、そんなことといってくれるとは嬉しいわ。で、あの人とはハッピーなのかい？　うーん、そうね、茶飲み友達としては最高かも。愛してるのかどうかは自分でもよくわからないの。それよりも、一馬さん、その昔の恋人、ヨシコさんのときは、確か一馬さんが勝手に身を引いたとかいってたわよね。ああ、まあそうだな。でも、恐らく俺は彼女を傷つけたといったら、キョウコはそんなことはない、もうそんなのはとっくに過去のことで、素敵なご主人と楽しい人生を送ってると思うといったんじゃなかったっけ。そうだったかしら、覚えてないわ。あれ、あれは誰か別の女性に指摘されたんだっけな？　いろいろご発展ね。あの、すみませんが、水、ガス入りのミネラルください。飲む？　ええ、お願いします。じゃあ、バドワをボトルでください。それとポル・ロジェもう少し注いでください。キョウコは結構お酒飲むんだよね？　ええ、昔はね。でも、最近はすぐに酔うし、あんまり飲めない。ま、いいや。そのヨシコさんがもし、本当に別な世界ではあたしと同じ人だとして、そうだとすると一馬さんはどうしたいの？　ああ、それはよくはわからないんだ。俺はまずは昔のヨシコにもう一度会いたい。で、出来ることなら、わびるというか、もう一度付き合ってくれといって、ＯＫなら俺の恋人になってもらうって感じかな。割と現実的ね？　さっき話した、川端康成のも、ガルシア・マルケスの場合も、二人とも今、目の前にいる若い女性、一方は熟睡する普通の処女？　片や疲れて眠る処女の娼婦？ってなんだか奇妙だけど、をまじまじと見ながら、過去の自分の恋愛を振り返るんだ。そしていろいろな意味で、悔やまれたり、恥じたり、忘れたけど、自分が巡り合った女性たちを思い出す。そのうえで、ふたりとも、目の前の女性たちに恋するというか、愛を感じるんだと思う。ふーん、それは男の勝手な妄想よね。うん、でも、女は男を誘惑するんだよな。誰であれ。ジェイムズ・ジョイスって知ってる？　ユリシーズって長い物語を書いた、アイルランドの作家。ほら、あのときロンドンでこのあとダブリンに一緒に行こうよっていったの覚えてる？　あらそうだったかしら。でもジョイスって名前は聞いたことがあるわ。彼のユリシーズという小説の中に、ナウシカアという章があるんだけど、ここで、レオポルド・ブルームは少女から誘惑されるんだ。海岸で、少女は簡単にいえば、わざとスカートの中の下着を見せて、ブルームの気を引く。ブルームはそれに惹かれて見入ってしまい、最後は射精してしまう。へー、ずいぶん大胆な話ね！　うん、二十世紀初めに発禁みたいになったのもわからないでもないね。ともかく、処女の女の子でも見られてるの知っててこんなことするんだよ。でも、それって、そのジョイスって作家がイマジネーションで書いたことでしょ。もちろん、そうだけど、俺が思うのは、処女の娼婦とか、男に見られるために裸で一晩を一緒に過ごすという女の子は別にそれがいやではないのだと思うんだ。そして男はそうしたときに愛を感じるのではないかな。まあ、一馬さんがそういうなら、そうかもしれないわ。私には理解できないけど。でさ、俺が、昔、ヨシコとなんでかんでセックスしなかったのは、自分でもなぜかわからないんだ。可愛いし、スタイルも良いし、あ、これって事実上キョウコのことをいってることになるんだけどさ、つまり、二人は俺から見ればまったく瓜二つなんだよね、見た目はさ。本当は、性格も、多分、全然違うし、興味も人生も違うけど。で、俺はヨシコとはセックスしなかった。しないほうが、彼女が幸せになれると勝手に思った。あの頃は、俺は実際には可愛いと思う子なら誰とでもセックスしたかったのにさ。一方で、キョウコとはセックスしたくて、まあそうなった。これはなぜなのか俺にはいまだにわからない。やりたい、という気持ちでは若いときのほうが、強かったはずだけど、なんであのとき俺はヨシコにもう会うのをやめようといったんだろう。そして、今、それをひどく悔やんでる。俺の思うに、あのとき、セックスを求めれば当然ヨシコは最後は受け入れてくれたはずだ。それは、つまり、疲れて寝ている処女の娼婦の女の子も同じで、九十歳の新聞記者にセックスされても良いと思っていたわけだよ。でも、そこで男たちは突然プラトニックになったというか、ピュアな愛を感じた。うーん、単純に出来なかっただけじゃあないかな？ でも、確かに女は、っていいかたって、今は良いのかどうかわからないけど、性別で女性に分類されている人っていっても、今は性同一性障害とかあるから、こういういいかたが正しいかはわからないけど、女は男の気を惹くことは間違いないけど、その求める先がピュアな愛ってのは違うと思う。気を惹いて、自分の価値を試してみて、それで男が乗ってくれば、満足して引くこともあるし、わざと手玉に取ってるってことじゃないかしら。それを愛とかいわれれば、笑うしかないんじゃない。それは男の勝手な妄想よ。美化しすぎてると思うわ。男はエッチなヴィデオや写真見て出すだけでしょ。そういわれると、なんかくじけるな。でさ、もうストレートにいうけど、俺はヨシコ＝キョウコと思ってるから、今もキョウコとセックスしたい。だめかな？ あら、ずいぶんとストレートなお誘いね。でも、あたしは先ほどのオヤジと一応パートナーだから、どうかしら？ それに、結局、一馬さんは、私と出来るか試したいんじゃないの？ それはそうともいえるかな？　先ほどの川端康成のでいうと、老人は裸同然で熟睡している女の子と確かセックスしてみようと思うんだったと記憶してる。記憶違いかもしれないけど、でも、結局やらなかったんじゃないかな？　マルケスのほうは、九十歳の新聞記者なわけだ。そして、家に来る家政婦みたいな女性がいるんだけど、その女性とは性的関係がある。要は後ろからそのまま入れちゃったんだよね。で、彼女も受け入れた。そのセックスの描写は結構男としてはわかるんだけど。それはユリシーズのブルームとも共通する。ともかく、その家政婦さんは老記者を愛してしまった。でも、老記者は処女の娼婦にぞっこんなんだ。話がまぜこぜになってきたけど、俺はキョウコが好きだ、それは多分ヨシコと同じ外見で、キョウコを通じて昔のヨシコがはるか向こうに感じられて、あのときヨシコと結局結ばれなかったことがどうしても俺の中で解決できなくて、って要素もあると思う。でも、俺は、今はキョウコが好きだし、恋してると思う。俺は正直思うんだけど、君は自分から俺にまた会いたいといって来た。一度は男女の関係になった間柄だ。俺はヨシコのそっくりさんという意味でも、やっぱり会えば、女として抱きたい。勝手かもしれないけどね。ええ、さっきもいったけど、あたしは自分がヨシコなのかと思うような夢をみたのよ。学生みたいで、痩せて、華奢で、文学青年みたいなロン毛の一馬さんと思える人、顔は判然としないんだけど、その人とデートしてて、雨のそぼ降る、多分、代々木公園あたりでキスをするのよ。でも、あたしはまったくうぶというか、一馬さんらしき人に抱擁されて、キスされて、ぼうっとしてしまい、言葉もなかったような気がするの。それはそれで終わるんだけど。いや、その話は夢じゃなくて俺は初めてヨシコとキスしたときと一致するよ。ほんとだよ。だから、やっぱり俺たちは、少なくとも別な世界では、昔、付き合ってたんだと思う。その記憶がキョウコにはどこか残ってる。店が料理に合わせてグラスで出してくれるワインは、白から赤に変わっていた。カリフォルニアの赤だ。皿は、馬鹿馬鹿しく激しいダンスをする東京Xとブロッコリーの競演なんていうふざけたわけのわかんないメニューになった。こんなの初めてだ。面白いけど。豚でも赤なのかな？　豚のキドニーでも出してくれれば良かったのに。それで、その夢見てから、少し一馬さんがいうようなことがあるのかもって思うようになったの。そうね、一馬さんのリクエストに応えても良いわ。でも、あたしこんな年で一馬さんにとって本当に魅力があるのかしら？　それとも一つ。あたし、今すっかり落ちてるのよ。それは子供のことで、情けないけど、やはり母親って難しいのね。うちの子はまあまあ普通に育って、いうことを聞くほうだと思ってたんだけど。中学からサッカーの部活をしていたの。高校がそれなりにサッカー強い高校だったの。でも、結局二年のときに部活はやめてしまった。うん、それは面白くなくなったとか？　そうね、入ったときはすごく楽しかったらしいのだけど、やっぱり上手な子はいっぱいいて、どんどんBチーム、Cチームとなって球拾いっていうか見てるだけみたいになったみたい。私のパートナーのあいつが、レオって呼んでるんだけど、サッカー関係の人いろいろ知っていて、日本代表のチケットだとか、FC東京や、フロンターレ、レッズなんかのチケットも取ってくれて、学校のサッカー部の友達と行ってたんだけど。やっぱり、サッカー部にいるってことはサッカーうまくないと面白くないのよね。多分。それで、だんだんと部活休みだして、最後はやめちゃったの。ま、それは仕方ないじゃないか。そう、それでダンス部に入って。今どきだね。そうね、もう数年前くらいの話だから、その頃にダンス部があったっていうのは、時代の先取り？って感じだったかもしれないわ。でも、ラップに合わせてストリートダンスみたいのやってたけど、結局ダンス部も辞めちゃって。大学はそのまま上がれたので、なんとかなったけど、それからは絵にかいたような堕落というか、落ちるとこまで落ちたわ。ローダウン。それ実際はどういうこと？ ま、よくある、クスリと女よ。それはロックミュージシャンみたいで恰好良いじゃん。セックスアンドドラッグスアンドロックンロール。それがそんないいものじゃあないのよ。大麻で退学寸前になり、なんとかレオが手をまわして、それは免れたけど、次は強姦未遂で逮捕寸前になり、って感じ。結局大学は中退した。普通の就職はできないし。レオは、俺の会社に入ればいいさとかいってたけど、どうせ跡継ぎなんだからって。本人はそれも嫌だといって、友達と会社を立ち上げてなんかやってるわ。父親やあたしへの反抗もあるのかしらね。もっともあの子の父親があいつだって確証はあたしもないのよ。血液型的にはおかしくはないけど、DNA鑑定まではしてないし。おいおい、まさか俺の子供だなんていわないでね。それはないと思うけど。今、二十歳ちょっとだから、合ってなくもないけど。そうか、まあ、理論的には可能性はあるかも。いやいや、血液型何型なの？ 聞きたいの？ あたしも、あいつもO型で、息子もOだわ。俺もOなんだよ。ふーん、でも一馬さんの子供じゃないわ。女の勘だけど。女の勘っていわれてもなあ。女親は男の子を溺愛するっていうけど、あたしも結局はそうだった。それがこの結末よ。なんか、レオが買ってやったマンションで一人暮らししてるけど、また何かやるかもしれないし。キョウコも苦労してるんだね。あたしは良い母親になれないってやつよね。最近、母親としての責任を拒否する女性が増えったっていうわよね。私もレオが私に母親としての役割しか望まなかったのが結局は重荷だったように思える。息子からも、彼がいろいろ事件起こしたときにお母さんは俺に何してくれたのっていわれた。俺の見立てでは、キョウコはもともと母親向きじゃないな。バツ一ってのが、息子さんに影響したのかな？　それはないと思うわ。だって最初の夫には先立たれたわけだし。それにレオだって、バツ二よ。息子が、母親としてあたしに何を期待していたのかわからないけど、そもそもあたしに普通の母親になれってほうが無理よね。でも、出来ることはしたつもり。小学校の送り迎えとか、お受験とか。人並みにね。悪いけど、キョウコがあのレオさんと一緒にお受験で息子さん連れて、スーツ着て、面接に行くなんてのは想像しにくいよね。そんなに似合わないかしら。似合わないな。でも、俺はなんとなく思ったけど、キョウコは今のパートナーを愛していて、子供も愛してるわけだ。そうでなきゃ、息子さんのことをこんなに語らないよ。本当は愛想がつきたんだけど、それと子供に対する親の気持ちはうらはらよね。どんな馬鹿でも可愛いし、あんなことしたのも、あいつのせいよりは、あたしのせいなのかもしれないし。お金がそれなりにあって、子育てもお金で解決してたようなとこもあったし。悔やんでもどうしようもないわ。ってことは結局俺に会いたいってのも、子供のことで相談かい？　就職の世話は出来なくもないけど、前科にはなってないの？　いやだ、そんなつもりはまったくないのよ。ただ、この間テレビで一馬さんが出てるの見て、なんていうかあの頃と変わらないなあと思ったのよ。えー、あれからかれこれ二十年以上だよ。俺もすっかり変わった。癌患者だし、疲労感もひどいし、もうだめだね。平均寿命は延びてるっていうけど、俺の場合は逆だな。細胞がどんどん死んでいってる。いやだ、そんな変なこといわないで。いや、本当にそう感じるんだよね。もちろん、高血圧、心臓、目なんかも当たり前のように具合悪くなってる。だから、もう長くはないと思ってる。俺は眼鏡をはずした。鼈甲縁はやはり重い。それをテーブルの上に置いた。やはりチャーチルの威力はないんだな、扮装したくらいではと思った。俺は心底キョウコを口説くつもりだったけど、どうもその意気込みもここまでだ。キョウコが俺に二十数年ぶりに会いたいといって来たのは、やはり、思い出を確認したというか、本人が何気に俺のテレビを見て、ああ、一馬ね、あいつどうしてるんだろうって思っただけのような気がする。俺の夢を見たというのも本当かどうかわからない。別に俺はキョウコに対して、だからといって、ふざけんなよとか思ったわけでもない。俺が追い求めていたものがなんだったんだかわからなくなったし、やはりキョウコはキョウコで、ヨシコではないんだと思えてきた。パラレルワールドなんて存在しない。だから、もう、かつてのヨシコはいないし、彼女と会うこともかなわないし、もう二度と彼女を取り戻すことも出来ないんだという思いが強まった。ねえ、一馬さん、今日は楽しかったわ。子供の愚痴まで聞いてもらって、ありがとうございました。それに変なパートナーまで見られてしまったけど、あたしにはあの男がちょうどいいのよね。きっと。いや、彼、レオさん、良い人そうじゃないか。フェラーリのデイトナってのはなかなかな趣味だよ。キョウコはあの人とちゃんとやっていけば良いと思うな。俺は、ここで改めてキョウコを口説くことは諦めた。これって神様の罰というか、かつて俺がヨシコにしたことへの報いなんだと思った。もちろん、ヨシコは、今は俺のことなんか忘れて幸せになってるだろうけど。愛は愛とて何になる。そんなことを思っていたら、フェラーリのエンジン音が聞こえてきた。レオさん登場だな。まあ、この際会っておいてもいいや。じゃあ、お迎えのクルマが来たようだね。見送るよ。キョウコは特に拒絶するでもなかったので俺は見送りについて行った。階下に降りると、レオさんと思える男がいた。Tシャツの上にブルーのコットンみたいな上着で、下はブルージーンズだ。高いものなのか普通のものなのかわからない。ちょっと見た感じでは、Tシャツは何かレーシングチームのロゴのようにも見えたけど。シューズは普通のバッシューのようだな。コンバースだ。キョウコがいそいそとレオに向かって微笑み、歩み寄る。レオがその手を取って引き寄せる。ハグかい。仲いいんだな。ああ、これは野原一馬さんですね。ほら一馬さん、これが私のパートナーのレオよ。とキョウコが紹介する。いやいや、一馬さんは昔からキョウコを知ってるんですってね。こんな有名な方とお会いできるなんて嬉しいです。いやいや、レオさんは大社長らしいですね。それにこのデイトナ凄いじゃないですか？　黒は珍しいですね。ああ、道楽です。こんなことしか興味なくて。俺は一応名刺を出して挨拶した。レオさんも名刺をくれた。じゃあ、一馬さん今日はご馳走様でした。また、どこかでお会いできると嬉しいわ。気をつけて。キョウコは去っていった。レストランのオーナーは帰り際に何かいいたそうだったけど、俺はアイコンタクトで礼をいった。で、俺はその日はオークラをキャンセルして、家に帰った。家に帰ると何か聴きたくなる。サウンドオブ65じゃないな。何が良いんだ？　考えてユーミンを引っ張り出した。ユーミンはアナログレコードで聴くと決めてる。特に録音が優れてるとか、いわゆる音が良いということでもない。本当は、ひこうき雲が一番好きなのだけど、あえて流線形80を聴いた。ジャケットは矢吹申彦のイラストだ。岡林のファーストも矢吹申彦だったなあ。俺はこのジャケットは、埠頭を渡る風を描いてるんだと思ってる。このＬＰはなんだか悲しい女の子の、悲しい恋の歌ばかりなんだ。やっぱり埠頭を渡る風だ。

青いとばりが　道の果てに続いてる
悲しい夜は　私をとなりに乗せて
街の灯りは　遠くなびく　ほうき星
何もいわずに　私のそばにいて

埠頭を渡る　風を見たのは
いつか二人が　ただの友達だった日ね
今のあなたは　ひとり傷つき
忘れた景色　探しに　ここへ来たの

もうそれ以上　もうそれ以上
やさしくなんて　しなくていいのよ
いつでも強がる姿　うそになる

ユーミンの歌詞って心に沁みるな。俺の心の中みたいだと柄にもなく思った。若い女の子の心情でも男でもわかるときもあるさ。かつて、好きだった女の子と別れたとき、何度かあったけど、フラれたときもあれば、話し合って別れたときもあれば、お互いが疎遠になって自然に別れたこともあったなあと思う。でも、今七十歳になって、癌患者になって、仕事はある意味順調満帆のようだけど、俺はなんか悲しくて寂しい。笑い話にはならないような気がするのは、俺には残された時間がないからかもしれない。俺には珍しく、クラフトビールの缶を開けた。ペールエールだ。イングランドで飲むエールは生暖かくて、当時は飲めなかったけど、今なら大丈夫だと思う。この缶ビールは冷蔵庫で冷えてるから、生暖かくはないけど、良い味だ。6Pチーズが好きだった。今でも好きだ。さっき、コンビニで一緒に買って来た。銀紙を剥いて齧る。愛は愛とてなんになる、だな。

そして、それは、偶然にやってきた。時はうつろい二〇二三年の冬になった。俺は仕事に完全復帰し忙しかった。そんなある日、下北沢で酒を飲んで帰りに一人になった。馬戸と別れ、クルマも返してしまったので、歩くしかない。帽子をかぶって、どのみち相変わらずのコロナで一応マスクをしてるから、正体はばれない。みかんを過ぎて茶沢通りを歩いていて、路地にマボットストリートという看板みたいなのが見えた。なんか聞いた名前だなと思ったけど、そこを通り過ぎるときにちらっと見ると、暗い路地の一か所に闇がさらに深い場所がある。暗い、黒い、漆黒とはこういうことをいうのかと思った。そのブラックホールへ俺は引き寄せられた。マボットストリートってのは、確かユリシーズに出てくるダブリンの小路の名前だ。リフィー川の北側を南北に走る通りと書いてあったと思う。夜の町の入り口。今でもあるのかな？　そこでブルームは様々な幻影というか、いままでのかかわりのあった人々に会うんだ。この下北のマボットストリートが何だかわからないけどな、と思いながら、俺はその漆黒に見えるあたりに進んだ。別に俺の視点では、真っ暗になったわけでもなかった。ユリシーズでは、舗装のない石畳の通りで、路面電車が走っていて、赤と緑の信号機がまたたいていて、街灯があり、白鳥の姿を模したアイスクリーム売りの屋台があって、子供達?が騒がしく話をしている、みたいな描写だったと思う。そうしたら、まさにそんな情景が目の前に現れた。俺はなんだか、矢吹申彦のイラストみたいなだなと思った。そう、流線形'80のジャケットみたいなトーンだ。夜空は青く星が輝き、海が見え、灯台の光が見える。そこに流線形のブリキのおもちゃみたいなアメ車が飛ぶ。いや、ビッグ・ヒーリーかもしれないな。男と女が乗ってる。あれって、つげ義春の系譜だよな。俺的には。ダブリンの夜の町の描写から、ある種、日本的な情緒を思い出すのは変だけどな。なぜユーミンがあんな日本的なノスタルジックなイラストを描いてもらったのか不思議といえば不思議だ。流線形'80は確か一九七八年頃のレコードだから、まだ七〇年代の気分が残っていたのかな？　ともかくダブリンの街角というより、下北なのかもしれないけど、ああ、なまず屋があるわ。ブルースだ。あれは、吉祥寺だったような気もするな。俺は十字路でひざまずいた、俺は十字路でひざまずいた。ああ、神様、お慈悲をください、哀れなボブをお救いください。しもた屋が並んでるのは、ある意味マボットストリートだ。冬のはずだけど、夏の夜のお祭りみたいだ。狐面をかぶった人々がいる。どう見ても日本だ。路面電車はない。路面電車じゃないけど、ねじ式にも汽車かなんか出てくるな。こういう風景は日本的だ。子供たちがこれも狐面をかぶって通り過ぎる。ほんとに祭りの夜のようだ。俺はふらふらと通りを歩いて、小さいおもちゃ屋を見つけた。プラモデル屋みたいだった。ジャーマンホビードラって看板見たことあるな。八幡の商店街だったかな。俺は昔、飛行機が好きだった。ゼロ戦、隼、紫電改、雷電、飛燕、九七式艦攻、一式陸攻なんていろいろ好きだった。よく友達とわいわいしゃべったものだ。おい、知ってるかB29って馬肉っていってたんだぜ。日本語だとバニクだろ。ってホントかウソかわかんないことを漫画雑誌でしいれて話してたっけ。当時は別に軍国少年でもなければ、国粋主義者でもなかったけど、少年サンデーや、マガジンの影響で戦闘機や戦艦、戦車なんかばかり好きだった。紫電改の鷹も好きだった。小松崎茂の描く戦艦はすごかったなあ。俺は、本来は変わらず平和主義者だけど、ジョージ・オーウェルもいってたと思うけど、こういうある種の機械としての戦闘機とか戦車みたいなものには興奮する。オーウェルはスペインで実物見て思ったのだろうけど。宮崎駿もそうだよな。田宮模型の箱絵はいつも好きだった。模型屋に入ろうとすると、向こうから、山高帽みたいなのをかぶった、中年の外国人が声をかける。少し腹も出ていて、太っていて、やや脂ぎってる。鼻も鉤鼻だな。ハーイ、イチマさん。どうですか人生は？と。あれ、これはレオポルド・ブルームだな、と思った。なぜかよくはわからないけど、この精力あふれるような感じはブルームだと確信した。これはもしかしてブルームさん？　ポールディで結構ですよ。ああ、ポールディさん。今はお仕事ですか？　ああー、そうですね、今は何か広告を取れそうな場所を探してます。看板とかですね。ポールディさん、せっかくお会いできたんで、少し話しても良いですか？　あの、俺はイチマっていうクリエイティブプロデューサーで映画なんかも作ってます。いやいやイチマさんそれはよく知ってます。今や世界が認めるクリエイティブプロデューサーですね。おや、そうですか、私のことをご存じで。で、俺は昔からポールディさんのことが好きなんです。キャラがね。あなたは、アイルランド人であり、ユダヤ人でもあるんですよね？　あー、私はアイルランド人であることは誇りに思ってます。ユダヤ系の血があることはわかってますが、普段はあまり考えたことはないですね。でも確かに皆は私がユダヤ人であることを意識してます。あなたの作者のジェイムズ・ジョイスさんは、馬鹿な質問ですが、なんであんなユリシーズみたいなもの書いたんですかね？　ふむ、ジェイムズは、精神を病んでいるんです。恐ろしく頭の切れる男ですね。でも、さっぱり書いたものが売れないんで、ずっと貧乏です。妻のこと、娘のこと、一家の生計を支えることに四苦八苦してます。でも、自分はものを書くこと、つまり小説を書くことが天から授けられた使命だと思ってます。ハルキ・ムラカミみたいですね。私のようなある種、ひどく俗っぽい稼業を営むもの、広告取りですけど、そうした俗物をスティーヴン・ディッダラスの守護神として遣わしたってとこですかね。はあ、そういうことですか？　巷間いわれるのはあなたはオデュッセウスでは？　いや、私はそんな良いものじゃあないです。ただの肉欲の塊だし、間男をされてるし、汚らしい中年男です。スティーヴンは私のいうことに耳は傾けるけど、理解はしない。我々は理解しあえないようですね。父と子。俺は子供がいないんでわかんないですけどね。そんなことないでしょう。人と人が理解しあうのは難しいかもしれないですね。スティーヴンが後半で私に向かって歌うバラッド知ってますか？　いや、あんまり覚えてないです。それは、こんなふうです。

おちびのヒューズが打ちました。
みんないいかいプレイボール。
第一球は垣根を越えた。
ユダヤ人の家だ。
第二球目はガラスを割った。
ユダヤ人の家だ。

みどりのドレス着た
ユダヤむすめ。

「どうぞおはいり、かわいい坊や、
ボール返してあげる」

「いやだよ、友達を
呼んで来るよ、
一人で行くといけないんだよ、
先生に叱られる」

かわいい坊やの手を
つかんだむすめ。

奥の部屋まで引きずりこんだ。
叫んでも聞えない。

……

（ジェイムズ・ジョイス『ユリシーズ』、丸谷才一ほか訳より。一部略）

これは今どきなら、ユダヤ人に対するいわれのないハラスメントですね。でも、ユリシーズの中ではジョイスさんのユダヤ人に対する考察としてよく取り上げられます。ユダヤ系である私に対するスティーヴンの見解みたいな議論があります。私はユダヤ系の人間だという設定ですからね。ああ、怖いバラッドの歌詞ですね。これは当時のバラッドとしては別に驚くことじゃあないと思います。バラッドの中では、人殺しはごく当たり前で斬殺されることも多々あります。うーん、現代風のたとえだとフランク・ザッパの歌詞にはユダヤ系への揶揄が頻出しますし、トラフィックのジョン・バーレーコン・マスト・ダイもユダヤ人ではないですが、わけの分からない歌詞です。まあ、醸造用の大麦のことだとかいわれてますが。ジョン・バーレーコンは死ななきゃならないとか死んだとかいう歌詞が出てきます。ポールディさんロックも詳しいですね。ええまあ、でも、スティーヴンがどういうつもりで私にこのバラッドを歌ったのか、謎ですね。彼なりの、私が彼を庇護しようとすることへの警告かもしれません。あるいはあなたに殺されるのは嫌だという意思表明ですかね？　ところで、このボールは何のスポーツですか？　多分クリケットでしょうね。野球はないし、といって、play ballという英語はボール遊びともとれるし。サッカーもありうるかもしれません。フリーキックみたいな状況ならね。まあ、ゴルフってこともなくはないかな？　でも、英語では打った、hitとは書いてないので、ちょっとわからないですね。ふーん、でも小さな女の子が可愛い坊やを取っ捕まえるという発想は俺にはないですね。俺は、確かにユリシーズのこの部分は読んだことがあります。Ｑ＆Ａになってるんですよね？　そうです。その中でスティーヴンの見解として、この可愛い坊やは、二球目を意図して打ってガラスを割ったと。つまり、怖いものと知っていてあえて打ち込んだということですね。自己犠牲的であり、異教徒への興味があったようにも書いてあります。まあ、私もわかりません。ジョイスさんの書いたものですから。ねえポールディ、サッカーという話が出ましたけど、キルケの章で、マボットストリートが出てきますね。この夜町ですね。そこで、確かあなたは路面電車に轢かれそうになる。そのときに電車の運転手から、ハットトリックでもやらかすつもりか！と罵声を浴びるとこがありますよね？　ええ、確かに。あのハットトリックはサッカーですか？　それとも何かほかの意味があるんですか？　俺は昔読んだときに凄く気になりました。うーん、これもジョイスさんが書いたことなんで、自分のことなのに、私もよくはわかりませんが、元々はクリケットの言葉ですね。同じ投手が三人の打者のアウトを連続してとることです。そのあと、私自身が三度目の正直みたいなことをいってるので、まあ、そこからの連想でしょうか。サッカーということも考えられますけどね。ジョイスさんは、若いころはサッカーからグビーかやってたような気もします。なるほど。ねえ、ポールディ、俺は今、悩んでるんです。ご病気のことですか？　それとも女性のこと？　どちらかといえば、後者ですね。っていうかよく知ってますね。ああ、私は実体がない幽霊みたいなものですから。あなたの心の中に住んでいるかもしれないです。オペラ座の怪人？　そうですか。で、俺の悩みですけど、前提として、前立腺の手術をしたために、前のような男としての機能がなくなったということがあります。そのうえで昔失った恋人を取り戻したいという望みがある。マイ・エイム・イズ・トゥルーです。うんうん、それで、その目的は果たせそうですか？　いや、この間、一生懸命トライしたんですが、だめでした。おやおやそれは残念でしたね。私はあなたもご存じのように、妻を愛してますが、一方妻には男がいます。これは暴論ですが、スティーヴンを妻の相手にするために家に招き入れたなどという輩もいます。そうですか。ともかく、私と妻の関係は微妙です。私自身も、文通相手がいて彼女も私のことは憎からず思ってくれてます。この関係が男女の仲になるかは私もわかりません。妻には内緒です。知ってます。ヘンリー・フラワー氏とマーシャさんですね。ま、でもモリーさんもなんとなく怪しいと思ってますよね。いや、私はこのことはきちんとわからないようにやってますよ。俺はペネロペイアの章のモリーの独白のことを話そうか迷ったけど、それ以上はいわなかった。それに私は意外に女にもてるんです。それも知ってます。ユダヤ系ということがあるのか、それは関係ないのかわかりませんが、昔から女性には不自由しないのです。ちょっとドライブマイカーみたいですね。映画ですけど。西島さんのですね。俺も好きです。私は妻に浮気相手がいることには耐えてます。もちろん、嫉妬心がないわけではありません。ブレイゼズ・ボイランのクソ野郎と思いますよ。あいつは、私みたいな個人の広告取りではなくて、もっと大手の、広告もやるけどイヴェントプロデューサーですからね。モリーがなびくのも理解できます。ああしてモリーの出演する演奏会を企画する。打ち合わせと称してうちに来る。私もディグナムさんの葬式もありましたけど、あえて家を空けて、モリーのためですからね。ボイランは今どきの大手広告会社というか、むしろＩＴ系の会社のオーナーってとこです。ポールディさん現代のこと詳しいですね。それで、たとえばタイミングを見計らって家に踏み込んでみたいなことは考えなかったんですか？　俺ならやるなあ。いやいや、イチマさん、私は平和主義ですからね。それにモリーのことはやはり愛してます。私だってある種のモリーに対する背信行為もなくはないのです。海辺で私が恥ずべき行いをしたかもしれない少女のこともそうです。ああ、あれですか。しかし、男なら大体そんなもんだと思いますよ、俺は。俺だって似たようなもんです。あれ、あそこに歩いてるのは、俺が昔つきあってたAV女優だった娘だなあ。今も変わらず色っぽいじゃないか。俺はあの頃、あいつに恋してたな。ええ、イチマさん、このマボット通りの良いところは、いろんな人、過去に関りのあった人たち、日本語だと袖すりあうも他生の縁ってのでしょうか、そういう人たちに会えるでしょ。ただ、みんなが今も生きてる人とは限りませんけどね。そうだ、確かにキルケの章はいろんな人が現れますね。あの場面は演劇か、映画なんかもあるんですかね？　俺もいずれはマボットストリートだけ映画化してみたいな。それは面白そうです。イチマさんが描くとどうなるんでしょうね？　ポールディさんも出演したら？　私は実体がないから無理ね。残念だな。ところで、ポールディ、俺は少し前に、あなたをまねて、豚の腎臓のグリルを食べたんです。その話は覚えてますよね？　ああ、ずっと最初のほうのエピソードですね。そうそう、朝起きてあなたは、モリーのための朝ごはんを用意し始める。で、最初あなたは、羊の腎臓が好きだといってる。でも木曜日なのでおいしい羊の腎臓はなかろうと考える。そうでしたね。そしてプランBとして、豚の腎臓はどうだ?と思う。ドルゴッシュ（ドルーガックと柳瀬さんは書いていますが）の店に行く。そこで近所の女中がすぐ前でソーセージを買ってる。あなたは、こんなことを指摘するのは申し訳ないけど、その女中さんのお尻の盛り上がりを見て欲情する。確かにそれは事実として認めます。で、まあ、ともかく一切れしか残ってない豚の腎臓を買いましたよね。その通りです。俺は、昔、ユリシーズの解説か何かで、この場面すごく記憶に残ってるんです。つまり、ユダヤ系のあなたが、豚を買って食べるということ。多分あなたは、羊の腎臓の方が好きだ。でも、木曜日で良い羊の腎臓がないだろうと思った。俺にはなぜ木曜に良い羊の腎臓がないのかわかりませんが、それは流通の問題だとしておきましょう、それにしても羊の次のチョイスがいきなり豚というのは確かに奇異に感じました。ああ、それは純粋にグルマンの観点です。私は内臓系の肉が好きです。特にキドニーが好物です。ジョイスさんが書いた通り、私には尿のほのかな香りが独特の刺激になって、かつ、ぷりぷりでねっとりした食感と、動物の生命を食べてる感覚がたまらないのです。そこから先は好みですね。牛よりは豚、豚よりは羊が好きです。宗教は、あるいはユダヤ人であることは、私にとっては、それほど重みがないというか、アイルランド人であることのほうが大きいのです。スティーヴンは違う意見かもしれませんが。ふふふ。そうなんですね、いや失礼なことをお聞きしました。でも、あなたは調理する前にわざわざ寄って来た猫ちゃんに、この豚の腎臓はコーシャーだといってる。ンニャアー。ユダヤ教の禁忌である豚肉をコーシャーだというのは矛盾してますね。ご指摘の通りですね。精一杯の口実です。オヤジギャグともいえます。まあいいです、ポールディ。俺はそもそも無信心なんで、そんなこと本当はどうでも良いです。ところで、少し前に、俺はわざわざ豚の腎臓、キドニーを買っていって友人の家で焼いて食べました。あなたの朝食を再現したくて。なるほど。そして、それをあなたのレシピで焼いてみた。私のレシピといわれても、そんなものはないです。俺は単純に書いてある通りにやっただけです。少し調べたのですが、今の日本のレシピでは腎臓は、普通は事前によく水洗い処理をして、血や尿を取り除ききれいにしなくてはならないように書いてありました。しかし、一方であなたの調理は、新聞紙にくるまれてる血まみれの豚の腎臓を、そのままフライパンの中にバターを溶かして放り込むだけでしたよね。そして、そこに胡椒をかける。おそらく、これは俺の考えですが、あなたは、出来るだけそのままの豚の腎臓を食べたい。そこには一切の浄化は不要だ。しいていえば、胡椒はいっぱい振る。俺は、塩はどうしてかけないのと思いました。塩をかけるという記述は何度読んでもなかった。考えられることは、バター自体に塩は入っているので必要ないのかと。とはいえ、バターだけの味では、塩味は足りない気がする。で、仕方なしに、塩バターを買ってきてそれをフライパンで溶かして焼きました。イチマさん、私個人の意見ですが、普通のバターのなかに充分に塩は入ってますね。私はそれで充分です。そうなんですね。ま、ともかく頃合いを見てあなたは、腎臓をひっくり返して、そのあとにモリーに焼いたパンの朝食を持って行った。そして、モリーとしばらく会話。ブレイゼズ・ボイランが打ち合わせに来ることを確認した。モリーが突然何か焦げてるといって、あなたは腎臓を焼いていたことを思い出し、フライパンに戻る。幸い少し焦げたが、大丈夫。あなたは、腎臓を皿に移して、そこにフライパンの肉汁をかけて美味しそうに食べた。焼き加減は丁度良かった。パンを一切れ肉汁に浸して食べた。で、俺も基本的にはおなじことをやりました。フライパンにバターを入れて溶かす。熱々の状態になったら、豚の腎臓を入れる。塩バターにしたことはいいましたね。そして、片面をよく焼いて、ひっくり返し、両面をじっくり焼いて、胡椒をかけた。豚だからよく焼きました。どうも、フレンチレストランから、分けてもらったものなので、すでに下処理はしてあったようです。ともかく結論からすると思ったよりもおいしかった。意外だったのは、そこにいた友人たちも美味しいといって食べたことです。で、俺が思ったのは、少なくとも似たような豚の腎臓をジョイスも食べたし、あなたも食べたんだなあと感慨深かった。一九〇四年のダブリンで。そうですね、確かにジョイスさんも食べたでしょうね。それは俺にとってはジョイスさんの世界を体感するためのある種のイニシエーションみたいなものだったんです。イチマさん、それは何に対するイニシエーションですか？　別にあなたはユダヤ人ではないし、宗教的な意味はないですよね？　豚を食べることがイニシエーションであるとすれば、ユダヤ教から離れるためのイニシエーションですか？　いやいやポールディさん、そんな深い意味はないです。俺は多分、ただ、いわばある種のエグザイルである人間になるために豚のキドニーを食べたんだと思います。まあ、いろいろ馬鹿なことといいましたけど、俺はあなたに会えてうれしかった。ようやく夢が実現した。これで迷いなく死ねます。え、イチマさん死ぬ気なんですか？　それは早まらないほうが良いです。あなたはまだすることがあるでしょう。うん、そういってくれるのはありがたいですが、どうでしょう。俺はすっかり疲れたし、昔の恋人を取り戻すことはもう出来そうもないし、といいながら、人生で目指してやってきたことは概ね達成されたし、もう充分な気もします。そろそろ引き際かもしれません。

そのあと夜の町からどうやって家に戻ったのか覚えてないけど、何日かしてキョウコのパートナーのレオから電話があった。名刺交換したので、あの名刺には携帯の番号が入ってるから不思議じゃない。先日はお会いできて光栄ですとか、で、一度ゆっくりお話ししたいといわれた。まあ、拒む理由もないので、約束して食事に行くことにした。顔が世間的に知られてるのは面倒なことも多い。やはり、食事に行くと一人くらいは気づく人がいて、話しかけられたり、サインしてくれとかいわれたりで、食事を一緒にしている人たちに迷惑かけることになる。で、仕方なくて個室を取った。赤坂の裏通りにある、まあ中華ということになるのか、ちょっと変わった店だが、そこで個室をたのんだ。この場合、俺はまた変装していくか迷った。それほど人に会うという店でもないけど、レオさんに会うなら、変装も一興かとも思った。結局、今回は迷いに迷って、夏目漱石にした。英文科の先輩だし。といっても、俺は漱石のファッションに詳しいわけではないし、調べてもたいしたことはわからないので、漱石が旧制五高の教師をやっていたころの写真を参考に適当にアレンジした。まずは、アキラに頼んで、ごくシンプルな学生服を買ってきてもらった。頭は、スポーツ刈りというのか短く刈ってもらい、五厘刈が少し伸びたようなもんだけど、髭、さすがに本物を生やすのは間に合わなかったので、大きめの付け髭を買ってきてもらった。グルーチョ・マルクスみたいなやつだな。ひげダンスともいえるか。かなり大ぶりなもので、鼻髭ではあるが、口の周りを覆っている感じで、全体としては軍人のようにも見えた。アキラにはえらく受けて、素敵ですー。なんか、釜爺みたいだし、明治の警官さんみたいにも見えるしー。お髭が可愛いわ。と絶賛された。俺も調子に乗って、警官みたいな腕章をつけてみた。これは先日もらったサッカー日本代表のキャプテンマークなんだけど。よしこれで良いことにしようと俺は思った。当日は、やはり、高梨さん運転のロールスで出かけた。店は狭い道から、さらに入った路地にあるので、手前の通りでおりて歩いた。一応、明治人らしく、詰襟の学ランみたいのに、下はウールの細身のズボンをはいて、下駄にしてみた。下駄はおかしいかもしれないけど。店に入り、予約した旨を告げて、席に案内される。一組隣にいるようだが、まあ、個室のていだから良いことにしよう。店主というか料理人は結構変わっていて、あまり他では食べたことない中華料理を出す。と、すぐにお連れ様がいらっしゃいました。といわれた。そして入ってきたのは、アフロヘアでサングラスをかけた男だった。小柄だし、確かにこのあいだ会ったレオだとは思うものの、なんかこれって誰だっけと俺は思った。やあ、一馬さん、先日は失礼しました。レオです。改めまして今晩は。ああ、レオさん今日はわざわざ出てきていただきありがとうございます。野原一馬です。黒のコーデュロイのジャケットに薄茶色のシャツ、首には白赤の太い縞のマフラー。ブルージンズに蛇革のブーツ。あーあ、これは見たことあるぞ。そうだ、クラプトンだ。それもホワイトルームのシングル盤のジャケットと同じだ。ねえ、レオさん、それってクラプトンだよね？　え、さすがイチマさん、わかりましたか？　いや、憧れのイチマさんに会うんだからなんとかしなくてはと考えた末にこれになりました。私、昔からクリーム好きで、中学生のときにホワイトルームのシングル買ったら、この格好のエリック・クラプトンが写ってて、もう、衝撃でした。こんなファッション見たことなかったし、ぶったまげました。いや、それ、俺もまったく同じさ。当時、高校生だったかと思うけど、ビートルズやストーンズの恰好は知ってたけど、クラプトンのファッションはあまりに格好良かった。当時はサイケデリックだと思ったね。でも、すごく似合ってるね。そのブーツの派手目なニシキヘビの柄が見えてるところが最高だね。それにそのアフロヘア、大変だったんじゃない。いや、これはさすがにズラです。私もう髪の毛薄いんで無理です。ああ、そうなんね。いやそれよりも一馬さんはそれどういうコンセプトですか？　う、これは単に明治時代の学生ってイメージね。明治のおまわりさんかなあ。ふうん、そうかあ。この間は髪の毛きちんと分けていらして、キョウコに聞いたら、あれはウィンストン・チャーチルだったんですよね。すごくブリティッシュ・ジェントルマンって感じでしたが、今日はなんていうか、モッズじゃないし、ロッカーズでもないですね。ピストルズかな、ともかくさっぱりしてますね。俺は漱石のことはいわなかった。変な学生か警官ってことでいいんじゃないかと思った。失礼ながら、お髭は付け髭ですか？　ああ、もちろん、そうです。それって、加藤茶か志村かって感じですね。そう、俺的にはデヴィッド・クロスビーのつもりだったんだけど。ロビー・ロバートソンでも良いけどさ。ああ、そうか、そっちですか。あのひとたちも髭濃いですよね。料理はコースなんで勝手に出てくる。前菜から始まった。でも、レオさんはお金持ちだし、いつも三ツ星レストランみたいのしか行かないんでしょ。今日はこんな店ですみませんね。いえいえ、私は最近もっぱらゴルフに行って、そこで飲んだり食べたりです。そうなんだ。ああ、レオさんの会社は随分と調子が良いようですね。下品なこと聞きますが、すでに含み資産としては何百億ってあるんでしょ。株を売れば創業者利益だけで、あとはもう趣味だけで暮らせますね。まあ、そういえばそうです。近い将来会社はジューク・ジョイントさんあたりに売ってあとは田舎暮らしでもしようかって思ってます。クルマが趣味なんですね。ええ、まあ、私は若いころ全然もてなかった。あの頃、女の子をデートに誘うのはクルマでしたよね？　でもクルマなんか買えなかった。だから、社会人になってそれなりに金があるようになって、最初にいったのがクルマでしたね。あの365GTB／4デイトナはなかなかなものですね。ええ、一馬さん、クリーム好きですよね？　え、ロックバンドの？　そう、あのベースのジャック・ブルース知ってますよね？　もちろん。彼のシングス・ウィ・ライクってアルバムあるじゃないですか。ああ、ジャズのやつね。そう、あのジャケットに写ってるクルマ、デイトナなんですよ。フロントグリルがバーンとね。確か犬がソーセージとマッシュポテト食べてるやつ？　あれ、デイトナだっけ？　覚えてないな。そうなんです。私、あのジャケットが大好きで、あのジャケットに写ってるデイトナそのものがないものかとあちこち探してもらって、ようやくイングランドで見つけました。もちろん、オリジナルはシルバーなんですけど、それを黒に塗り替えてもらいました。へー、あのジャケットのデイトナなんだ。それは面白い。キョウコさんもクルマ好きらしいですね。ああ、彼女も結構好きです。でも運転はするけど、ヴィンテージカーには大して興味はないようです。そうなんだ。ところで、イチマさん、私、今日は率直にいろいろ話したかったんですが、イチマさん、キョウコのことはどう思ってるんですか？

えー、キョウコさんのことは素敵だなと思ってますよ。あんたがビフだったのは意外だったけど、っていいかけたけど我慢した。こういっては失礼かもしれないけど、もう還暦くらいなのにあの美貌とスタイルは素晴らしいですよね。俺はあなたがうらやましいです。率直にいって。そうですか、そういわれるとうれしいですね。キョウコは昔ヨシコっていう名前だったんです。えっ、なんだって！と思った。キョウコはある夜、ずっと昔ですが、私に話してくれたんですが、要はイチマさんのことを昔から知っていたし、学生のころに実は付き合っていたと。俺はわが耳を疑った。本当なんだろうか？　いやいや、そのまずは、キョウコさんが元々はヨシコといったたってのは……、どういう根拠なんですか？　どこから話すのが良いのか俺もわかんないけど、そのー、俺はさ、キョウコさんとは一九九九年にロンドンで会ってるんですよ。それはもちろん、キョウコから聞いてます。いや、一馬さんは何も気にしなくていいんです。そして二人は恋に落ちたと、聞きました。あー。そうでしたら、いいんですけど、まあ恋に落ちたというより、こうなんです。私は昔ヨシコというガールフレンドがいた。好きだったんだけど、どうしても彼女とは一緒にやっていけないというか、このまま付き合うべきではないと俺は勝手に思って、結果別れた。そのヨシコとキョウコさんはまったく瓜二つで、俺はロンドンで偶然会ったときに驚いた。本物のラスティー・バトラーに会ったってときですよね、その話も聞いてます、とレオ。でも、キョウコはヨシコではないといった。俺も実際に話していて、ヨシコではないと思ったし。でも、正直俺にはやはりつきつめるとキョウコさんはヨシコだと思えてならなかった。で、この間の食事の際にそこを改めて聞いたつもりなんですが、まあ、答えは当然違うと。愛は愛とて何になる。ともかくも、レオさんの前でいうのもなんなんですが、正直にいいますが俺は一九九九年のロンドンでキョウコさんと結ばれた。うん、それもキョウコから聞いてます。別にいいんです。私だって、すでにバツ二ですからキョウコに嫉妬したりする理由もないし。ともかく、結論からいうと、キョウコはヨシコです。これは、私は戸籍謄本で確認してます。確かです。ま、ともかく何かの理由でヨシコは改名してキョウコになった。そして、これは私の想像ですが、人格も変えていった。ふーん、そうなんだ。それはまあ俺の思ったことが当たっていたってことですね。やはり、見間違いようがなかったんだ。一馬さんがヨシコさんだと思う理由はどこなんですか？　うん、それはもう、まずは容姿ですね。瓜二つとはこのことというくらい似ています。それにあのきれいな長い足はそんなにいるものではない。ただ、全身の筋肉は確かに若いころにフィギュアスケートの選手だったということを実感させるくらいに発達されてるので、昔俺が知っていたヨシコとはまったく違いますけどね。それから、昔のヨシコはジャズ好きだった。でもキョウコさんはクラシックが好きでジャズは聴かないと。まあ、このあたりのことは二人が違う人であるような気にもさせます。だから確かに俺もわかんないんですが、でもやはりいくら似ているだけといっても、俺が間違うわけもないと思うんです。なるほど、ここからは私の考えです。多分、一馬さんがいうように間違いなくキョウコはヨシコさんだと思います。実は私はキョウコと一緒になってから、もちろん、私は四六時中一緒にいたわけではないけど、気付いたことがいくつかあるんです。まずは音楽です。キョウコはクラシックが好きだと確かにずっといってます。主に聴くのは、ベートーベンとかヘンデルとか、バッハとかだというんですが、これって語り手アレックスみたいですね、ま、ともかくそういうのを聴いてるのを実際に見たことはないんです。一方で、ジャズに関しては、レコードとかCDを持ってるわけではないけど、サブスクでよく流してる。私は特に注意を払っているわけではないですが、普段家でかけてる音楽はジャズのような気がします。それから身体の筋肉の件ですが、彼女は三十歳くらいからずっとジムに通い続けていて、それもなんていうんですか、筋肉をつけるようなトレーニングばかりやっていたようです。私が初めて会ったときも、夏でしたが、タンクトップから出ている胸や腕の筋肉は凄かったんで聞いたことがあります。ジムで筋肉つけるのが趣味だといいました。だから、それはむしろ、三十歳過ぎからやり出した結果じゃないかと思います。それから、もう一つ、一馬さんには刺激的かもしれませんがうちの子の話を先日キョウコはしたかと思います。これはまったく私だけが知ることですが、あの子は私の子供ではないんです。というのも、私は最初の妻と結婚したときに、彼女が子供を欲しがった。しかし、出来なかったんです。で、医者に二人で行って検査したところ、私には子種がなかった。つまり、私は子供を作れない身体なんです。前の女房との離婚の原因はそれもあったかもしれない。ま、私はかえって好都合と思って、女とやりまくりましたけどね。あはは。だから、キョウコと付き合ってからもそのことは全くいってないんです。キョウコが妊娠したとき、それは大体一馬さんとキョウコがロンドンで会って、そのあとすぐなんですけど。え、キョウコさんはロンドンからイタリアに行ってしばらく向こうにいたんではないですか？　そこですが、実は私はミラノでキョウコに会ったんです。彼女はなんとかというイタリアの町で用があったのですが、そのときはすでに私とは男と女の関係ではあったんです。その頃はずっと一緒にいたようなものなんです。もちろん、私は一馬さんの前には出なかったわけですが。で、日本に帰ってきてすぐにキョウコは妊娠した。かなりリスクの高い高齢出産になるから本人も迷ったし、私は私でこれは俺の子供じゃないと確信があったんですが、まあ、本人の意思にまかせました。私は跡継ぎが出来るのも良いのではないかと思ったたし、もちろん種無しのことは一切いわなかった。偶然、血液型もO型で見た目上は不自然でなかった。イチマさんもOですよね。いやいや、レオさん、それはキョウコさんの子供は俺の子供だっていうんですか？ 私は子種がないし、あのころの状況から察するにほぼ間違いなくイチマさんの子供です。もちろん、キョウコがさらにほかの男性と付き合いがあったのであれば別ですが、私もそれとなく聞きましたが、イチマさん以外の日本人男性との付き合いは当時なかったといってました。それに彼女は私に対して、女の勘だけど間違いなくあなたの子供よといい切った。私はそれでいいやって思いました。だから、これはこれでもう一件落着してるんですが、イチマさんにはこの話はしておきたかったんです。うーん、そうですか、俺はまあ驚いたし、この間、キョウコにまさか俺の子じゃないよね？と冗談交じりでいったけど、あれはホントに洒落のつもりだった。俺の子供なのか？ 本当に？ イチマさん、多少驚かれたかもしれませんが、ご迷惑はかけません。私はこのことはすべて墓まで持って行きますし、それをどうこうして欲しいといってるわけでもないんです。ただ、イチマさんには知っておいてもらいたかった。キョウコは知らないです。疑いも持っていない。それが今日お会いしたかった理由です。俺の率直な気持ちは、俺の血を分けた子供が地球上に一人存在するんだということに感動していた。二十二歳か二十三歳かそんな年で、起業家（笑）で、父親の世話にはなりたくないが、自立も出来ない情けないやつのようだけど、まあ、ともかくこれから世の中に出ていくっていう若者がいる。それもその子はヨシコとの間にできた子だという。俺はまあこういう人生もありかな、と思った。元々俺の彷徨っていたのは、いろいろと俺の思いとは違う人生を送ってるんではないかということが大きかった。学生時代はノンポリでそれはそれで引け目があった。広告代理店での仕事は、俺を満足させてくれなかった。いわゆるBtoBの仕事は本当に世の中のためになってるのか俺には疑問がわいてきた。一般の人たちの役に本当に立ってるのか？　心優しき左翼ではないけど、かつてノンポリ学生としてたらたら生きてきたことは正しかったのかどうか？　そしてそれの延長をいいわけしながら続けているだけだ。クリエイティブ・ブティックの経営者になったあとも結局回答はえられなかった。お金は出来た。ある程度自分のしたいことをやれるようになった。しかし、ロールスに乗ったり、高級なレストランに行ったり、贅沢な暮らしをしたところで何も達成できたことはない。映画をプロデュースしたり、小説を書いて世間はそれを受け入れてくれて文化人みたいに祭り上げられた。でも、実際はたいしたことにはなっていない。金にまかせて高いギター買ったりしても俺の心は満たされなかった。亜里亜にあげちゃったのは良かったよ。だいたい、ウクライナのことも、コロナのことも、世界的な気候変動のこともそうだし、世界はどんどん悪い方向に向かってると思う。でも俺は何もしていない。ジョージ・オーウェルのようには出来ないまでも、何か成し遂げることはできないものか？　そう考えると、とりあえず子供ができたというのはまあ俺にしてはちょっと何か成し遂げた感がある。一馬よくやった！って、いっても良いかもしれない。それもヨシコとの子供だって。俺はその日は、レオとグータッチして別れた。良い奴だと思う。見た目はわりとしょぼくれてるし、爺いな感じだけど、今日はクラプトンルックでなかなかおしゃれだった。俺より少なくともかなり若いよな。今度は、一九六〇年、七〇年代のロックの話か、クルマの話をしようっていった。デイトナにもそのうち乗せてくれと頼んだ。レオはタクシーで帰っていった。俺は、今日は熊本の漱石だ。漱石もいろいろ病気があって、終生苦しんだようだ。ジョイスもそうだ。ずっと金欠と病気で苦しんだ。苦しみは精神のためには良いのかもしれない。俺ももっと苦しめば何かうるものがあるかもしれないなと思う。でも、今日はともかく俺の子供がこの世の中にいることがわかった。それはそれで大きな成果だよな。でも、なんでヨシコはキョウコになり、ヨシコであることは最後まで認めなかったんだろ。俺との夢を見たとはいってたけど。

タクシーで家に帰りついて、なぜか女が欲しくなった。家に呼べる女を調べなくては。デリヘルってやつだな。通電堂時代の同期の漣（さざなみ）というやつに電話して高級デリヘルの電話番号を教えてもらった。一馬、おまえがデリヘルで女を呼んでることがわかると大変だよ。だから、絶対にばれない、安心なやつ教えてやるよ。それに最高の女が行くぜ。モデルか女優みたいだぞ。保証する。とあいつはいった。そこへ電話して、女の子を呼びたいというと、相手からは紹介者を聞かれた。紹介者は漣泰（サザナミタイ）と伝えた。それで相手は安心したように承知いたしましたといった。そもそも、この番号を知る人は限られていて、ここにかける人は紹介者しかいないのだろうが。そして仕方ないので、自宅の場所を告げた。ところが、相手の女性が妙なことをいいだした。お客様、本日は私共二つのコースのご用意しかございません。Ｃコースが、処女の娼婦コースです。そして、Ｆコースは、眠れる美女コースでございます。ええ、と俺は驚いた。それって、まさにガルシア・マルケスと川端康成じゃあないか？　え、え、マジですか？　あの、二つといったけど、普段はもっとあるわけ？と俺はしょうもないことを聞いた。はい、普段は性的人間コース、痴人の愛コース、ボビー・ブラウンコース、などがございますが、本日はすべて予約で埋まっておりまして。はあ、そうですか、で残ったのは、処女の娼婦と眠れる美女なんですね。どういうものかざっと説明してもらえますか？と俺は思わずいった。それは出来かねます。お客さまへはこれ以上の説明は出来かねます。あとはお客様のご意思で決めていただくことになっております。俺は思った。まあ、非合法な秘密クラブだからこれ以上何かいってもだめだろうな。漣に迷惑もかけられないしな。はい、わかりました、じゃあ、眠れるは怖そうだから、処女の娼婦ってのでお願いします。はい、では、三十分で女性がうかがいますのでお待ちください、と。

相手は女性で、応対はなかなかしっかりしていた。仮の名前もいわなくてはならなかったけど、証明しろとはいわれなかったので、適当に思いついた坂東龍之介と名乗った。紹介者の名前が大事であって、本人はAでもXでも構わないのだろう。やっぱり眠れる美女を怖いもの見たさで呼べばよかったか。

俺は、それから、しばらく猫のガーティと遊んだ。ガーティは、もともとは友達から譲り受けたシャム猫だ。シャム猫は最近あまりみかけない。代々飼っていた猫がいて、最初は普通の黒猫、次はトラ猫、そして三代目がこのシャム猫のガーティだ。一番目は十三歳で死んだ。二番目は十五歳。ガーティはすでに十七歳だから、もう少し元気でいてくれと願ってる。俺が独り身になってからずっとガーティだ。雌猫だけど避妊手術してある。人間が愛玩用に飼うのだから仕方ないけど、それこそ、ガーティは男を知らずに処女のまま死んでいくんだ。可哀そうだと思う。ンニャアー。猫だからガーティは気まぐれだ。あるときはすりすり寄ってくるが、興味のないときはどこに隠れてるのかわからないときもある。最初ブルームバーグって名前をつけようかと思った。なんか、ニューヨーカーな気分だろ。フラニー。そうしたら、俺の膝の上で落ち着いたかもしれない。しかし、あまりにフレンドリーな猫は猫じゃないな。ガーティは、今日は帰ると玄関に迎えに出てきた。思わず可愛いと思う。ムクニャオ。シャム猫はなんで少なくなったんだろうか?　はやり、すたりがあるんだな。アキラの家のは確か、ノルウェイジャンフォレストキャットだ。ノルウェイの森の猫。文学的だね。ともかく最近はやりの種類だな。前にもいったけど、ガーティはかつて俺の大事なジョイスの写真が入った額を壊したことがあった。もう結構前だけど、あれはいまだに謎だ。なぜ、夜中によりによってジョイスの大きなイギリス製の額に入った写真を叩き落としたんだろ。虫を追ってというのも考えにくいけど、蛾とか蜘蛛とかがいたのかなあ。きっとガーティは何かジョイスに思うところがあって、ぶち壊したかったんだと俺は思うんだ。あたしは、そんな変態女じゃあないわよ、とか。今日、ガーティは妙に親し気だ。俺のそばに座って離れない。俺の顔をじっと見つめてる。犬みたいだ。ブロークンハートだけど、子供が出来た俺の祝祭の気持ちが読めるのかな？　そうはいっても手持無沙汰だ。せめて子供への祝いをしなくては。俺は、冷蔵庫からこの前コンビニで買った小さい日本酒の瓶を出して、キャップを開けるとそれをコップに注いで一口飲んだ。それから、テレビを点けて、ニュースを見た。次の映画をまずは仕上げることを考えよう。脚本はあれで行けるだろう。監督は馬戸がやるわけだから問題はない。あいつもいよいよ大監督だな。少し金策をしなくてはならない。役者のブッキングもそろそろしなくては。主演を決めないとな。明日、馬戸とアキラと話さなくちゃな。あ、そうだ、クスリ飲んどかないとまずいや。面倒だし、半分じゃなくて一粒飲んじゃおう。心臓の期外収縮はまあ大丈夫だろう。気にしないほうがいい。おれの好みの可愛い娘だといいんだけどな。ビンビンに立つかな、楽しみだなー、俺のディンガ・リング。俺って所詮こんな程度の男なんだな。いや、ブルームだって、ジョイスだって、みんなおんなじだ。いっそ、卒業みたいにロールスロイスで、あれはアルファスパイダーだけどな、キョウコのうちに乗りつけてキョウコを抱いてロールスで逃走するかってのも頭に浮かんだ。あれって喜劇だよな。全部冗談なんだよ。ミセスロビンソンもその旦那も、ダスティン・ホフマンもキャサリン・ロスも。みんな冗談だ。コメディー映画なんだ。人生なんてただのジョーク。夜もレイト。

インターフォンが鳴った俺はマンションのビルの玄関のドアを開けつつなにげにインターフォンのビデオ画面を見たんあれは元妻のエリコじゃあないかそんなバカなエリコはここの住所は知らないはずだあれマスクを取って俺に向かって微笑んでる俺がエリコをビデオ画面とはいえ見間違えるわけもないいやいやそもそも処女の娼婦ってのも矛盾してるけど来る女性は若い女の子だと思ったしあれは美しいけど年増だエリコはないだろうえあいつが高級売春婦してるってのかまあそういうこともないとはいえないけどあいつは女子アナだから顔も売れてるし変装もしないでここへ来るなんてあるかよＹＥＳ俺はへたり込んだがビルの玄関を通ればエレベーターに乗れば部屋まではせいぜい一分だよなこうしてる間にもあいつは来るぞペネロペイアが来る俺がいない間あいつはじっと孤独に貞操を守っていたのかつまりこれは偶然で何か思い立って俺に会いに来ただけなのかあるいは本当に娼婦に堕ちたのかいい歳こいて処女はないだろ処女はってかむかしもいわれたなあなたあたしに触りもしないしあたしはもう処女みたいねってだったらつじつまがあうようなそういや俺のディンガ・リングはビンビンになってるぞ余計に困ったな立つといてえいててていやいや間違いだきっと偶然だ処女の娼婦は別に来るんだきっとこれは間違いだ部屋のインターフォンが鳴った猫のガーティが俺の顔を見るそしてこういったＹＥＳあたしが呼んだのペネロペイアの慰めが必要

よ野原一馬さんＹＥＳ

Meguro, Tokyo

解説

誰かに書き継がれていく永遠の物語「オデュッセウス」

――岩上和道『銀鼠髪（ぎんねずがみ）のオデュッセウス』に寄せて

鈴木比佐雄

1

岩上和道氏の初めての小説集『銀鼠髪（ぎんねずがみ）のオデュッセウス』が刊行された。本書には短編の『スカボローで、パセリ、セージ、ローズマリーとタイム』と長編の『銀鼠髪（ぎんねずがみ）のオデュッセウス』が収録されている。この二篇のうちの後者は二十世紀文学の歴史を変革したアイルランド出身の小説家ジェイムズ・ジョイスに影響を受けており、彼へ捧げられた長編小説だと言えるだろう。

ジェイムズ・ジョイスの『ユリシーズ』は、古代ギリシャの長編叙事詩『オデュッセイア』の作品構成に則り、章立てをしている。ジョイスはギリシャ神話の英雄である「オデュッセウス」のラテン語読みの「ウリクセス」を英語読みの「ユリシーズ」にしたと言われている。この小説は一九〇六年に執筆が開始されて、一九二二年に完成して出版された。その年には二十世紀の詩の世界に大きな衝撃を与えたT・Sエリオットの長編詩「荒地」が刊行されたが、この詩の編集に助言を与えたエズラ・パウンドもエリオット本人も『ユリシーズ』の表現方法に多大な影響を与えられていたことを語っている。岩上氏も学生時代から今に至るまでに影響を与えられていたことをこの二つの小説の中でエピソードとして所々で語っている。

初めの『スカボローで、パセリ、セージ、ローズマリーとタイム』は、「僕」と亡くなった親友の愛車「オースチン・ヒーリー・スプライト」をその妻から譲られる場面から始まる。親友はその「スプライト」（妖精）をサイモンとガーファンクルの楽曲で有名な「スカボロー」で購入し愛用していた。この「スプライト」は気に入った人間とは洒落た会話ができる聡明な女性の心と知性を持った自動車だった。いつの間にか「僕」と「スプライト」は親しく語り合うことによって、イギリスとアイルランドと日本の文化的な差異や、「僕」と亡くなった友とその妻が学生時代に三角関係であったことなどがタイムスリップして明らかになってくる。もちろんジョイスに関する岩上氏の思い入れもさり気なく挿入されている。自動車がこのように人間の心が分かり、その人生を見守っている観点はとても新鮮な感覚の小説だった。

2

『銀鼠髪（ぎんねずがみ）のオデュッセウス』は、原稿用紙四百枚を超える長編小説だ。この小説の手法であるジョイスの「意識の流れ」もしくは「内的独白」と言われる手法については、哲学者・心理学者のウィリアム・ジェイムズが一九世紀末に提唱した心理学の概念であり、「人間の意識は静的な部分の配列によって成り立つものではなく、動的なイメージや観念が流れるように連なったものである」とする考え方だ。それを文学に本格的に応用したのは、エドゥアール・デュジャルダンの『月桂樹は切られた』だとジョイスは明言し、その先駆性を讃えている。岩上氏もまたジョイスの作品から影響を受けて「意識の流れ」・「内的独白」の手法を応用して、『銀鼠髪（ぎんねずがみ）のオデュッセウス』の中で自他の「意識の流れ」を実験的に表現しようと試みている。

ウィリアム・ジェイムズの「意識の流れ」が提起した「意識の可変性、流動性、選択性という属性」は、フッサールの現象学における「志向性」の「体験流」を記述するという考え方や、日本で言えば、一九二四年に刊行した宮沢賢治の詩集『春と修羅』で実践された「心象スケッチ」という考え方にも類縁性がある。賢治もウィリアム・ジェイムズから影響を受けていたのかも知れない。

ところで『ジェイムズ・ジョイスの全評論』（吉川信訳、筑摩書房）の比較的短い論説を読んでみると、ジョイスは極めて真っ当な「良識」を持った人物であることが分かる。同時に西洋哲学や東洋思想を理解している途轍もない思索を重ねた知性の持ち主で、また苦労人であり計り知れない人間通であり、さらに信念を懐いて自らの文学思想を実践して作品を書いた革命児であることが理解できる。たとえば「アイルランドの魂（一九〇三年）」の冒頭を引用してみる。

アリストテレスは、あらゆる思索の始まりには驚きの感情がある、と考えた。これは子ども時代には相応しい感情である。そして思索を人生の中期に相応しいものとするためには、当然のことながら人は、人生の最上の時期において、思索の果実たる叡智そのものを探し求めるべきである。しかしながら今日では、子ども時代と中期と老年期が大いに混同されてしまっている。

つまり、文明をものともせず老齢に達し得た人びとには、だんだんと叡智が少なくなっているように思えるし、いっぽう、歩き話せるようになるや否や何らかのビジネスに従事させられるのが常である子どもらは、ますます「良識」を備えるようになってきたらしい。

ジョイスの文学には、驚きの感情と深い思索がつながり融合していることの精神性が存在していると告げている。ジョイスは一九〇四年六月一六日に後の妻になるノーラと出逢った一日の「意識の流れ」を想起し、生涯にわたり小説を書き続けた持久力が人並ではない。そのことを小説と同時に評論の中でも予感させていて、後世の人びとにアイルランドのダブリンを起点とした新しい文学の可能性に賭けた情熱を今も語り続けている。

3

岩上氏の『銀鼠髪（ぎんねずがみ）のオデュッセウス』の主人公の野原一馬は、大手広告代理店を辞めて広告制作会社の「クリエイティブ・ブティック」を設立して独立した。会社名はこだわってＬＳＭと名付けた箇所を引用する。

> Ｌはレオポルド・ブルームのＬ。Ｓはスティーヴン・ディッダラスのＳ、Ｍはモリー・ブルームのＭ。三人ともジェイムズ・ジョイスのユリシーズの主要な登場人物だ。レオポルド・ブ

ルームとモリーは夫婦だし、スティーヴンは彼らの精神的な息子みたいなものだ。俺は大学でユリシーズを読み、それに大きく惹かれて、心の中にはいつもその登場人物、とくにレオポルド・ブルームのことがあった。レオポルド・ブルームは祖父がユダヤ系ハンガリー人で、その後一家はアイルランドのダブリンに移民としてやってきた。だから、ブルームはユダヤ系アイルランド人だ。ユリシーズがホメロスのオデュッセイアがベースになっているのは有名な話だ。そして、ユリシーズの中ではレオポルド・ブルームはオデュッセウスにあたる。そしてここが肝心なことなのだが、レオポルド・ブルームはダブリンのしがない「広告屋」なのだ。一九〇四年のダブリンで彼はぱっとしない広告取りをやってる。俺は、あまり深く人生の目標を考えずに暮らしてきて、今はこのLSMという会社で成功した。しかし、考えてみると俺がもともと思っていた人生は、もとはといえば、学生運動のようなものに感じたシンパシーがどこかにあって、ジョージ・オーウェルのような視点があったと思う。ちなみに、オーウェルがジュラ島にいたころに出している手紙はとても面白い。

LSMの経営者の野原一馬である「俺」は、「ユリシーズ」の主人公のレオポルド・ブルームに憧れて広告マンになり、独立してテレビコマーシャルや映画の制作会社を設立して成功させた人物だ。その傍らには才能に満ちたスティーヴン・ディッダラスのようなクリエイティブ・ディレクターの馬戸拓（うまどひらく）がいる。本書は「3　一馬、ブルームにならって豚の腎臓を味わう　～幽霊の馬たち」のように、レオポルド・ブルームの感性を追体験するような仕掛けがところどころにある。それくらいにこの小説はジェイムズ・ジョイスの作品世界を検証しながら小説化しているところが大きな特徴だろう。主要な三人の人物もまたそれに習っているところがあるが、モリーに当たるヨシコ＝キョウコに関しては謎のような描き方をしている。一馬には女子アナの元妻のエリコがいたが、モリーのような学生時代の恋人のヨシコを胸に秘めていた。そのヨシコと、うり二つのキョウコと二十年ぶりに旅先で出逢い再び恋に落ちて一夜を過ごすが、翌朝にはキョウコは旅立っていた。それからさらに二十年後には、キョウコのパートナーから、長男は一馬の子供ではないかと突き付けられ、このことは墓場まで持っていくと言われたのだ。一馬は自分の血を分けた子供がいると知って感動するのだった。

最後に一馬は前立腺癌に罹り男性機能を失い掛けているが、それでも女性を呼びたくなり、手配するとやってきたのは、元妻のエリコのようだった。最終連は丸も点もない一切息つぎのできない「意識の流れ」、「内的独白」で終わるのだった。この最後の場面からまた新たな物語が読者の中に生まれる予感を残して筆がおかれた。ホメロス、ジョイス、そして岩上氏に新たに構想された「オデュッセウス」（ユリシーズ）はきっと誰かによって書き継がれていく永遠の物語なのだろう。

主な参考書籍

・「スカボローで、パセリ、セージ、ローズマリーとタイム」

大江健三郎『燃えあがる緑の木』（新潮社）

こもりまこと『バルンくん』（福音館書店）

こもりまこと『バルンくんとともだち』（福音館書店）

こもりまこと『バルンくんとおたすけ3きょうだい』（福音館書店）

ジェイムズ・ジョイス『若い芸術家の肖像』丸谷才一訳（集英社）

W・B・イェイツ『対訳イェイツ詩集』高松雄一編（岩波書店）

Bill Wyman *Bill Wyman's CHELSEA* (UNICORN)

・「銀鼠髪のオデュッセウス」

ジェイムズ・ジョイス『ユリシーズ』Ⅰ、Ⅱ、Ⅲ　丸谷才一、永川玲二、高松雄一訳（集英社）

ジェイムズ・ジョイス『ユリシーズ』1-12　柳瀬尚樹訳（河出書房新社）

James Joyce *ULYSSES A facsimile of the first edition published in Paris in 1922* (ORCHISES)

James Joyce *Ulysses* (PENGUIN BOOKS)
デヴィッド・ノリス／カール・フリント『ジョイス』 大出健訳 （心交社）
柳瀬尚紀『ジェイムズ・ジョイスの謎を解く』（岩波新書）
G・ガルシア・マルケス『わが悲しき娼婦たちの思い出』 木村榮一訳 （新潮社）
川端康成『眠れる美女』（新潮社）
ジョージ・オーウェル『一杯のおいしい紅茶』 小野寺健訳 （中公文庫）
ボブ・ディラン『ソングの哲学』 佐藤良明訳 （岩波書店）
ウィリアム・シェイクスピア『お気に召すまま』 小田島雄志訳 （白水社）
トマス・ピンチョン『競売ナンバー49の叫び』 志村正雄訳 （筑摩書房）
Thomas Pynchon *THE CRYING OF THE LOT 49* (J. B. Lippincott Company)

著者略歴

岩上和道（いわがみ　かずみち）

埼玉県浦和市（当時）生まれ
東京大学文学部英語学英米文学科卒業
卒論：スコット・フィッツジェラルド「夜はやさし」
大学卒業後、株式会社電通に入社、執行役員などを務める。
退職後、公益財団法人日本サッカー協会副会長を経て、顧問。
2023年より文筆業へ。

Email:　kaziwagami0626@gmail.com

銀鼠髪のオデュッセウス

2024年10月17日初版発行
著者　　　　　岩上和道
編集・発行者　鈴木比佐雄
発行所　株式会社 コールサック社
〒173-0004　東京都板橋区板橋 2-63-4-209
電話 03-5944-3258　FAX 03-5944-3238
suzuki@coal-sack.com　http://www.coal-sack.com
郵便振替　00180-4-741802
印刷管理　（株）コールサック社　制作部
JASRAC 出 2406941-401
NexTone　PB000055422号

装画　斉藤美奈子ボツフォード／装幀　松本菜央

落丁本・乱丁本はお取り替えいたします。
ISBN978-4-86435-630-5　C0093　￥2000E